FRANKENSTEIN ;

OR,

THE MODERN PROMETHEUS.

IN THREE VOLUMES.

Did I request thee, Maker, from my clay
To mould me man ?   Did I solicit thee
From darkness to promote me ?———
    PARADISE LOST.

London :

PRINTED FOR
LACKINGTON, HUGHES, HARDING, MAVOR, & JONES,
FINSBURY SQUARE.

1818.

프랑켄슈타인
Frankenstein

메리 셸리 지음

구자언 옮김

더스토리

차
례

| 일러두기 |
이 책은 1818년 판본을 바탕으로 번역했습니다.

창조주여,

흙으로 저를 빚어 인간으로 만들어 달라고

제가 요청했습니까?

어둠에서 끌어내 달라고

제가 애원이라도 했습니까?

_《실낙원》 중에서 (x.743-5)

《정치적 정의》와《칼렙 윌리암스의 모험》을 쓴

윌리엄 고드윈*에게

정중하게 이 책을 바친다.

---

* 영국의 정치철학자이자 공리주의자였던 메리 셸리의 아버지이다.

서문*

    이 소설의 뼈대를 이루는 사건은 다윈 박사와 독일의 몇몇 생리학자들에 따르면 전혀 불가능한 일로 여겨지지는 않는다. 그렇다고 내가 이런 상상력을 조금이라도 진지하게 믿고 있다고 생각하지 않았으면 한다. 하지만 상상력이 환상을 그리는 작품을 이루는 토대라고 생각하기에 내가 단지 초자연적인 공포를 일으키는 사건들을 엮을 뿐이라고 여기지는 않는다. 이 이야기에서 흥미를 끄는 사건은 한낱 유령이나 마법 이야기가 지닌 약점은 없다. 상황들이 새롭게 전개되기 때문에 매력적이며, 만에 하나 자연 법칙으로는 일어날 수 없다고 하더라도, 이

---

* 1818년에 메리 셸리의 남편인 퍼시 비시 셸리가 자신이 작가인 것처럼 썼다.

사건은 현재 벌어지는 사건들보다 인간의 감정을 더욱 포괄적으로 설득력 있게 그린다는 점에서 상상력의 힘을 보여 준다.

따라서 나는 인간 본성의 기본 원리들에 관한 진실을 담으려고 노력하는 동시에 주저하지 않고 기본 원리들을 새롭게 적용했다. 그리스의 비극 서사시《일리아드》, 셰익스피어의《템페스트》와《한여름 밤의 꿈》 그리고 무엇보다 밀턴의《실낙원》도 이런 원칙을 따른다. 자신의 작업을 통해서 기쁨을 느끼고, 독자에게 기쁨을 주는 가장 겸허한 소설가라도 최고의 시들에서 나타난 것처럼 인간이 지닌 감정의 수많은 절묘한 조합을 소설에도 적용하는 자유를 누릴 것이다. 아니, 이를 원칙으로 삼을 것이다.

내 이야기를 이루는 주된 상황은 일상적인 대화를 나누던 중에 우연히 착안하게 되었다. 한편으로는 재미로, 다른 한편으로는 이제껏 한 번도 시험해 보지 않은 정신의 능력을 활용하기 위한 방편으로 이야기를 쓰기 시작했다. 작품을 진행하면서 다른 동기들도 섞였다. 나는 작품의 감정이나, 주인공들이 지닌 윤리적 태도가 독자들에게 미치는 영향에 전혀 무관심하지는 않다. 하지만 이 점과 관련해서 말하자면 오늘날의 소설들처럼 독자를 지치게 하지 않으면서, 가족의 애정이 얼마나 사랑스럽고, 보편적 미덕이 얼마나 훌륭한 것인지를 보여 주는 선에서 머무르려고 노력했다. 주인공의 성격과 상황에서 자연스럽게 생겨나는 의견들은 나 자신의 신념과 무관하며, 다음에 이어지는 글이 어떠한 철학적 입장*에 대한 편견도 지니고 있지 않다는 점을 밝혀 둔다.

뿐만 아니라 이 이야기가 장엄한 풍경이 펼쳐진 지역을 배경으로 하며 지금도 아쉬운 마음이 드는 모임에서 시작되었다는 점이 작가에게는 특별히 개인적인 의미를 지닌다. 나는 1816년 여름을 제네바에서 보냈다. 춥고 비가 많이 내리는 계절이라 우리는 저녁에 모닥불 주위에 둘러앉아 마침 손에 있던 독일의 유령 이야기로 가끔 즐거운 시간을 보내곤 했다. 우리는 재미있다고 느꼈던 그 이야기를 흉내 내서 써 보고 싶다는 생각이 들었다. 나와 두 친구는 각자 초자연적인 사건을 바탕으로 한 이야기를 한 편씩 쓰기로 했다. 그중 한 친구의 이야기는 내가 쓰고 싶었던 어떤 이야기보다도 대중의 인기를 얻을 만했다.

하지만 날씨가 갑자기 맑아지자 두 친구는 나를 두고 알프스 산으로 여행을 떠났고, 웅장한 풍경을 보자 유령 이야기에 관한 기억은 모두 잊었다. 오로지 다음에 이어지는 이야기만 완성되었다.

---

* 기독교 또는 윌리엄 고드윈의 정치철학인 공리주의를 암시하는 것으로 볼 수 있다.

제 1 권

편지 1

잉글랜드에 사는 사빌 부인에게

17××년 12월 11일, 상트페테르부르크에서

네가 그토록 불길하다고 느꼈지만, 아무런 사고 없이 모험을 시작했다는 소식을 듣는다면 너도 기쁘겠구나. 나는 어제 이곳에 도착했어. 제일 먼저 할 일은 소중한 누이에게 내가 잘 있다는 안부와, 내 계획이 성공하리라는 확신이 커져 가는 것을 전하는 것이란다.

나는 이미 런던에서 멀리 떨어진 북쪽에 와 있단다. 페테르부르크 거리를 걸으면, 차가운 북풍이 불어와 뺨에 부딪히며 기운을 북돋는구나. 북풍은 또한 나를 들뜨게 한단다. 이런 기분을 너는 이해할 수 있을지 모르겠구나. 이 바람은, 내가 이제부터 가려고 하는 곳에서 불어오는 이 바람에서는, 벌써 그곳의 얼음장 같은 날씨가 느껴진단다. 이런 바람의 약속에 영감을 받아서 나의 꿈들은 더욱 강렬하고 선명해지고 있어. 북극이 서리가 가득한 황량한 곳이라는 사실이 믿겨지지 않아. 내 상상 속에서 그곳은 아름답고 기쁨이 가득한 곳이기 때문이란다. 마가렛, 그곳에는 항상 해가 떠 있단다. 거대한 태양이 지평선을 스치면서 끊임없는 장관이 펼쳐진단다. 또 그곳에는—누이야, 네게 말해 두건대, 나는 전의 탐험가들을 믿기로 했다—눈과 서리가 사라지고 없단다. 우리는 잔잔한 바다 위를 항해하면서 인간이 거주 가능한 그 어떤 곳에서도 볼 수 없었던 경이롭고 아름다운 땅으로 두둥실 떠내려갈 예정이란다. 그 지역의 산물과 특성들도 전례를 찾기 힘들 정도로 새로울 것이고, 천체 현상도 분명 미지의 고독 한가운데에서 만끽할 수 있겠지. 영원한 빛의 나라에서 무엇을 기대하지 못할까? 나는 그곳에서 나침반의 바늘을 끌어당기고, 천상에서 볼 수 있을 법한 수많은 현상을 통제할 수 있는 놀라운 힘을 발견할지도 모르겠구나. 이 항해를 통해서, 겉으로 보기에는 기이한 것들이 실제로는 일관성을 지니고 있다는 사실을 밝힐 수 있을지도 모르지. 나는 누구도 가 본 적이 없는, 누구도 발을 디뎌 본 적이 없는 세상에 대한 나의 호기심을 채울 거란다. 이런 매력들이 모든 위험과 죽음을 정복하기에 충분한 데다가 힘든 항해를 기쁘게 시작할 수 있게 만들지. 어린아이가 친구들과 함께 작은 배를 타고 자신의 고향 강을 발견하기 위해 항해를 떠나듯이 말이지. 하지만 이런 내 생각들이 모두 틀렸다고 해도, 인류의 마지막 세대까지 내가 주는 헤아릴 수 없는 이익은 부정할 수 없을 거야. 북극 주변을 지나 몇 달씩 걸려서 가는 나라들로 도달할 수 있는 짧은 항로를 찾았다는 점과 자석의 비밀을 알아냈다는 점에서 말이지. 나와 같은 모험을 경험한 사람만이 이런 것들을 알아낼 수 있지.

이런 생각을 하니 편지를 쓰기 시작할 때 느껴졌던 불안이 사라지고, 심장이 뛰면서 하늘로 올라가는 것 같구나. 한 가지 꾸준한 목표만큼 마음을 차분하게 만드는 것도 없단다. 바로 영혼이 지식의 눈에 집중하게 되는 지점이지. 이 모험은 어렸을 때, 내가 꿈꾸던 것이란다. 나는 열정을 가지고 다양한 항해에 관한 글을 읽었고, 북극을 둘러싼 바다를 가로질러서 태평양에 도착하겠다는 생각을 갖게 되었지. 정다운 토마스 삼촌의 서가에 가득 꽂혀 있던 항해에 관한 모든 역사를 너는 아마 기억할지도 모르겠구나. 나는 교육을 제대로 받지 못했지만, 책 읽는 것을 무척 좋아했었지. 밤낮으로 나는 이 책들을 읽었고, 그 내용을 더욱 잘 알게 될수록, 어렸을 때 아버지가 삼촌에게 나를 바다에 내보내지 말라는 유언을 남기신 게 안타깝더구나.

항해에 대한 꿈들은 내가 처음으로 시를 정독했을 때, 그러니까 시인들의 토로가 나의 영혼을 도취시키며 하늘로 들어 올렸을 때 점차 희미해지기 시작했어. 그래서 나는 시인이 돼서 일 년 동안 홀로 자신만의 창작의 천국에서 지내기도 했지. 호머와 셰익스피어와 같은 대가들의 사원에 내 이름도 한구석을 차지할 수 있으리라는 생각도 한 적도 있었어. 너도 나의 실패에 대해서 잘 알고 있을 거야. 내가 얼마나 낙담했는지도 말이다. 하지만 바로 그때, 나는 사촌으로부터 재산을 물려받았고, 어렸을 때 느꼈던 열정들로 다시 생각이 기울었지.

이 모험을 하겠다고 결심한 지도 6년이 지났다. 지금도 이 거대한 모험에 전념하면서 보낸 시간이 기억나는구나. 나는 힘든 일을 하면서 신체를 단련했었지. 고래잡이 어부들과 함께 몇 차례 북극해 원정을 가서, 일부러 춥고 잠자기도 힘들고 허기지고 목이 타는 상황을 견뎌 보기도 했어. 나는 낮에는 일반 선원들보다 더욱 열심히 일했고, 밤에는 바다에서 모험을 하는 사람이 실제로 많은 도움을 얻을 수 있는 수학과 의학과 자연 과학의 여러 분야를 공부했단다. 실제로 두 번이나 그린란드 포경선에서 차석 항해사로 일하면서 나의 뛰어난 능력을 발휘했고 동료들에게 칭찬도 받았어. 고백하건대, 선장이 자신과 함께하기를 진심으로 원하면서 내게 부선장 자리를 제안한 적도 있었지. 솔직히 약간 우쭐해지더구나. 그만큼 내 능력을 높이 인정했던 것이지.

그러니까, 마가렛, 이제 나도 뭔가 엄청난 목표를 이룰 만한 자격이 생기지 않았을까? 나는 안락함과 사치 속에서 살아갈 수도 있었겠지. 하지만 재산이 마련한 온갖 유혹보다 명예롭게 사는 길을 택하고 싶어. 아, 어디선가 내 결심을 격려하는 목소리가 들리는 것 같구나! 나의 용기와 결단은 확고하지만, 희망도 시시각각 변하고, 자꾸 우울해지는구나. 나는 어렵고 긴 항해를 떠나려고 해. 위급한 상황에 처하면, 용기가 필요할 거야. 다른 선원들이 자신감을 잃을 때에는 용기를 북돋워 줄 뿐 아니라, 나 자신도 평정을 유지해야 할 거야.

러시아에서는 지금이 여행하기에 가장 좋은 시기란다. 러시아 사람들은 썰매를 타고, 눈 위를 재빨리 날아가지. 그들의 움직임이 경쾌해서 내 생각에 영국의 역마차보다 더욱 나은 것 같구나. 털옷으로 온몸을 중무장하면, 심하게 춥지는 않단다. 나는 벌써 털옷을 입고 있지. 갑판 위를 걷는 것과 몇 시간 동안 가만히 움직이지 않고 앉아 있는 것은 크게 다르단다. 몸을 움직이지 않으면, 혈관 속의 피가 얼어붙을 수 있으니까. 나는 상트페테르부르크와 아르한겔스크 사이에 있는 우편물 수송로에서 죽음을 맞이하고 싶지는 않다.

이삼 주 뒤, 나는 다른 마을로 떠날 것이고, 거기에서 배를 한 척 구할 거야. 선주에게 보험금을 내면, 배를 쉽게 얻을 수 있을 거야. 그리고 고래잡이에 익숙한 선원들을 되도록 많이 고용하려고 해. 6월이 될 때까지는 항해를 하지 않을 계획이란다. 나는 언제 돌아가게 될까? 아, 누이야, 이 질문에 내가 뭐라고 답할 수 있을까? 내가 성공한다면, 여러 달, 아니 아마 수년 뒤에야 우리는 만나게 되겠지. 실패한다면, 곧 만나게 되거나, 아니면 영영 보지 못하게 되겠지.

　잘 지내. 나의 소중한 마가렛. 하늘이 네게 축복을 내려 주고, 또 나를 지켜 주기를. 너의 사랑과 친절에 보답하는 모습을 보여 줄 수 있도록 말이야.

너의 사랑하는 오빠

R. 왈튼

편지 2

잉글랜드의 사빌 부인에게
17××3월 28일, 아르한겔스크에서

주위가 온통 눈과 서리로 둘러싸여서 그런지, 이곳은 시간이 무척 더디게 가는구나! 그래도 모험은 다음 단계에 접어들었단다. 나는 배를 한 척 구했고, 선원을 모집하느라 정신이 없구나. 벌써 나와 계약을 맺은 사람들은 믿음직하고 불굴의 용기를 지니고 있는 것 같단다.

하지만 한 가지 바라는 게 있는데 아직까지도 나를 충족시켜 주지 못하는구나. 이 점이 나를 지독한 고통으로 몰아넣는 것 같단다. 마가렛, 나는 친구가 없어. 내가 성공의 기쁨에 들떠 있을 때 기쁨을 나누고, 좌절에 빠졌을 때 나를 일으켜 세워 줄 사람이 없어. 물론 내 생각을 종이 위에 적기는 하지만, 종이에 적힌 글이란 감정을 전달하기에는 턱없이 부족한 수단이지. 나와 감정을 함께 나눌 친구가 한 명 있었으면 좋겠구나. 두 눈으로 내게 답을 해 주는 그런 친구 말이다. 이런 얘기를 들으면 너는 아마 내가 낭만적이라고 생각할지도 모르지만, 나는 친구가 필요하다는 것을 뼈저리게 느낀단다. 상냥하면서도, 용감하고, 교양을 갖추었으면서도, 마음이 넓은 사람이 내 곁에는 아무도 없단다. 나와 취향이 같아서 내 계획을 따라 주거나, 아니면 고쳐 줄 사람이 말이다. 그런 친구가 있다면, 네 가엾은 오빠의 잘못을 고쳐 줄 텐데 말이다. 나는 일을 진행할 때에는 너무 열성적이어서 어려움에 부딪히면 인내심이 부족해져. 하지만 더욱 큰 문제는 내가 혼자 공부했다는 거야. 열네 살이 될 때까지 나는 공원을 뛰어다니면서 제멋대로 자랐고, 책이라고는 토마스 삼촌의 서가에 있던 여행기 외에는 아무것도 읽지 않았으니 말이야. 열네 살이 되고 나서야, 영국의 유명한 시인들을 접하게 되었지. 하지만 영어 외에 외국어를 익혀야 한다는 것을 깨달았을 때, 이미 다른 언어를 익힐 능력이 사라진 뒤였지. 지금 나는 스물여덟 살이지만, 실제로 학교에 다니는 열다섯 살 학생들보다도 아는 게 많지 않단다. 물론 내가 그들보다 더 깊게 생각하고, 그들보다 더 원대하고 웅장한 꿈을 꾸는 건 사실이지만, (흔히 화가들이 말하는) '조화'가 부족하단다. 나를 낭만적이라고 경멸하지 않고 내가 평온한 마음을 유지할 수 있도록 도와줄 수 있는 애정을 베풀어줄 친구가 절실하게 필요해.

뭐, 다 쓸데없는 고민이지. 이 드넓은 바다 위에서도, 심지어 아르한겔스크에서도, 상인들과 선원들 사이에서도 나는 친구를 찾지 못할 테니까. 하지만 이 거친 사나이들의 가슴에도 때 묻지 않은 감정들이 흐르고 있더구나. 예를 들어, 나의 부선장은 놀라운 용기를 지닌 사람으로 많은 모험을 했어. 명예를 아주 강하게 원하더구나. 그는 영국인인데 국가와 직업에 대한 편견을 지니고 있어. 교육을 받지 못해서 행동이 거칠지만 가장 고귀한 인간성이 아직 약간이나마 남아 있단다. 처음에 포경선에서 그를 알게 되었는데, 그가 일자리를 얻지 못했다는 것을 알았기 때문에 나는 쉽게 그와 계약을 맺고, 내 항해를 도와 달라고 할 수 있었어.

갑판장은 뛰어난 성품을 지닌 사람으로, 상냥하고, 부하들을 부드럽게 다루는 것으로 배 위에서 유명하단다. 그는 정말 너무나 상냥해서, 사냥을 하려고 하지 않아(사냥은 이곳에서 유일한 즐거움이란다). 왜냐하면 피를 흘리는 것을 차마 보지 못하기 때문이라고 해. 그는 아량도 넓단다. 몇 년 전에 그는 그리 재산이 많지 않은 집안의 러시아 여자를 사랑했단다. 그가 상당한 포획 상금을 모았기에 여자의 아버지는 둘의 결혼을 허락했지.

그는 예식을 올리기 전에 여자를 한번 보았는데 온통 눈물에 젖어서는 그의 발치에 몸을 던지면서 자신을 놓아 달라고 간청했다더구나. 그녀는 사랑하는 사람이 있지만, 가난해서, 그녀의 아버지가 두 사람의 결혼을 절대 허락하지 않았다고 고백했어. 마음이 넓은 내 친구는 애원하는 여자에게 용기를 북돋아 주었고, 그녀가 사랑하는 사람의 이름을 듣자마자 바로 결혼식을 포기해 버렸어. 원래 그는 이미 자신의 돈으로 사놓은 농장이 있었고, 그곳에서 여생을 보낼 계획이었지만 그 농장을 자신의 연적에게 줘 버렸고, 가축을 사기 위해 남겨 놓은 포획 상금도 줘 버렸다는구나. 그러고는 직접 여인의 아버지에게 가서 두 사람의 혼인을 허락해 달라고 빌었지만, 그녀의 아버지는 내 친구의 명예를 생각해서 그렇게 할 수 없다고 완강하게 거절했다는구나. 여자의 아버지가 단호한 모습을 보이자, 그는 그 나라를 떠나 버렸고, 그녀가 원하던 결혼식을 올렸다는 소식을 듣고 나서야 귀국했어. 아마 너도 "정말 고귀한 분이군요!"라고 소리칠 것 같구나. 정말 그랬을 거야. 정말 그렇단다. 하지만 이후에 그는 평생을 배 위에서 보냈기 때문에 밧줄과 돛대줄 외에는 아는 것이 없어.

하지만 내가 불평을 약간 늘어놓는다고 해서, 또 내가 이 힘든 모험에서 영원히 얻지 못할지도 모를 위안을 찾는다고 해서, 내 결심이 흔들리고 있다고 생각하지는 마라. 내 결심은 운명처럼 이미 정해졌단다. 단지 출항을 할 수 있는 날씨가 될 때까지 항해가 미뤄지는 것뿐이란다. 겨울은 혹독하게 추웠지만, 봄이 되면 날씨가 좋아지겠지. 그래도 올해는 봄이 유난히 일찍 온다고 하는구나. 아마 항해를 예상보다 일찍 떠날지도 모르겠어. 어떤 일도 성급하게 하지는 않으마. 다른 사람들의 안전이 내 손에 달려 있을 때, 내가 얼마나 신중하고, 사려 깊은지를 너도 잘 알 테니 말이야.

출항을 앞둔 내 기분을 네게 잘 설명할 수 없구나. 떨리는 이 심정이 어떤 것이라고 네게 전하는 것은 불가능하단다. 기쁘기도 하고 겁나기도 한 기분으로 나는 항해 준비를 하고 있어. 나는 지금까지 누구도 가 보지 않은 곳, "눈과 안개의 땅으로"* 갈 거야. 하지만 나는 앨버트로스는 죽이지 않을 테니, 내 안전은 염려하지 않아도 된다.

거대한 대양들을 건너고, 아프리카나 미국의 최남단을 돌고 난 후에 너를 다시 만날 수 있을까? 나는 감히 그런 성공을 기대하진 않지만, 그 반대 상황을 생각하는 것도 견딜 수 없구나. 기회가 날 때마다 계속 편지를 보내다오. 내가 용기가 필요할 때(그럴 가능성은 아주 희박하겠지만), 네 편지를 받을 수 있을지

---

* 새뮤엘 테일러 콜리지의 시 〈늙은 선원의 노래〉에서 인용했다. 늙은 선원은 앨버트로스를 죽인 뒤 파국을 맞는다.

도 모르니까. 너를 깊이 사랑한다. 혹시 내게서 다시는 소식을
못 듣게 되더라도, 애정을 가지고 나를 기억해다오.

너의 사랑하는 오빠
로버트 왈튼

편지 3

잉글랜드의 사빌 부인에게
17×× 7월 7일

나의 소중한 누이에게

내가 무사하다는 것과 항해가 순조롭게 착착 진행된다는 것을 알리려고 급히 몇 자 적는다. 이 편지는 아르한겔스크에서 고국으로 돌아가는 한 상인 편으로 잉글랜드에 도착할 거야. 그는 나보다 운이 좋구나. 나는 아마 수년 동안은 고국을 보지 못할지도 모르는데 말이야. 하지만 기분은 좋아. 선원들은 용감하고, 확실한 목표를 가지고 있어. 빙하 조각들이 계속 우리를 지나며 우리가 위험한 곳으로 가고 있다는 것을 보여 주지만, 선원들은 전혀 걱정하거나 신경 쓰지 않는구나. 우리는 이미 위도가 높은 곳에 도착했어. 한여름인데도 잉글랜드만큼 따뜻하지는 않구나. 하지만 남풍 덕분에 우리는 그토록 가고 싶었던 해안으로 빨리 당도할 수 있었어. 기대조차 못했던 온기까지 한가득 돌아 활기가 넘치는구나.

그사이에 편지에 쓸 만큼 특별한 일은 일어나지 않았어. 한두 번 강풍이 불고 돛대가 부러지는 사건이 있었지만 경험이 많은 항해사들은 이런 일을 기억해 두기만 하고 기록으로 남기지는 않아. 항해 중에 더 나쁜 일만 일어나지 않는다면 나는 아주 만족할 것 같구나.

누이야, 잘 있어라. 나와 너를 위해서 위험할 때 성급하게 행동하지 않을 테니 걱정 말거라. 침착하고, 신중하게, 인내심을 가지고 버틸 거다.

잉글랜드에 있는 내 친구들에게 안부를 전해다오.

너를 가장 사랑하는 오빠

R. W.

편지 4

잉글랜드의 사빌 부인에게

17××년 8월 5일

    너무나 이상한 일이 일어나서 도저히 적지 않을 수가 없구나. 네가 이 편지를 받기 전에는 아마도 나를 만나게 되겠지만 말이다.

    지난 월요일(7월 31일), 우리는 얼음으로 완전히 둘러싸일 뻔했어. 사방에서 얼음이 조여 와서, 배가 떠 있을 공간이 없어질 지경이었지. 상당히 위험한 상황이었고, 엎친 데 덮친 격으로 아주 짙은 안개까지 끼었어. 우리는 날씨와 대기가 바뀌기를 바라면서 가만히 있었어.

2시가 됐을 때쯤 안개가 걷혔고, 우리는 얼음 평원이 사방팔방으로 광활하게 펼쳐진 것을 보게 되었어. 몇몇 선원들은 신음 소리를 냈고, 걱정이 되면서 나도 조심스러워졌다. 그때 문득 어떤 이상한 광경이 눈에 띄어서 우리가 처한 위기를 잠시 잊게 만들었어. 우리가 본 것은 나지막한 탈것이었어. 썰매가 달려 있고, 개들이 끌고 가고 있었지. 썰매는 북극으로 가고 있었고, 1킬로미터도 떨어지지 않은 곳에 있었어. 사람의 모습을 지녔지만, 거인의 체격을 지닌 존재가 썰매에 앉아서 개들을 몰고 있었지. 빠른 속도로 지나가는 그자를 우리는 망원경으로 보았고, 그는 저 멀리 들쭉날쭉한 빙하들 사이로 사라져 버렸어.

이 광경을 보고 우리는 무척 놀랐단다. 우리는 육지에서 수백 킬로미터 떨어진 곳에 있다고 생각했기 때문이지. 하지만 유령처럼 나타난 그자의 모습은 실제로 육지가 생각만큼 멀리 떨어진 곳에 있지 않다는 점을 말해 주는 것 같았어. 빙하에 갇혀 있었기 때문에 그를 뒤따라가는 것은 불가능했고, 그래서 우리는 그가 지나간 길을 더욱 주의 깊게 살펴보았지.

이런 일이 일어난 지 두 시간 뒤에 우리는 커다란 파도 소리를 들었어. 밤이 되기 전에 빙하가 갈라졌고, 배는 자유로워졌어. 하지만 우리는 빙하가 부서진 뒤에도 어둠 속에서 거대한 빙하들과 부딪힐까 봐 아침이 될 때까지 가만히 있었어. 이 몇 시간을 이용해서 나는 휴식을 취했지.

날이 밝자마자 나는 갑판 위로 올라갔는데, 선원들이 전부 배 한쪽에 모여 있는 것을 보았어. 바다 위에 있는 누군가에게 말하고 있는 것이 분명했지. 확인해 보니 그것은 전날 보았던 것과 같은 썰매였어. 커다란 빙하 조각 위에 실려서 밤사이 우리에게로 떠내려 온 것이었어. 살아 있는 개는 한 마리뿐이었고, 썰매에는 한 사람이 타고 있었어. 선원들은 그 사람에게 배에 올라오라고 설득하고 있었지. 그는 처음으로 발견된 대륙의 야만스러운 원주민처럼 보이던 지난번 여행자와는 달리 유럽인이었지. 내가 갑판 위에 모습을 보이자, 갑판장이 말했어.

"자, 여기 우리 선장께서 나오셨네. 선장은 아마 바다 위에서 당신을 죽게 내버려 두지는 않을 거요."

나를 보자마자, 그 이방인은 외국 억양이 섞인 영어로 내게 다짜고짜 말을 걸었어.

"제가 배에 오르기 전에, 이 배가 어디로 가고 있는지를 말씀해 주실 수 있겠습니까?"

너도 아마 내가 그런 질문을 듣고 얼마나 놀랐는지를 짐작할 수 있을 것 같구나. 죽기 일보 직전인 한 남자가 내게 했던 그 질문은 마치 뭔가 아주 귀중한 부를 지니고 있어서 내 배와 조금도 바꿀 생각이 없는 것처럼 들렸어. 그렇지만 나는 우리가 북극을 향하고 있으며, 뭔가를 발견하기 위해 항해를 하는 중이라고 대답했어.

내 대답에 그는 무척 만족한 것처럼 보였고, 배에 오르기로 동의했지. 이런! 마가렛! 네가 자신의 안전을 위해 마지못해 우리의 요구에 응한 그를 직접 봤다면, 무척 놀랐을 거야. 그는 온 몸이 얼어 있었고, 피로와 굶주림으로 끔찍할 정도로 몸이 말라 있었지. 그 정도로 쇠약해진 사람은 나는 한 번도 본 적이 없었어. 우리는 그를 선실 안으로 옮기려고 했지만, 맑은 공기를 마시지 못하자 그는 기절해 버렸어. 그래서 우리는 그를 다시 갑판 위로 데리고 나왔고, 브랜디를 억지로 한 모금이나마 마시게 한 다음에, 그의 온몸을 문질러서 정신이 들게 했지. 그가 정신을 차리는 모습을 보자마자, 우리는 그를 담요로 감싸서 부엌 난로 굴뚝 근처로 옮겼어. 그는 서서히 회복되었고, 수프를 약간 먹자 원기를 되찾았지.

이런 식으로 이틀이 지나자, 그는 말을 할 수 있게 되었어. 나는 그가 고생한 나머지 인지능력을 잃었을까 봐 걱정했어. 그가 어느 정도 회복했을 때, 내 선실로 옮겨서 시간이 나는 대로 최대한 곁에서 그를 보살폈지. 나는 그만큼 흥미로운 사람은 보지 못했어. 그의 눈빛은 야성적이었고, 심지어 광기도 어려 있었지. 하지만 누군가 그에게 친절을 베풀거나 어떤 사소한 일이라도 해 주면, 그의 얼굴을 밝아졌고, 내가 한 번도 본 적이 없는 관대함과 부드러움을 보였어. 하지만 평소에는 우울하고, 실망에 찬 모습이었어. 가끔 그는 이를 꽉 물었는데, 마치 걱정이 주는 무게가 그를 짓누르는 것 같았어.

나의 손님이 약간 회복되었을 때, 선원들에게서 그를 떼어놓느라 애를 먹었단다. 선원들은 그에게 끝도 없이 질문하고 싶어했지만, 나는 공연한 호기심에 그가 고통을 겪도록 내버려 둘수 없었어. 그의 몸과 마음의 상태를 볼 때 완전한 휴식을 취해야 했어. 한번은 부선장이 묻더구나. 그렇게 이상한 썰매를 타고 빙하에 실려 이렇게 먼 곳까지 온 이유가 뭐냐고 말이야.

질문을 듣고 그의 얼굴은 어두워졌어. 그는 대답했지.

"내게서 도망친 자를 찾으려고 했소."

"당신이 쫓는 자도 썰매를 타고 있었습니까?"

"그렇소."

"그렇다면, 우리는 그를 본 것 같습니다. 우리가 당신을 구조하기 전날, 한 남자가 개들이 끄는 썰매를 타고 빙하를 가로질러 가는 모습을 보았거든요."

이 말은 단번에 이방인의 관심을 끌었단다. 그는 "그놈의 악마"라고 말하더니 앞서간 자의 지나간 경로에 관해 수많은 질문을 늘어놓았어. 나중에 나와 단둘이 남게 되었을 때 그는 말했지.

"내가 당신과 다른 사람들의 호기심을 끌었나 보오. 그런데 당신은 나를 배려해서 아무 질문도 하지 않는구려."

"그렇습니다. 내가 호기심이 생긴다고 해서 캐묻는다면, 그것은 아주 무례하고 비인간적인 일이겠지요."

"그렇지만 당신은 나를 기묘하고 위험한 상황에서 구했소. 당신은 자비롭게도 제 생명의 은인이오."

그런 뒤에 그는 내게 빙하가 부서지면서 앞서갔던 썰매도 부수었을 것 같은지를 물었지. 나는 확실히 대답할 수 없다고 말했어. 빙하는 자정이 되어서야 갈라졌고, 그 여행자는 그사이에 무사히 안전한 곳에 도착했을지도 모른다고 말했어. 나는 분명한 판단을 내릴 수 없었지.

그때부터 이방인은 전에 나타났던 썰매를 찾기 위해 갑판 위에 무척이나 올라가고 싶어 하는 것 같았지. 하지만 나는 선실에 남아 있으라고 하면서 그를 말렸어. 차가운 날씨를 견딜 수 없을 정도로 몸이 너무 쇠약해져 있었거든. 나는 선원 한 명을 시켜서 망을 보게 했고, 뭔가 새로운 것이 눈에 보이면 바로 알려주겠다고 약속했지.

이것이 오늘까지 일어난 이상한 일이란다. 이방인은 점점 건강을 회복했지만, 꽤나 말이 없었고, 나 말고 누군가 선실 안으로 들어가면 매우 불안해하는 것 같았어. 하지만 그의 매우 부드럽고 예의 바른 태도 때문인지 선원들은 그와 대화를 거의 나누지 않더라도 그에게 관심을 가지고 있었어. 나는 그에게 우애를 느끼기 시작했고, 그의 지속적이고 깊은 슬픔은 그에게 동정과 연민을 느끼게 했어. 그는 더 나은 시절에는 고귀한 인물이었음에 틀림없어. 매우 쇠락한 지금도 굉장히 매력적이고 상냥하니까 말이야.

나의 소중한 마가렛, 한번은 내가 어느 편지에서 이 드넓은 바다 위에서 친구를 찾을 수 없다고 적었었지. 하지만 나는 한 남자를 찾았어. 고통이 그의 영혼을 부수기 전에 그를 만났다면 나는 의형제를 맺을 만한 사람을 찾았다며 분명 행복해했을 거야.

이 이방인과 관련해서 계속 일기를 기록하려고 해. 뭔가 새로운 일이 일어나면 적을게.

17××년 8월 13일

손님을 향한 애정이 나날이 커져 가는구나. 그를 보면 놀라울 정도로 동정과 연민이 한꺼번에 느껴져. 그토록 고귀한 사람이 불행 때문에 파괴된 모습을 보면 가슴이 너무 아파! 그는 무척 다정하면서도, 지혜로워. 또 뛰어난 교양도 지니고 있어서 단어들을 가려서 쓰면서도, 빠르고 유창하게 말을 하지.

그는 이제 많이 회복했고, 계속 갑판 위에 있어. 앞서 지나간 썰매를 찾는 눈치야. 하지만 그가 아무리 불행해도, 완전히 자신의 불행 안에만 갇혀 있지는 않았어. 그는 다른 선원들의 일에 관심을 보였지. 그는 내 계획에 관해서 많은 질문을 했어. 나는 나의 지난 과거를 그에게 솔직히 얘기해 주었지. 그는 나의 확신을 마음에 들어 하는 것 같았고, 나의 계획을 몇 차례 바꿀 것을 제안했어. 그의 충고는 내게 무척 유용했단다. 세세하게 규칙을 따지지 않았지만, 그가 한 일은 모두 주위의 다른 사람들을 돕고자 하는 마음에서 나왔지. 그는 우울함을 극복하기 위해 자주 홀로 앉아 있었어. 무뚝뚝하거나 비사교적인 면을 많이 극복하려고 애썼지. 이런 감정의 발작은 태양 앞의 구름처럼 지나가 버렸어. 비록 좌절감에서 완전히 벗어날 수는 없었지만 말이야. 나는 그의 신뢰를 얻기 위해 많은 노력을 했는데, 나는 내가 성공했다고 믿어. 어느 날, 그에게 나를 이해해 주고 조언해 줄 수 있는 친구를 찾고 싶은 욕구를 말했단다. 나는 충고를 받는다고 해서 기분 나빠하는 부류에 속하지는 않는다고도 말했어.

"저는 혼자 공부해 와서 제가 가진 능력을 충분히 믿지 못합니다. 그래서 제게 믿음을 주고, 저를 지지할 수 있는, 저보다 더욱 지혜롭고 경험이 많은 친구가 있으면 좋겠습니다. 진정한 친구를 찾기가 불가능하다고 생각해 본 적도 없고요."

이방인이 대답했어.

"우정이 귀할 뿐만 아니라, 그런 친구를 얻을 수 있다는 자네 생각에 나 또한 동의합니다. 나도 친구가 한 명 있었소. 그는 가장 고귀한 사람이었고 그 덕분에 우정에 관해서 알아갈 수 있었지. 당신에게는 희망이 있으며 또한 당신 앞에 세상이 펼쳐져 있으니 절망할 이유가 없소. 하지만 나는…… 나는 모든 것을 잃었고, 삶을 새로 시작할 수 없게 되었소."

이 말을 하는 그의 얼굴에 잔잔하게 가라앉은 슬픔이 어렸고, 그의 모습은 나의 마음을 움직였어. 하지만 그는 말없이 바로 선실에 들어가 버렸어.

지금 그의 정신은 부서졌지만, 그는 누구보다도 자연을 더욱 깊이 느낄 수 있는 사람이란다. 별이 빛나는 밤하늘, 바다, 이렇게 경이로운 지역에서 볼 수 있는 모든 풍경은 아직도 그의 영혼을 지상에서 들어 올릴 힘을 지니고 있는 것 같구나. 이런 사람은 두 개의 존재를 지니고 있어. 불행을 겪으면서 고통받고 절망에 빠질 수 있지만, 자신의 내면으로 침잠하면 그는 마치 천상의 영혼과 같은 존재가 되고, 주위에 두른 후광에는 어떤 슬픔이나 잘못된 모험도 감히 접근할 수 없지.

이런 멋진 방랑자에게 열광하는 내 모습이 너는 아마 우습겠지? 그렇게 보인다면, 네가 지닌 특유의 소박함을 잃은 게 틀림없어. 하지만 꼭 웃고 싶다면, 내 표현에서 느껴지는 따스함에 미소를 보내 줘. 그사이에 나는 날마다 열광할 새로운 이유를 그의 모습에서 찾을 테니까.

17×× 8월 19일

어제 그 이방인이 내게 말했어.

"월튼 선장, 당신은 쉽게 알아보겠지만, 나는 누구도 겪지 못한 엄청난 불행을 겪었소. 이 악마에 대한 기억은 내가 죽으면서 완전히 사라져야 한다고 결심한 적이 있었소. 하지만 당신은 내 결심을 바꾸어 놓았소. 당신은 예전의 나처럼 지식과 지혜를 갈구하고 있소. 당신의 바람이 내가 그랬던 것처럼 당신을 무는 뱀이 되지 않기를 진심으로 바라오. 나의 불행에 대해 이야기해 주는 것이 당신에게 도움이 될지 모르겠소. 하지만 듣고 싶다면, 내 이야기에 귀를 기울이시오. 나는 그 기이한 사건들이 당신에게 자연을 바라보는 시각을 제공하고, 당신의 능력과 이해력을 높여 줄 거라 생각하오. 당신은 불가능하다고 생각되는 일들과 힘에 관해서 듣게 될 것이오. 하지만 나는 내 이야기 안에 실제로 일어난 일이라는 것을 보여 주는 내적 증거가 전달되리라 믿어 의심치 않소."

넌 아마 그가 내게 말을 건네서 내가 기뻤다고 생각했겠지. 하지만 그가 자신의 불행을 다시 얘기하면서 깊은 슬픔을 한 번 더 느끼게 되는 것이 나는 못내 견딜 수 없었어. 그가 약속했던 이야기를 너무나 듣고 싶었지만, 그것은 한편으로는 호기심에서였고, 다른 한편으로는 내 힘이 닿는 데까지 그가 처해 있는 가혹한 운명에서 벗어나게 해주고 싶다는 생각이 강하게 들었기 때문이지. 이런 내 생각을 그에게 밝히자 그가 대답했지.

"위로해 줘서 고맙소. 하지만 다 부질없는 짓이오. 내 운명은 거의 끝나 가니까. 나는 한 가지 일만 기다리고 있고, 그 일만 끝나면 평화롭게 영원한 잠에 들 것이오. 당신의 느낌은 이해하오."

그는 내가 그의 말을 끊고 싶어 하는 것을 눈치 채더니 계속 말했어.

"그렇지만 친구여—당신을 친구라고 불러도 좋다면—당신은 잘못 생각하고 있소. 어떤 것도 내 운명을 바꿀 수는 없어. 나의 과거를 듣고 나면, 내 운명이 이미 정해져서 돌이킬 수 없다는 것을 알게 될 것이오."

그러고는 다음 날 내가 한가할 때 얘기를 들려주겠다고 했어. 나는 그의 약속에 뜨겁게 감사를 표시했지. 나는 매일 밤 꼭 해야 할 일이 없으면 그가 낮에 했던 말을 되도록 낱낱이 그대로 적기로 결심했단다. 할 일이 있을 때에는 적어도 메모는 할 수 있겠지. 지금부터 이어지는 원고는 틀림없이 무척 재미있을 거야. 그를 알고, 그에게서 직접 이야기를 들은 나는 먼 훗날에 얼마나 흥미롭게 공감하면서 이 원고를 다시 읽게 될까!

1

나는 제네바 태생이다. 우리 집안은 제네바 공화국에서 매우 명망이 높다. 선조들은 오랫동안 국회의원과 국가 자문 위원을 지냈고, 아버지도 공직에서 여러 업적을 남겨 덕망과 명예를 쌓았다. 정직한 성품에 나랏일에는 지치는 줄도 모르고 귀 기울였던 분이라 사람들의 존경도 한 몸에 받았다. 아버지는 그렇게 쉴 새 없이 쏟아지는 일에 온 청춘을 다 바쳤다. 그래서 한창때가 지나고 난 뒤에야, 결혼을 해서 자신의 덕행과 평판을 대대손손 이어 줄 아들이 필요하다고 생각하셨다.

아버지가 결혼하게 된 계기를 보면 그분의 성격이 고스란히 드러나기에 이야기를 하지 않을 수 없다. 아버지의 매우 가까운 친구분들 중에 부유한 상인이 한 분 있었다. 그러나 계속되는 불운으로 가세가 급격히 기울고 말았다. 그분의 존함은 보포르다. 그는 자존심이 강하고 고지식한 성격이라 높은 지위와 막강한 영향력을 떨치던 곳에서 가난하게 살면서 사람들로부터 잊히는 일을 못마땅해했다. 그리하여 매우 당당하게 빚을 갚고선 딸을 데리고 루체른이라는 마을에 숨어 세상의 눈을 피해 초라하게 살았다. 아버지는 보포르 씨를 진정한 벗으로 대했고, 친구가 그처럼 숨어 지내게 된 상황을 비통해했다. 벗을 잃었다는 일에 매우 슬퍼한 아버지는 쉴 새 없이 보포르 씨를 찾아다녔다. 그를 만나면 아버지의 신용과 도움으로 세상에 다시 나서 보라고 설득할 셈이었다.

그러나 보포르 씨가 워낙 철저히 숨어 버린 터라 그를 찾는데만 해도 열 달이나 걸렸다. 그를 찾았다는 소식에 아버지는 부푼 가슴을 안고 로이스 강변의 초라한 거리에 있는 그의 집으로 급히 향했다. 기쁨도 잠시, 방으로 들어가 보니 고통과 절망이 밀려왔다. 보포르 씨는 파산을 간신히 면했고, 수중에 남은 돈도 매우 적었다. 그 돈으로 몇 달은 버틸 수 있었고, 그러는 동안 한 상인의 저택에서 괜찮은 일자리를 구할 수 있으리라 생각했다. 그러나 보포르 씨는 결국 아무 일도 할 수 없었다. 예전 생활을 떠올릴 때마다 슬픔은 더욱 깊어져 가슴에 사무치기만 했다. 결국 그의 마음속에는 슬픔이 가득 찼고 석 달이 지나도록 아무것도 해 보지 못한 채 병으로 침대 신세를 지게 되었다.

보포르 씨의 딸은 그를 지극정성으로 간호했지만 생활비는 급격히 줄어들었고 누구에게도 도움을 청할 수 없어서 참혹한 심정이었다. 하지만 캐롤라인 보포르 양은 비범한 정신을 지니고 있었기에 힘든 상황에서 더욱 용기가 솟아올라 자신을 지탱할 수 있었다. 그녀는 간단한 일거리를 구했다. 짚도 엮고 여러 소일거리도 구해서 겨우 버틸 만큼의 생활비는 벌 수 있었다.

그렇게 몇 달이 흘러갔다. 보포르 씨의 병은 더욱 깊어 갔다. 캐롤라인은 아버지를 보필하는 데 많은 시간을 보내야 했기에 이전만큼 돈을 벌수도 없었다. 그렇게 열 달이 지날 무렵, 보포르 씨는 캐롤라인의 품에서 숨을 거두었고, 그녀는 무일푼에 고아가 되었다. 아버지의 죽음은 그녀에게 큰 충격을 주었고, 그녀는 보포르 씨의 관 옆에서 무릎을 꿇고 비통하게 울고 있었다. 아버지가 보포르 씨의 방에 발을 디딘 것은 바로 그때였다. 그 가엾은 소녀의 수호천사처럼 나타난 것이다. 그녀는 아버지에게 신세를 지기로 했다. 보포르 씨의 장례를 치른 후 아버지는 캐롤라인을 제네바로 데려가 친척에게 맡겼다. 그러고 나서 2년 후 캐롤라인은 아버지의 아내가 되었다.

아버지는 어머니의 남편이자 부모가 되면서 새롭게 주어진 일에 많은 시간을 보내야만 했다. 그래서 맡고 있던 여러 관직에서 물러나 자식들의 교육에 헌신했다. 나는 그중 장남이었고,

아버지께서 이루신 모든 과업과 재산을 물려받기로 되어 있었다. 그토록 자상한 부모님을 만난 사람이 또 있을까? 두 분은 내가 건강하게 성장할 수 있도록 끊임없는 관심을 가졌다. 이는 몇 년간 동생들이 태어나지 않았기 때문이다. 여기서 잠깐, 이야기를 계속하기 전에 내가 네 살 때 겪었던 일을 기록해 두어야겠다.

아버지에게는 여동생이 있었는데, 그녀를 매우 각별히 아꼈다. 그녀는 젊은 나이에 이탈리아 출신의 한 신사와 결혼했다. 고모는 남편을 따라 이탈리아로 갔고 몇 년간 연락도 뜸했다. 그런데 그사이 고모가 세상을 떠나고 말았다. 몇 달 후 아버지는 고모부에게 편지 한 통을 받았다. 이탈리아인 여자와 결혼하게 되었으니 고모의 외동딸인 어린 엘리자베스를 맡아 달라는 내용이었다.

"엘리자베스를 친딸처럼 생각하고 길러 주십시오. 여동생의 재산은 모두 그 아이가 물려받을 것입니다. 관련 문서는 직접 보관할 수 있도록 동봉합니다. 생각해 보시고 조카를 직접 양육할지, 새엄마 손에 맡길지를 결정해 주십시오."

아버지는 망설이지 않고, 곧바로 이탈리아로 가서 어린 엘리자베스를 집으로 데려오기로 결심하셨다. 어머니는 그렇게 어여쁜 아이는 본 적이 없다고 하시면서 얌전하고 사랑스러운 성품을 타고났다는 것을 쉽게 알 수 있었다고 말씀하셨다. 그녀의 훌륭한 성품에 집안사람과 혼인을 성사시키고 싶으신 어머니의 마음이 더해졌다. 어머니는 엘리자베스를 장차 내 신붓감으로 정하셨다. 어머니로서는 후회할 까닭이 전혀 없는 계획이었다.

이때부터 엘리자베스 라벤자와 나는 서로 소꿉친구로 지냈다. 조금 더 자란 후에 그녀는 나의 벗이 되었다. 엘리자베스는 매우 순하고 착하면서도 여름날의 곤충들처럼 발랄하며 장난기도 많았다. 생기가 넘치고 활동적이었지만 강인하면서도 깊은 감수성을 지녔으며 유난히 사랑스러웠다. 누구보다도 자유분방했지만, 속박이나 급작스런 변화에 품위 있게 대처할 줄도 알았다. 상상력도 풍부한 데다 집중력도 뛰어났다. 외모도 마음씨를 꼭 빼닮았다. 적갈색 눈동자는 새의 눈처럼 명랑하면서도, 매력적인 부드러움을 지니고 있었다. 체형은 날씬하면서도 가뿐해 보였는데, 밀려오는 피곤함을 견딜 수 있어 보였지만 한편으로 더없이 연약해 보이기도 했다. 나는 그녀의 이해력과 상상력에 찬사를 쏟아 냈으며 가장 애지중지하는 애완동물처럼 그녀를 돌보는 일을 좋아했다. 작은 몸집에 마음과 외모가 그토록 조화로운 사람이 세상에 또 있을까?

모두가 엘리자베스를 사랑했다. 하인들은 부탁할 일이 생기면 늘 엘리자베스를 통해서 했다. 나와 엘리자베스는 갈등이나 논쟁이 뭔지 모를 정도로 사이가 좋았다. 성격은 매우 달랐지만 그 덕분에 오히려 잘 맞았다. 나는 엘리자베스보다 차분하고 냉철한 편이었지만, 유연하진 못했다. 나는 더 참을성이 있어서, 뭔가에 열중하는 일이 그다지 힘들지 않았다. 나는 현실 세계에 관한 사실을 탐구하는 일을 매우 좋아한 반면, 엘리자베스는 시인이 만들어 낸 환상을 쫓느라 많은 시간을 보냈다. 내게 세상은 밝혀야 할 비밀이었지만 그녀에게는 상상으로 채워야 할 텅 빈 공간이었다.

남동생들과 나는 나이 차이가 컸다. 그래서 또래 형제의 빈자리를 채워 줄 친구를 학교에서 만났다. 앙리 클레르발은 아버지와 절친한 친구이자 제네바에서 상업에 종사하시는 분의 아들이었다. 클레르발은 재능도 남다르고 상상력도 풍부했다. 그가 아홉 살 때 동화를 쓴 적이 있는데 모두에게 기쁨과 놀라움을 안겨 주었다. 클레르발은 그 후에도 기사 이야기를 담은 로망을 워낙 좋아해서 꾸준히 탐독했다. 아주 어릴 적에는 좋아하는 책을 토대로 극을 써서 모두 함께 연극을 해 보기도 했다. 극에는 주로 올랜도, 로빈 후드, 아마디스, 성 조지*가 등장했다.

이토록 행복한 어린 시절을 보낸 사람이 있을까? 부모님은

---

* 올랜도는 루도비코 아리오스토의 서사시 〈광란의 오를란도〉에 나오는 등장인물이며 아마디스는 기사 로맨스 〈아마디스 데 가울라〉에 등장하는 인물이다. 성 조지는 영국의 수호성인이다.

관대하신 데다 친구들도 모두 상냥했다. 억지로 공부한 적도 없다. 우리는 늘 갖가지 방법을 동원해 목표를 정해 두었고, 해야 할 공부를 마치려고 안간힘을 썼다. 서로 경쟁할 필요도 없이 공부에 몰두할 수 있었다. 엘리자베스가 그림에 전념한 것은 동료들보다 잘 그리려고 해서가 아니라, 가장 좋아하는 풍경을 직접 그려서 외숙모를 기쁘게 해 주기 위해서였다. 우리는 라틴어와 영어를 공부했고 읽을 줄도 알았다. 벌을 받아서 공부가 싫어지는 일 따위는 없었다. 오히려 즐겁게 공부에 집중했다. 다른 아이들에게 고역인 공부가 우리에게는 신나는 놀이였다. 만약 공부가 신나는 놀이처럼 느껴지지 않았다면 방법에 따라 훈련을 받은 여느 아이들에 비해 아주 많은 책을 읽거나 외국어를 매우 빨리 터득하지 못했을지도 모른다. 일단 배운 것은 잘 잊지 않았다.

가정생활에 대해서 이야기할 때, 늘 우리와 함께 지낸 앙리 클레르발을 빼놓을 수 없다. 그는 나와 학교도 함께 다녔고, 대개 오후에는 우리 집에서 지냈다. 클레르발은 외동아들이라 함께 시간을 보낼 형제들이 없었기 때문에, 그의 아버지는 클레르발이 우리와 어울리는 것을 매우 기뻐하셨다. 클레르발이 있을 때에만, 우리는 완벽하게 행복할 수 있었다.

어린 시절을 회상하면 기분이 좋다. 불행이 내 마음을 더럽히기 전이었고, 세상을 널리 이롭게 하리라는 밝은 꿈을 나 자신에 대한 우울하고 편협한 사념으로 바꿔 놓기 전이었다. 하지만 유년 시절을 묘사할 때에는 부지불식간에 나를 훗날의 고통으로 이끈 모든 사건을 빠뜨리지 않고 기록해야 한다. 왜냐하면 나중에 내 운명을 덮쳐 버린 그 격정의 탄생을 스스로에게 설명하려고 하면, 그 격정이 마치 계곡물처럼 무심코 지나칠 만한, 거의 잊힌 샘에서 생겨난 것을 발견했기 때문이다. 그 물줄기는 점점 커져서, 격류가 되어, 결국 내 희망과 기쁨을 모조리 휩쓸어 가 버렸다.

자연철학은 내 운명을 지배했다. 따라서 내가 자연철학에 빠지게 된 이유를 설명하고자 한다. 열세 살 되던 해에 우리는 다함께 토농 근처의 수영장에 나들이를 갔다. 하지만 사나운 날씨 때문에 우리는 숙소에 갇혀 하루를 더 보내야 했는데, 이곳에서 나는 우연히 코르넬리우스 아그리파*가 쓴 책을 발견했다. 나는 무심코 책을 펼쳤다. 하지만 그가 설명하려는 이론과 그가 언급하는 놀라운 사실들은 곧 내 무심함을 열정으로 바꾸어 놓았다. 새로운 빛이 내 마음을 깨워 새벽을 열었다. 기뻐서 펄쩍 뛰며 나는 아버지에게 이 발견을 털어놓았다. 여기서, 자신들은 전혀 모르지만 학생들에게 유익한 지식에 관심을 갖도록 할 수 있는 기회가 선생들에게 얼마나 많은지에 대해 언급하지 않을 수 없

---

* 16세기에 활동한 연금술사다.

다. 아버지는 내가 건넨 책의 속표지를 스윽 보더니 말했다.

"아, 코르넬리우스 아그리파구나! 빅터야, 이런 책을 읽으며 시간을 낭비하지 말거라. 애석하게도 쓰레기일 뿐이란다."

만약 아버지께서 이런 식의 조언 대신 힘들더라도 '아그리파의 법칙들은 이미 타파되었고 현대적인 과학 체계가 도입되어 고대보다 훨씬 큰 영향을 미치고 있다. 왜냐하면 고대 과학은 황당무계하지만 현대 과학은 더 현실적이고 실용적이니까'라고 설명했다면, 나는 분명 아그리파의 책 대신 당시 따끈따끈하게 달아오르던 상상력으로 보다 현대의 발견으로 나타난, 더욱 논리적인 화학 이론에 더욱 전념했을 것이다. 나아가서는 나를 파멸로 이끈 그런 학문을 공부해 보겠다는 위험천만한 충동 자체도 느끼지 못했을 것이다. 하지만 책을 건성으로 쳐다보는 아버지의 시선을 보았을 때, 아버지가 내용을 알고 있다는 확신이 전혀 들지 않았고, 그래서 나는 책을 더욱 열심히 계속 읽었다.

집에 돌아오자마자 나는 아그리파 전집을 구했다. 다음에는 파라켈수스*와 알베르투스 마그누스**가 쓴 책을 구했다. 나는 이들의 공상을 재미있게 읽고 연구했다. 그들은 아무도 모르는 나만의 보물처럼 느껴졌다. 나는 그 비밀스런 지식들을 아버지

---

* 16세기에 활동한 스위스의 연금술사다.
** 13세기에 활동한 독일의 신학자이자 과학자이다.

에게 말해 주고 싶었지만 아버지는 계속 내가 아그리파에 대해 가지는 호감을 좋지 않게 생각하셔서 그럴 수 없었다. 나는 엘리자베스에게 내가 알게 된 걸 털어놓으며 그 일을 꼭 비밀로 해 달라고 했다. 엘리자베스도 그다지 그 주제에 관심이 없었기에 결국은 나 홀로 연구를 하게 되었다.

18세기에 알베르투스 마그누스를 따르는 제자가 나오다니, 이는 매우 이상해 보일 것이다. 가족들은 과학에 그리 관심이 없었고, 나는 제네바의 학교에서 관련 수업을 전혀 늘어 본 적이 없었다. 그래서 현실은 내가 꿈꾸는 것에 전혀 방해가 되지 않았고, 나는 최선을 다해 현자(賢者)의 돌과 불로장생약을 찾아 헤매기 시작했다. 가장 주목했던 것은 불로장생약이었다. 내게 '부(富)'란 그저 하찮을 뿐이었다. 하지만 불로장생약을 발견해서 인체에서 질병을 몰아내고, 잔혹한 폭력으로 인한 죽음 말고는 그 무엇도 해칠 수 없다면 얼마나 큰 영예가 따를 것인가?

내게는 다른 꿈도 있었다. 내가 좋아하는 저자들은 모두 유령이나 악령을 불러내겠다고 약속했는데, 나도 그 약속이 꼭 현실이 되기를 바랐다. 내 주술이 실패하기라도 하면 고대 학자들의 연구가 부족하거나 정확하지 않다고 생각하지 않았다. 대신 내가 미숙하거나 실수한 것이라고 생각했다.

나는 눈앞에서 일어나는 자연현상을 꾸준히 관찰했다. 내가 좋아한 저자들은 전혀 알지 못했던 증류 과정과 증기의 놀라운 효과는 나를 무척 놀라게 했다. 무엇보다, 우리가 자주 찾아갔던 한 신사분이 했던 공기 펌프를 이용한 몇몇 실험들이 가장 놀라웠다.

고대 학자들이 이런저런 사실들을 몰랐다는 걸 알게 되자, 그들에 대한 믿음은 차차 줄어들었다. 그러나 내 마음에 다른 체계가 자리 잡기 전까지는 그들을 완전히 저버릴 수 없었다.

내가 열다섯 살이 되었을 때, 우리는 벨리브 가까이에 있는 집으로 이사를 갔다. 그때, 우리는 가장 맹렬하고, 무시무시한 폭풍우를 목격했다. 폭풍우는 쥐라산맥 뒤편에서 몰려오더니 갑자기 번쩍였고, 하늘 곳곳에서는 소름 끼칠 만큼 큰 소리가 울려 퍼졌다. 그러는 동안에도 나는 호기심과 즐거움으로 들떠서 그 장면을 꾸준히 지켜보았다. 그렇게 대문 앞에 서 있는데, 갑자기 아름다운 고목 떡갈나무에서 불줄기가 뿜어져 나왔다. 떡갈나무는 집에서 20미터도 채 떨어져 있지 않았다. 눈부신 빛이 사라지자, 나무도 사라져 버렸고, 남은 건 파괴된 나무 밑동뿐이었다. 다음 날 아침 그 자리에 가 보았을 때, 나무는 독특한 모양으로 부서져 있었다. 번개에 맞아 쪼개진 것이 아니라, 얄팍하고 긴 널빤지마냥 완전히 쪼그라들어 있었다. 그렇게 철저하게 파괴된 건 한 번도 본적이 없었다.

떡갈나무가 처참하게 파괴된 것을 보고 나는 무척 놀라서, 아버지에게 천둥과 번개가 일어나는 원인과 성질을 열심히 물어보았다. 아버지는 "바로 전기란다"라고 대답했고, 전기의 여러 효과도 함께 설명했다. 아버지는 작은 전기 장치를 만들어서, 몇 가지 실험도 보여 주셨고, 철사와 끈으로 연을 연결해서, 구름 사이에서 전류를 끌어내리기도 했다.

이 일을 계기로 내 상상의 세계를 그토록 오랫동안 지배했던 신들, 코르넬리우스 아그리파, 알베르투스 마그누스, 파라켈수스는 자리를 잃었다. 하지만 나의 운명이 이미 정해졌는지, 현대 과학 이론을 공부할 엄두가 나지 않았고, 다음에 일어난 일들의 영향을 받아서 더욱 의욕을 잃었다.

아버지께서는 내가 자연철학 강의를 듣기를 바라셨고 나도 그에 흔쾌히 동의했다. 그런데 몇 가지 일 때문에 학기가 거의 끝날 때까지 수업을 들을 수 없었다. 마지막 강의를 들어갔지만 무슨 말인지 전혀 이해할 수 없었다. 교수는 칼륨과 붕소, 황산염과 여러 산화물 등의 용어들을 유창하게 사용하면서 수업했지만, 그 단어들을 들었을 때 나는 아무 생각도 떠오르지 않았다. 그 결과 자연철학에 대한 흥미를 완전히 잃고 말았다. 그래도 플리니우스와 뷔퐁*의 책은 재미있게 읽었고, 내가 보기에 두 책은 모두 우열을 가릴 수 없을 정도로 흥미롭고 유익했다.

---

* 플리니우스는 로마 제정기의 자연 철학자로 《박물지》를 썼으며, 뷔퐁은 프랑스의 박물학자로 역시 《박물지》를 썼다.

당시에 나는 수학에 푹 빠져들었다. 웬만한 학문들은 수학과 관계가 있기도 했다. 외국어를 익히느라 많은 시간을 보내기도 했다. 라틴어는 이미 익숙해서 가장 쉬운 그리스 작품들은 사전 없이도 읽을 수 있었다. 영어와 독일어에도 능통했는데, 이 모든 것을 열여덟 살에 이루었다. 이미 느꼈겠지만, 다양한 문헌에 담긴 지식을 익히고 유지하느라 모든 시간을 쏟았다.

내가 맡게 된 또 다른 일은 내 동생들을 가르치는 일이었다. 나보다 여섯 살 어린 에르네스트가 내 학생이 되었다. 에르네스트가 어렸을 때부터 건강하지 못해서 엘리자베스와 나는 그를 꾸준히 보살폈다. 에르네스트는 얌전했지만 공부에는 집중하지 못했다. 막내 동생인 윌리엄은 아직 아기였고 세상에서 가장 작고 예뻤다. 생기 넘치는 푸른 눈과 보조개가 찍힌 두 볼, 귀여운 몸짓 때문에 특히 사랑을 많이 받았다.

이들이 바로 우리 가족이었다. 우리 가족에게는 근심이나 고통은 영원히 없을 것 같았다. 아버지께서는 우리 공부를 봐 주셨고, 어머니께서는 우리를 즐겁게 해 주셨다. 이들 중 누구도 우위에 서려고 하는 법이 없었다. 서로에게 명령하지도 않았다. 우리는 모두 끈끈한 애정으로 다져졌기에 서로의 바람대로 순순히 따랐다.

2

열일곱 살이 되자, 부모님께서는 나를 잉골슈타트 대학에 보내기로 마음먹으셨다. 그때까지 나는 제네바에서 학교를 다녔다. 하지만 아버지는 내가 공부를 끝내려면 그곳에 가야 하며, 제네바가 아닌 다른 나라의 관습도 익혀야 한다고 생각했다. 그래서 나는 곧 떠나기로 되어 있었다. 그러나 떠나기 바로 전날, 내 인생에서의 첫 불운이 닥쳐왔다. 이는 내가 겪을 고통스러운 미래에 대한 예고였다.

엘리자베스가 성홍열에 걸린 것이다. 그러나 그 정도가 그리 심하지 않아 그녀는 금방 회복했다. 어머니는 격리된 엘리자베스를 간호하겠다며 고집을 부렸고, 우리는 그걸 말리느라 아주 혼이 났다. 우리가 하도 애원해서 처음에는 포기했지만 애지중지하던 조카가 낫고 있다는 말을 듣자, 참지 못하고 우리를 내팽개치더니 감염의 위험이 가시지 않은 엘리자베스의 방으로 들어가 버렸다. 무모함은 곧 재앙으로 이어졌다. 사흘 뒤, 어머니는 앓아누웠다. 열은 걷잡을 수 없이 올라갔고, 하인들의 표정만으로도 최악의 상황을 예상할 수 있었다. 존경하는 어머니는 죽음의 문턱에서조차 강인하면서도 온화한 모습을 잃지 않았다. 어머니는 엘리자베스와 내 손을 맞잡고 말했다.

"얘들아, 너희 둘의 결혼 생활이 행복하리라 나는 굳게 믿는단다. 아버지께서도 너희 둘이 결합하면 위안이 되실 거야. 어여쁜 엘리자베스, 어린 사촌 동생들에게 내 안식처를 제공해 주도록 해라. 아아! 너희를 떠나게 되어 정말 슬프구나. 사랑받고 행복했던 내가 어떻게 너희와 헤어질 수 있겠니? 그렇지만 이런 생각은 나와는 어울리지 않구나. 죽음도 기꺼이 받아들여야지. 다른 세상에서 너희와 만날 생각만 해야겠구나."

어머니는 조용히 숨을 거두었다. 돌아가시는 순간에도 어머니의 얼굴에는 사랑의 기운이 번졌다. 무슨 말이 필요하겠는가? 우리가 간절히 붙잡고 있던 끈을 돌이킬 수 없는 불운이 싹둑 잘라 버린 느낌이었다. 마음 깊숙한 곳에선 허전함이 밀려왔고, 얼굴에는 절망감이 피어올랐다. 모든 상황을 받아들이기에는 어느 정도 시간이 필요했다. 늘 볼 수 있던, 우리 존재의 일부였던 그분이 영원히 떠나 버릴 수도, 그 사랑스런 눈이 발하던 빛이 꺼져 버릴 수도, 늘 내 귀를 즐겁게 했던 그 목소리가 잦아들어 이젠 영원히 들을 수도 없다니. 어머니가 돌아가신 날에는 그런 생각만 들었다. 그러나 시간이 지나면서 참혹한 현실로 느껴지면 그때서야 쓰라린 깊은 슬픔이 밀려오는 법. 그러나 저 급작스러운 손길에 사랑하는 이를 잃지 않는 사람이 어디 있겠는가? 모든 이가 겪었거나, 겪어야 하는 슬픔을 내가 굳이 설명할 필요는 없지 않은가? 그러다가 결국 슬픔은 사치일 뿐 당연한 게 아니라는 생각이 들 때가 온다. 불경스럽게 보일 수도 있겠지만 입가에 미소는 다시 돌아왔다. 어머니는 돌아가셨지만 우리는 주어진 일을 해야만 했다. 세상 사람들처럼 우리도 갈 길을 가야 했고, 놈들이 우리 목숨을 앗아가지 않고 이렇게 살아 있어서 다행이라는 생각도 들었다.

이 일로 인해 잠시 미뤄졌던 잉골슈타트로 가는 여정이 다시 정해졌다. 아버지는 내가 몇 주 동안 한숨 돌릴 수 있게 해 주었다. 그동안 나는 하루하루를 슬퍼하며 보냈다. 어머니의 죽음, 그리고 곧 닥쳐올 여정 때문에 마음이 우울했다. 엘리자베스는 모두의 기운을 북돋아 주려고 했다. 외숙모를 잃은 후 엘리자베스의 정신력은 더욱 굳고 강해졌다. 그녀는 최대한 정확하게 자신이 맡은 책임을 다하기로 했다. 그녀가 맡은 가장 중요한 일은 외삼촌과 사촌들을 행복하게 해 주는 것이었다. 그녀는 나에게는 위로가, 아버지에게는 즐거움이, 내 동생들에게는 선생님이 되어 주었다. 그녀에게 그토록 끌린 적은 없었다. 엘리자베스는 자신을 온전히 잊은 채 타인의 행복을 위해 끊임없이 헌신하고 있었다.

마침내 떠나기로 한 날이 되었다. 나는 클레르발을 제외한 다른 친구들과 작별 인사를 나누었다. 클레르발은 전날 밤을 우리와 함께 보냈다. 그는 나와 함께 가지 못해 매우 애통해했다. 하지만 아무리 설득해도 클레르발의 아버지는 아들을 떠나보내려고 하지 않았다. 그는 아들과 함께 사업을 할 생각이었고, 평범하게 살면서 사업을 하는 데 학문이 꼭 필요한 것은 아니라는 신념을 따랐다. 클레르발은 깨어 있는 정신을 지니고 있었다. 그는 게으름을 피울 마음도 없었고 아버지와 함께 일하는 것도 좋아했다. 그리고 훌륭한 무역상이면서도 교양을 쌓을 수 있다고 믿었다.

우리는 클레르발의 불평도 듣고 미래에 대한 소소한 맹세들도 늘어놓으면서 밤을 지새웠다. 다음 날 아침, 나는 떠났다. 엘리자베스는 하염없이 눈물을 흘렸다. 나와의 이별이 아쉬워서이기도 했지만, 세 달 전이라면 어머니도 내 여정을 축복해 주었으리라는 생각이 들어서이기도 했다.

나는 머나먼 곳으로 향하는 이륜마차에 몸을 싣고 극도의 비애감에 젖어 들었다. 다정한 벗들과 늘 함께하고 기쁨을 나누며 살아왔던 내가 이제는 혼자라니. 내가 향하고 있는 대학이란 곳에서 나는 손수 친구를 찾고 스스로를 보살펴야 했다. 그동안 매우 외딴 곳에서 오로지 가족들과 지냈던 나였기에 낯선 얼굴들에 대한 반감만 생겼다. 그저 동생들과 엘리자베스, 클레르발이 좋았다. 그들은 내게 찰스 램의 시에 나오는 〈오래되고 친숙한 얼굴들〉*과 같았다. 새로 만날 친구들과는 왠지 맞지 않을 듯했다. 그러나 시간이 조금 흐르자 여정을 시작할 때와 달리 기분도 좋아지고 희망도 생겼다. 지식을 쌓고자 하는 마음도 무척 간절해졌다. 집에 있을 때는 종종 나의 청춘을 이렇게 한 곳에 처박혀서 지내는 것이 갑갑하다고 생각했고, 세상에 나가 다른 사람들 속에서 나의 위치를 찾고 싶다는 생각이 간절했었다. 드디어 그 바람이 이루어졌으니 어리석게 후회를 할 수만은 없었다.

잉골슈타트로 향하는 여정은 지루하고 피곤했기에 이런저런 생각에 잠길 수 있는 시간이 많았다. 그리고 마침내 높게 솟은 하얀 첨탑이 보이기 시작했다. 나는 마차에서 내린 후 혼자 지내게 될 방으로 들어갔다. 그리고 그날 저녁은 마음 내키는 대로 시간을 보냈다.

다음 날 아침, 나는 자기소개서를 보낸 후 주요 교수진을 찾아갔는데 그분들 중에는 자연철학을 전공하신 크렘페 교수님

---

* 찰스 램이 1798년에 발표한 시의 제목이다.

도 있었다. 크렘페 교수님은 정중하게 날 맞으시더니 자연철학과 관련된 여러 과목을 얼마나 공부했는지 여쭤 보셨다. 그때나는 매우 떨리고 두려웠다. 내가 읽은 책의 저자들을 말씀드렸더니, 교수님은 나를 빤히 쳐다보시며 물으셨다.

"자네 정말 그런 말도 안 되는 책을 이제껏 공부했단 말인가?"

나는 그렇다고 답했다. 크렘페 교수님은 다정한 목소리로 말했다.

"자네는 그 책을 공부하느라 보낸 일분일초를 모두 낭비한셈이네. 온갖 분해식과 쓸모없는 이름들로 머리만 복잡하겠구먼. 어째서! 그런 불모지에서 헤맸단 말인가? 자네가 그렇게도탐독하던 책들이 천 년 전에 만들어졌고 그저 케케묵은, 옛날이야기에 불과하단 걸 아무도 알려 주지 않았단 말인가? 과학으로 많은 게 설명되는 이 문명의 시대에 알베르투스 마그누스와 파라켈수스의 제자를 만나게 되리라곤 상상도 못했군그래.원 세상에, 자네는 공부를 처음부터 다시 시작해야겠네."

교수님은 그렇게 말씀하시며 한쪽으로 비켜서시더니 내가공부해야 할 자연철학 서적의 목록을 적으셨다. 그는 다음 주초부터 일반 자연철학 강의들을 열 계획이고, 동료이신 발트만교수님과 번갈아 화학 강의를 하실 예정이라고 말씀하시곤 나를 돌려보내셨다.

나는 집에 돌아왔지만 그렇게 실망에 빠져 있는 상태는 아니었다. 교수님이 그토록 강하게 비난했던 저자들은 나도 오래전부터 쓸모없다고 생각하고 있었기 때문이다. 그렇지만 교수님이 적어 주신 추천 도서를 읽는 게 썩 내키지는 않았다. 크렘페 교수님은 체구가 땅딸막한 데다 목소리도 거칠었으며 매우 거북하게 생긴 사람이었다. 게다가 나는 현대의 자연철학을 경멸했다. 예전의 학자들이 불멸과 힘을 쫓던 시대와는 너무 많이 달랐다. 당시 학자들의 시각은 현실적으로 헛되기는 했지만, 적어도 원대했다. 하지만 지금은 판도가 확 바뀌어 버린 것이다. 현대 연구자들의 야심은 과학에 대한 나의 흥미를 일깨웠던 꿈을 없애는 데 머무는 것 같았다. 나는 무한하고, 장대한 생각들을 버리고, 보잘것없는 현실을 받아들이라고 강요받은 셈이었다.

이런 생각들을 잉골슈타트에서 혼자 첫 이삼일을 보내면서 했다. 2주째에 접어들자 크렘페 교수님이 강의에 대해 귀띔해 주신 말씀들이 떠올랐다. 그 땅딸막하고 잘난 척하는 교수가 강단에 서서 하는 강의를 가서 듣고 싶지 않았지만, 발트만 교수님에 대해 말씀하셨던 게 생각난 것이다. 발트만 교수님은 그때까지 마을 밖에서 지낸 터라 나는 한 번도 본 적이 없었다.

궁금하기도 하고 심심하기도 해서 나는 강의실에 들어갔고 곧 발트만 교수도 들어왔다. 그분은 다른 교수님과는 매우 달라 보였다. 나이는 쉰 살 정도 되어 보였고 매우 인자해 보였다.

관자놀이 위로는 흰 머리카락이 듬성듬성 보였지만 뒤통수는 까만 머리카락으로 뒤덮여 있었다. 키는 작았지만 자세는 아주 곧았다. 게다가 여태껏 들어 본 적이 없는 좋은 목소리를 가지셨다. 그분은 개괄적인 화학의 역사와 여러 과학자가 이룬 발전을 화두로 강의를 시작하셨다. 중대한 발견을 한 위인을 언급할 때는 각별한 열정을 보이셨다. 그런 다음 현대 과학의 현황에 대해 대충 언급하셨고 몇 가지 기초 용어를 설명해 주셨다. 그리고 몇 가지 예비 실험을 보여 주시더니 현대 화학에 대한 찬사를 쏟아 내셨다. 이는 절대로 잊지 못할 찬사였다.

"화학 분야의 고대 스승들은 불가능한 일을 약속했으나 실제로 아무것도 이루지 못했습니다. 반면 현대 과학자들은 무턱대고 약속부터 하지 않습니다. 그들은 금속의 성질은 바꿀 수 없으며, 불로장생약은 불가능한 망상일 뿐이라는 사실을 알기 때문입니다. 그러나 이 과학자들이야말로, 기껏해야 손으로 흙을 만지거나, 현미경이나 도가니를 들여다본다고 생각했던 이들이야말로 진정한 기적을 보여 주었습니다. 자연의 깊숙한 곳을 파고들어 그곳에서 무슨 일이 벌어지는지 보여 준 것이죠. 그들은 저 하늘 위로 날아갔습니다. 혈액이 어떻게 순환하는지, 우리가 숨 쉬는 공기가 어떤 성질을 띠는지도 밝혀냈습니다. 새롭고도 무한한 힘을 획득한 셈이지요. 그들은 하늘의 뇌우를 조정하고, 지진도 일으키고, 그늘에 가려 보이지 않는 세계도 똑같이 만들어 낼 수 있습니다."

교수님과 강의에 매우 흡족해하며 나는 강의실을 나섰고, 그 날 저녁 바로 교수님을 찾아갔다. 사석에서의 그의 태도는 공적일 때보다 더욱 온화하고 매력적이었다. 강의하실 때는 그분 특유의 위엄을 느꼈다면 자택에서는 상냥함과 친절함을 느낄 수 있었다. 교수님은 그간 해 오던 내 연구에 대한 짧은 얘기를 귀 기울여 들으시다가 코르넬리우스 아그리파와 파라켈수스의 이름을 들으시더니 미소를 지으셨다. 크렘페 교수님이 보이시던 경멸 따위는 찾아볼 수 없었다. 그가 말했다.

"현대 철학자들이 알아낸 지식의 기반은 대부분 고대 학자들의 지칠 줄 모르는 열정에 빚지고 있지. 그들이 우리에게 남긴 것은 상대적으로 쉬운 일이라네. 그들이 상당히 많이 밝혀낸 사실들에 이름을 새로 붙이고 분류하고 체계화하는 작업이지. 천재들의 노고란 비록 목표는 잘못되었더라도 결국에는 인류에게 이로운 일을 하기 마련이라네."

나는 교수님의 말에 귀를 기울였다. 그에게는 어떤 오만도 가식도 없었다. 나는 교수님의 강의 덕분에 현대 화학자들에 대해 가졌던 모든 편견이 사라졌다고 말했다. 그러면서 내가 구해야 할 도서 목록에 대해서도 조언을 구했다.

"새로운 제자를 만나게 되어 참으로 기쁘네. 열심히 하는 만큼 실력도 향상된다면 자넨 꼭 성공할 걸세. 화학은 자연철학 분야에서 가장 위대한 업적을 남겨 왔고 앞으로도 그럴 게야. 바로 그런 점 때문에 나는 화학을 택했네. 물론 다른 과학 분야에 대한 연구도 게을리하지 않았네. 화학이라는 한 분야의 지식만 파고들면 시시한 화학자가 되고 말 테니까. 시시한 실험가가 아니라 진정한 과학자가 되려면 수학을 비롯한 자연철학에 포함된 모든 과목을 공부해 보게나."

그렇게 말씀하시더니 발트만 교수님은 나를 실험실로 데려가서 여러 장치의 쓰임과 내가 어떤 실험 도구를 마련해야 할지 알려 주었다. 실험 장치를 고장 없이 사용할 만큼 실력이 늘면 교수님의 장치도 사용해도 좋다고 했다. 게다가 그는 내가 부탁드렸던 도서 목록도 작성해 주었다. 그런 뒤에 나는 교수님 댁을 나섰다.

잊지 못할 하루가 그렇게 저물어 갔다. 그날이 내 운명을 결정했다.

3

그날부터 나는 자연철학과 특히 가장 포괄적인 의미에서의 화학 분야에 몰두했다. 나는 이 주제에 대해서 현대 연구자들이 쓴, 독창적인 내용들로 가득한 책들을 열심히 읽어 나갔다. 강의도 듣고 대학의 교수진들과도 가까이 지내려고 노력했다. 심지어 크렘페 교수에게서도 타당한 논리력과 중요한 정보를 얻을 수 있었다. 그의 외모와 거동이 썩 보기 좋은 편은 아니었지만, 그것이 그분의 가치를 떨어뜨리진 않았다. 나는 발트만 교수가 진정한 친구처럼 느껴졌다. 워낙 점잖으셔서 독단 따위는 전혀 느낄 수 없었다. 강의는 정직하면서도 온화했으며 전혀 현학적이지도 않았다. 많은 자연철학 분야 중 그가 몸담은 화학에 끌린 것은 아마도 원래부터 화학 자체에 애정을 느꼈다기보다는 그의 다정한 인간성 때문이었다고 할 수 있을 것이다. 그러나 그런 마음가짐은 대개 어떤 지식을 처음 배우기 시작할 때 생길 뿐이다. 화학을 공부하면 할수록 더욱 화학 자체의 매력에 빠지게 되었다. 처음에는 의무와 다짐 때문에 열중하게 된 그 공부에 나는 열정적으로 매달리게 되었다. 실험실에서 정신 없이 연구하다가 새벽빛에 별빛이 희미해지는 모습도 자주 볼 수 있었다.

그토록 깊게 열중하다 보니 나는 사람들이 피부로 느낄 만큼 일취월장할 수 있었다. 학우들은 내 열정에 놀라움을 금치 못했고, 교수들도 내 능숙한 실력에 놀랐다. 크렘페 교수는 능글맞게 미소를 띠며 내게 코르넬리우스 아그리파는 잘 되어 가는지 틈틈이 물어보곤 했다. 반면 발트만 교수님은 나날이 발전하는 내게 진심 어린 칭찬을 해 주셨다. 이렇게 2년을 보내는 동안 나는 제네바에 한 번도 가지 못했고, 간절히 이루고 싶은 중대한 발견에 온 마음을 쏟고 있었다. 빠져 보지 않은 자들은 과학의 매력을 절대 알지 못하리라. 다른 분야는 예전 학자들이 이미 연구를 끝마친 상태라서 더 이상 공부할 게 없지만, 과학은 발견과 경이로움에 끊임없이 갈증을 느끼게 된다. 능력이 평범하더라도 한 가지 학문에만 매진하면 반드시 그 분야에서 비범한 사람이 될 수 있다. 한 가지 목표만 꾸준히 바라보고 그 생각에만 갇혀 있던 2년 동안 나는 급성장할 수 있었다. 몇몇 화학 장치를 개선할 수 있는 방법을 발견해서 학교에서도 큰 존경과 찬사를 받았다. 그때쯤 나는 강의에 등장하는 자연철학의 이론과 실제를 모두 통달하게 되었다. 학교는 더 이상 내 발전에 도움이 되지 않았고, 그래서 나는 나의 벗들과 나의 고향으로 돌아갈 생각을 하고 있었다. 그런데 마침 그 즈음에 내 발목을 붙든 사건이 하나 있었다.

나는 유독 인체 구조에, 아니 생명을 부여받은 것이라면 무엇에든 관심이 많았다. 종종 스스로에게 묻곤 했다. 생명은 어디서 어떻게 시작되었을까? 지나치게 광범위하고 신비에 가까운 질문이었다. 하지만 소심하거나 부주의해서 그런 질문을 던지는 일을 포기한 탓에 우리 인간이 알지 못하게 된 지식이 얼마나 많은가? 나는 이런 사실들을 곰곰이 생각했고, 곧 생리학과 관련된 자연철학 분야들에 몰두하기 시작했다. 기적에 가까운 열정이 아니었다면 이 연구는 무척 지루해지거나 견디기 힘들었을 것이다. 생명의 원인을 파헤치려면 죽음의 원인부터 파악해야만 했다. 해부학을 숙지했지만 그것만으로는 충분치 않았다. 그래서 시신이 자연 부패하는 과정도 관찰해야만 했다. 아버지께서는 어릴 적부터 초자연적인 공포 때문에 겁을 먹어선 안 된다고 가르치셨다. 나는 미신 이야기를 들으며 겁에 질린 적도 없었고, 유령 때문에 무서워한 적도 없었다. 어둠은 나의 상상에 아무런 영향도 미치지 못했다. 교회 묘지는 내게 그저 생명을 빼앗겨 아름다움과 강인함의 권좌에서 전락해 벌레들의 먹잇감이 된 시체 보관소에 불과했다. 따라서 나는 부패의 원인과 과정을 연구하게 되었고, 어쩔 수 없이 밤낮으로 지하 납골당과 시체 안치소에서 지내야 했다. 나는 인간이 가진 여린 감수성으로는 도저히 견딜 수 없는 형상들을 세세하게 관찰했다. 훌륭한 형상이었던 인체가 분해되고 사라지는 과정도 보았다. 붉게 피어난 두 뺨이 죽음으로 인해 부패하는 모습도 보았다. 눈과 뇌의 신비를 벌레가 어떻게 물려받는지도 보았다. 나는 잠시 멈춰 서서는 삶에서 죽음으로, 다시 죽음에서 삶으로 넘어가는 과정을 보며 그 인과 관계를 자세히 연구하고 분석했다. 그렇게 암흑 속을 헤매던 와중에 드디어 빛을 만난 것이다. 무척 눈부시고 놀라운 발견이었지만 원리는 매우 단순했다. 그 빛이 비추는 커다란 가능성에 정신이 혼미해질 지경이었다. 같은 목표를 향해 연구를 해 오던 수많은 천재 중에 그 엄청난 비밀을 발견하게 될 사람이 나밖에 없었다니 그렇게 놀라울 수가 없었다.

지금 내가 적는 것이 미친 사람의 환상이 아님을 잊지 말아 달라. 하늘에서 태양이 빛난다는 진리보다 더욱 확실한 사실을 나는 증언하고 있다. 기적이 이뤄 낸 결과일지도 모르지만 발견의 단계는 확실하고 믿을 만했다. 밤낮으로 상상할 수도 없는 고역과 피로를 견뎌 낸 결과, 생식과 생명의 근원을 드디어 발견한 것이다. 아니, 나는 이제 생명이 없는 물체를 살아 움직이게 할 수 있게 되었다고 말하는 게 낫겠다.

그 비법을 알아내자 처음엔 그저 놀라웠지만 나중엔 기쁘고 황홀하기까지 했다. 그토록 오랫동안 고생스럽게 일한 끝에 간절히 원하던 것이 갑자기 이루어지는 것이야말로 그동안의 노고에 대한 최고의 보상이라고 할 수 있다. 하지만 나는 이 발견에 너무나도 압도된 나머지 그동안 정신없이 빠져들었던 모든 과정을 밍긱하고 결과만 지켜보았다. 태초 이래로 현자들이 연구하고 꿈꿔 왔던 바로 그 비밀을 내가 거머쥐게 된 것이다. 마법처럼 그 모든 것이 한꺼번에 밝혀진 것은 아니었다. 내가 알아낸 지식은 그 결과물을 세상에 보여 주기보다는 이미 세운 목표를 달성하기 위해 어떤 분야에서 정진해야 할지를 알려 주는 좌표 같은 것이었다. 나는 마치 죽은 자들과 함께 묻혔다가 희미하고 허망하게만 보이던 빛을 따라간 끝에 살길을 찾은 아랍인이 된 것 같았다.*

친구여, 내 얘기를 듣는 당신의 눈빛을 보니 내가 발견한 비밀을 알고자 하는 기대에 부풀어 열망과 의아함과 희망에 차 있는 것 같네만, 그건 절대 밝힐 수 없소. 이야기를 끝까지 듣고 나면 내가 왜 그 비법을 선뜻 말하지 않는지를 알게 될 것이오.

---

* 《천일야화》의 〈신드바드의 네 번째 모험〉을 인용한 부분이다.

당신이 젊은 날의 나처럼 경솔하고 열정만 앞세우다가 파멸이나 돌이킬 수 없는 불행을 만나게 내버려 두진 않을 테니까. 나에게 배우시오. 내 원칙을 받아들이지 않겠다면, 내가 겪은 일을 보면서라도 꼭 배웠으면 하오. 지식을 습득하는 일이 얼마나 위험하며 자기 분수에 넘치는 야망을 가진 사람보다 태어난 곳이 세상의 전부라 믿는 사람이 훨씬 행복하다는 사실을 말이오.

그러나 막상 그렇게 놀라운 비밀을 밝혀내고 보니 그 힘을 어떻게 사용할지 오랫동안 확신이 서지 않았다. 생명을 부여하는 능력은 생겼지만 생명을 담아 낼 틀, 말하자면 복잡하게 얽혀 있는 섬유질과 근육, 혈관을 준비하는 일은 무척 어려운 데다 많은 노력이 필요했다. 처음에는 나와 같은 존재를 만들 것인지, 아니면 더욱 단순한 조직을 가진 생물을 만들 것인지도 쉽게 결정할 수 없었다. 그러나 첫 성공에 내 상상력은 극도로 고무되어 있었다. 인간만큼 복잡하고 신비로운 동물에게 생명을 부여할 능력이 과연 내게 있는지를 의심조차 하지 않았다. 당장 구할 수 있는 재료로는 그렇게 고된 작업을 하기가 힘들 것 같았다. 그래도 결국 성공하리라는 확신은 있었다. 나는 실패할 수 있는 수많은 가능성에 대비했다. 작업은 끊임없이 미궁 속으로 빠져들 수도 있었고, 미완성으로 끝날 수도 있었다. 하지만 과학과 기계학 분야에서 학자들이 이뤄 낸 발전을 생각할 때마다 나의 노력도 최소한 미래의 초석이 될 수 있으리라는 희망을 품을 수 있었다. 내 계획이 얼마나 거대하고 복잡한지, 과연 실현할 수 있을지도 따져 보지도 않았다. 바로 이런 상태에서 나는 인간을 창조하기 시작했다. 그런데 신체 기관들이 너무 작아서인지 속도가 나질 않았다. 그래서 처음 의도했던 바와는 달리 2.5미터 정도 되는 키에 균형 잡힌 체형으로 된 커다란 형상을 만들기로 했다. 그렇게 결정을 내린 후 나는 몇 달에 걸쳐 재료를 모으며 준비를 했고 드디어 작업에 들어갔다.

나는 첫 성공으로 흥분했다. 그 뒤로 마치 거대한 쪽풍저럼 나를 휘몰아친 다양한 감정들을 그 누구도 상상조차 못할 것이다. 삶과 죽음이란 내게는 그저 관념이 만들어 낸 한계일 뿐이었다. 나는 그 한계를 넘어 어두운 인간 세계에 빛을 쏟아부어 줄 참이었다. 새로운 종(種)이 나를 창조자이며 자신의 근원으로 생각하며 내게 고마워하겠지. 빼어난 행운아들이 자신의 존재가 내게서 비롯되었다고 여기겠지. 세상의 어느 아버지도 자식에게 그만큼의 가치를 인정받을 수는 없을 것이다. 온갖 상념에 사로잡힌 끝에 문득 이런 생각이 들었다. 생명이 없는 것에 생명을 부여할 수 있다면(지금은 불가능해 보이지만), 시간이 지나면 죽음이 휩쓸고 지나가 썩어 버린 시체도 부활시킬 수 있지 않을까?

이런 생각들은 내가 열정적으로 작업을 하는 동안 정신적인 버팀목이 되어 주었다. 연구로 인해 얼굴은 점점 창백해지고 갇혀 지낸 탓에 몸도 수척해졌다. 가끔 확신이 드는 순간도 있었지만 곧 실패하고 말았다. 그래도 내일은, 한 시간 후에는 해내겠지 하며 나는 희망을 버리지 않았다. 그렇게 할 수 있었던 나만의 비결은 희망에 헌신하는 것이었다. 달은 밤사이 내 실험실을 비춰 주었다. 그동안 나는 열망에 타올라 바짝 긴장한 채 숨 가쁘게 자연이 숨겨 둔 곳을 파헤쳤다. 내 고충에 감춰진 공포를 누가 알겠는가? 부정한 기운을 뿜어내는 묘지의 습지를 휘젓고 다니며 무생물에 불과한 진흙 더미에 생명을 불어넣고자 살아 있는 동물을 고문했던 그 고충을. 사지가 떨렸다. 그 잔상들이 내 눈앞을 헤엄쳐 다녔다. 그럴 때면 거부할 수 없는, 거의 광기에 가까운 자극이 나를 움직였다. 그리고 영혼과 감각이 모두 고갈된 채 멍하니 하나의 목표만 생각하게 되었다. 그 알 수 없는 자극이 사라지면서 본래의 나로 돌아올라치면, 나는 다시 찰나의 무아지경에 빠져들며 극도로 예민해졌다. 나는 불경한 손가락으로 납골당 뼈를 모으고 인체에 숨겨진 거대한 비밀을 파헤쳤다. 집의 꼭대기에 있는 독방에서, 아니 감방과도 같은 곳에서 나는 계속 추잡한 창조물을 만들었다. 그곳은 회랑과 층계로 다른 집들과 완전히 분리되어 있었다. 나는 창조물을 정교하게 만드는 데 집중하느라 눈알이 빠질 것만 같았다. 해부실과 도살장에는 채집한 재료들이 널브러져 있었다. 인간적인 본성이 그 일에 혐오감을 느끼게 만들어 그만두게 할 때도 있었지만, 점점 커져 가는 열망에 이끌려서 나는 실험을 마무리하는 단계에 이르렀다.

그렇게 온 마음과 정신을 한 가지 일에만 쏟아붓는 동안 여름이 지났다. 가장 아름다운 계절이었다. 유례없는 대풍년이기도 했다. 포도 과수원에서는 아주 값진 포도주를 생산했다. 그래도 나는 그토록 아름다운 자연을 느끼지 못했다. 나는 주변에서 일어나는 일에 극도로 무감각했고 오랫동안 멀리 떨어져 지낸 친구들노 까마득히 잊고 있었다. 소식이 낳기자 그들은 불안해했다. 아버지 말씀만이 내 가슴 깊은 곳에서 맴돌았다.

"네가 즐겁게 잘 지낸다면 애정 어린 마음으로 우리를 잊지 않고 연락도 꾸준히 할 것이다. 만약 네게서 연락이 끊기면 해야 할 다른 일들도 방치하고 있다고 여길 테니 그리 알고 나를 원망 말거라."

나는 아버지가 어떻게 생각할지를 이미 알고 있었다. 그래도 일에 대한 생각이 머릿속을 떠나지를 않았다. 그 일 자체가 혐오스럽기는 했지만 내 마음은 온통 그 일에 사로잡혀 있었다. 내 본성이 따르던 모든 것을 집어삼켜 버린 그 위대한 목표를 이룰 때까지 애정, 혹은 그 엇비슷한 감정들은 모두 뒷전으로 미루고 싶었다.

당시에는 아버지가 내 무심함을 못마땅해하시거나 비난하신다면 그것은 아버지가 저지른 오해일 뿐이란 생각도 들었다.

지금은 내가 비난받아 마땅하다고 생각하신 아버지가 옳았다는 것을 확신한다. 완벽한 인간이란 늘 내면의 평정과 평화를 유지하며 열정이나 찰나의 욕망으로 자신의 평정을 잃지 않는다. 나는 지식을 쫓는 경우에도 이 '법칙'이 유효하다고 생각한다. 자신이 헌신하는 학문이 사람에 대한 애정을 식게 하고, 그 어떤 것도 섞이지 않은 순수하고 단순한 즐거움을 갈구하는 마음을 파괴해 버린다면, 그 학문은 분명 부정하다고, 즉 인간의 본성에 맞지 않다고 할 수 있다. 이 '법칙'만 잘 지켰다면, 그래서 가족애를 지킬 평정을 깨뜨리는 일만 하지 않았다면, 그리스는 포로가 되지 않았을 것이며 카이사르는 나라를 구했을 것이다. 신대륙의 발견도 더욱 천천히 이루어져 멕시코와 페루도 파괴되지 않았을 것이다.

이런, 가장 흥미로운 부분에서 훈계를 늘어놓고 있다니. 경청하는 당신의 표정을 보니 이야기를 계속 이어 가야겠소.

아버지께서 보내신 편지에는 특별히 다그치는 내용은 없었다. 그저 이전보다 더 구체적으로 내가 하는 일에 대해 여쭤보시면서 눈에 띄게 연락이 뜸하다고 말씀하셨을 뿐이다. 내가 실험에 매달려 있는 동안 겨울이 지나고 봄과 여름이 지났다. 꽃이 피고 잎이 무성해지는 풍경은 안중에도 없었다. 전에는 가장 즐겨 보던 풍경들이었는데도 그때는 그저 실험에만 미친 듯이 몰입했을 뿐이었다. 작업이 거의 끝나 갈 무렵이 되자 그해에 피어난 잎사귀들은 이미 시들어 있었다. 나는 하루하루 내가 얼마나 잘 해 오고 있는지를 분명히 느낄 수 있었다. 하지만 지나치게 불안해지기만 하고 열의는 사그라졌다. 내 모습은 정말 좋아하는 작품에 열중하는 예술가가 아닌, 광산이나 건강에 해로운 직업군에서 일할 운명을 타고난 노예 같았다. 밤마다 미열에 시달렸고, 고통스러울 정도로 신경이 예민해졌다. 이제까지 나는 둘째가라면 서러울 정도로 건강했고 정신력도 강했기에 병에 걸렸다고 생각하니 더욱 안타까웠다. 그래도 그런 증상들은 운동과 휴식을 통해서 금방 없어지려니 했다. 내 창조물이 완성되면 꼭 그렇게 보내겠노라고 다짐했다.

4

내가 그동안 들인 노고의 결과물을 눈으로 확인하게 된 것은 11월의 어느 음울한 밤이었다. 불안하다 못해 극도의 고통마저 밀려오는 상황에서 나는 내 발 앞에 놓인 결과물에 연결시켜 번득이는 불꽃을 가하기 위해 생명 장치를 내 곁에 가져다 놓았다. 벌써 새벽 1시였다. 빗방울이 유리창 위로 타닥타닥 떨어졌다. 촛불도 거의 꺼져 갔다. 바로 그때 꺼져 가는 희미한 불빛 아래에서 내 창조물이 그 누런 눈을 뜨는 것을 볼 수 있었다. 숨을 거칠게 쉬더니 사지는 경련을 일으키며 움직이기 시작했다.

이 대재앙 앞에서 느낀 감정을 어찌 설명할 수 있으랴. 영원할 것만 같았던 고역과 염려 속에서 부단히 애를 쓰며 탄생시킨 그 가없은 존재를 어떻게 묘사해야 할까? 그의 팔다리 비율은 괜찮았고, 각 신체 기관들도 아주 보기 좋은 것들로 골랐었다. 그런데 보기 좋기는커녕! 오, 하느님! 근육과 혈관들이 누런 피부 위로 훤히 내비쳤다. 새까만 머리카락은 풍성하고 윤기가 흘렀으며 이빨은 진주처럼 새하얀 빛이었다. 그러나 그런 화려한 치장은 오히려 허연 눈동자와 창백한 흰자위, 쭈글쭈글한 얼굴, 일자로 쭉 찢어진 시커먼 입술과 대조를 이루어 더욱 끔찍할 뿐이었다.

한 치 앞을 내다볼 수 없는 게 인생사라지만 인간의 마음만큼 자주 변하는 것이 또 있을까? 나는 2년 동안 그토록 열심히 일해 왔다. 쉬지도 못하고 건강도 잃었다. 이 일을 이루고자 하는 내 열정은 정상을 넘어선 것이었다. 그런데 그 일이 모두 끝나고 나니 꿈에 그리던 아름다운 창조물은 온데간데없고 숨 막힐 듯한 공포와 혐오감만 차올랐다. 내가 만든 그 생명체를 견딜 수 없었기에 나는 침실로 달음질쳤다. 그리고 오랫동안 왔다 갔다 서성거리거나 불안에 떨면서 잠을 이루지 못했다. 결국 내가 이전에 견뎌 내야 했던 격정은 무기력으로 바뀌었다. 옷도 갈아입지 않은 채 나는 침대에 몸을 던져 만사를 잊어 보려 했다. 하지만 소용없었다. 잠이 들긴 했지만 꿈자리가 사나워 뒤척거리기 일쑤였기 때문이다. 나는 꿈속에서 아주 건강해 보이는 엘리자베스가 잉골슈타트 거리에 걸어오는 모습을 보았다. 기쁘기도 하고 놀랍기도 해서 그녀를 꼭 안았지만 키스를 하는 순간 시체처럼 시퍼렇게 변해 버렸다. 엘리자베스의 모습이 서서히 변하더니 어느새 나는 돌아가신 어머니를 껴안고 있었다. 수의가 어머니의 몸을 감쌌고 여러 겹의 플란넬 천 사이로 무덤 벌레가 기어 다녔다. 나는 겁에 질린 채 벌떡 일어났다. 이마에는 식은땀이 송송 맺혔고, 이는 달달 떨렸으며, 사지에는 경련이 났다. 희미하고 노란 달빛이 창틈을 비집고 들어와 그 가련한 창조물을 비추었다. 내가 창조한 비천한 괴물이. 그는 침대 커튼을 걷어 젖혔다. 눈이라고 부를 수 있을지 모르겠지만, 그의 두 눈이 나를 노려보고 있었다. 턱을 아래로 떨어뜨리며 활짝 웃어서 두 볼에는 주름이 생겼고, 알아들을 수 없는 소리로 중얼거렸다. 뭐라고 말한 것 같았지만, 나는 듣지 않았다. 나를 잡으려는 듯 그가 손을 뻗자 나는 도망치듯 방을 뛰쳐나와 아래로 내려갔다. 그러고는 머물고 있던 건물의 안뜰로 피해 밤을 지새웠다. 내가 생명을 불어넣은 악마의 형상을 한 시체가 다가오는 것 같은 소리가 들리기라도 하면 두려움에 벌벌 떨며 서성거렸고, 아주 작은 소리도 놓치지 않으려고 신경을 온통 곤두세우곤 했다.

오! 그 모습을 보고 공포에 떨지 않는 사람이 있으랴? 생명을 얻은 미라도 그 몹쓸 놈만큼 흉측하지는 않을 것이다. 완성하기 전에 그를 자세히 본 적이 있지만, 그때는 그저 추한 정도였다. 그러나 근육과 관절을 움직일 수 있게 되자 단테조차도 상상하지 못할 그런 괴물이 되었다.

지독한 밤이었다. 동맥이 고동치는 소리가 모두 느껴질 만큼 심장은 쿵쾅거리며 빠르게 뛰었다. 나는 무척 피곤하고 극도로 쇠약해진 상태라 바닥에 거의 쓰러질 것만 같았다. 몹시 두렵기도 했지만 쓰디쓴 좌절감도 밀려왔다. 그토록 오랫동안 나의 양식이자 즐거운 안식처였던 그 꿈들은 순식간에 지옥으로 변해 있었다. 모든 것이 눈 깜짝할 사이에 변해 버렸고, 내 기대도 철저하게 무너졌다.

드디어 아침이 밝았다. 우중충하고 습한 날씨였다. 잠을 설쳐 따끔거리는 눈을 간신히 떠 보니 잉골슈타트 교회의 백색 첨탑이 보였고 시계는 6시를 가리키고 있었다. 문지기는 간밤에 내가 피신하고 있던 뜰의 문을 열었고, 나는 거리로 뛰어나갔다. 불쑥 내 눈앞에 나타날지도 모르는 그놈을 피하려는 듯 나는 잔뜩 겁에 질려 길을 샅샅이 살피며 빠른 속도로 걸었다. 내 방으로 돌아갈 엄두가 나지 않아 왠지 서둘러서 어딘가로 가야 할 것 같았다. 온통 시커멓고 불안한 기운이 감도는 하늘에서는 비가 쏟아졌고 나는 흠뻑 젖었다.

그런 상태에서 나는 얼마간 계속 걸었고, 그렇게 조금 움직이며 짓눌려 있던 마음을 가볍게 하려고 해 보았다. 어디로 가고 있는지, 뭘 하고 있는지 전혀 의식하지 않은 채 나는 이리저리 돌아다녔다. 너무 무서워서 심장이 쿵쾅거렸다. 걸음은 급했지만 보폭은 불규칙했고 뒤를 돌아보지도 못할 지경이었다.

공포와 두려움에 휩싸여
쓸쓸한 거리를 걸어가네.
한번 스윽 돌아보고는
다시는 돌아보지 않을 사람처럼
걷고 또 걸어가네.
그 끔찍한 악마가
뒤를 바짝 쫓고 있을까 봐.[*]

그렇게 걷다가 결국 온갖 역마차와 사륜마차가 드나드는 숙소 맞은편쯤에 도착했다. 여기서 나는 왠지 모르게 발걸음을 멈추었다. 그러고는 저 끝에서 내게 달려오는 마차를 잠시 빤히 쳐다보았다. 마차가 더 가까이 왔을 때 스위스발 역마차임을 알 수 있었다. 마차는 내가 서 있는 그 자리에 멈춰 섰다. 문이 열렸고 나는 곧 앙리 클레르발을 볼 수 있었다. 그는 나를 보자마자 달려들었다.

"내 친구 프랑켄슈타인이 아닌가? 이거 자네를 보니 무척 기

---

[*] 새뮤엘 테일러 콜리지의 시 〈늙은 선원의 노래〉의 일부분이다.

쁘구먼! 마침 내리던 찰나에 자네가 여기 있다니 이거 정말 행운이 아닌가?"

그가 소리쳤다.

그를 만난 기쁨을 어찌 말로 표현하랴. 클레르발을 보니 아버지와 엘리자베스, 고향집을 에워싼 풍경들이 다시 떠올랐다. 나는 클레르발의 손을 꼭 움켜잡았다. 순간적으로 공포와 불운 따위는 사라져 버렸다. 한동안 느껴 보지 못했던 잔잔하고 평온한 기쁨이 갑자기 밀려왔다. 그래서 나는 누구 못지않게 다정하게 그 친구를 반겼고 우리는 함께 학교로 걸어갔다. 클레르발은 내가 아는 다른 친구들에 대해서도 얘기해 주었고, 그가 잉골슈타트를 방문하도록 허락받은 일에 대해서도 말했다.

"충분이 납득이 갈 걸세. 상인이 회계 장부를 쓰는 방법뿐만 아니라, 다른 분야도 공부할 필요가 있다고 아버지를 설득하는 일이 얼마나 어려운지 말일세. 마지막까지 아버지는 의아해하셨지. 내가 끈질기게 애원해도 아버지의 대답은 한결같았네. 《웨이크필드의 목사》*에 등장하는 네덜란드인 교장이 '나는 그리스어를 몰라도 일 년에 1만 플로린이나 벌어. 그리스어를 몰라도 배불리 먹을 수 있다'고 말하는 것처럼 말이지. 하지만 나에 대한 아버지의 사랑은 결국 배움에 대한 혐오감까지도 꺾어

---

* 18세기 영국 작가 올리버 골드스미스가 쓴 소설이다.

버렸어. 내가 지식의 땅을 탐험하도록 허락하신 거라네."

"자네를 만나 얼마나 기쁜지 모른다네. 헌데 떠날 때 아버지와 동생들, 엘리자베스는 어땠는가?"

"다들 아주 잘 지내신다네. 빅터 자네한테서 연락이 뜸해서 좀 불안해하시긴 했어. 말이 나왔으니 말인데, 내 자네에게 나름 훈계 좀 하겠네만. 그런데 빅터, 자네."

잠시 멈칫하더니 그가 내 얼굴을 들여다보며 말을 이었다.

"눈치를 못 챘네만 어찌 이리 안색이 안 좋은가? 부쩍 마르고 창백해 보이는군. 며칠 밤을 지새운 사람처럼."

"그랬지. 최근에 한 가지 일에만 푹 빠진 탓에 보다시피 제대로 쉬질 못했어. 그렇지만 이젠 정말, 아니 제발 그 일이 모두 끝났기를 바라네. 그만 손을 떼고 싶네."

온몸이 심하게 떨려 왔다. 생각만 해도 견딜 수 없었다. 전날 밤 일어난 일에 대해 언급하는 것은 더더욱 힘들었다. 걸음은 더 빨라졌고 우리는 곧 학교에 도착했다. 그 당시에는, 아, 생각만 해도 그렇게 떨릴 수가, 내 집에 두고 온 그 생명체가 아직 살아남아서 방 안을 이리저리 돌아다닐 것만 같았다. 그 괴물을 만날까 봐 무척 두려웠다. 하지만 클레르발이 그 괴물을 보게 될까 봐 더욱 두려웠다. 나는 클레르발에게 아래층에서 잠시만 기다려 달라고 부탁하고 내 방으로 쏜살같이 올라갔다. 마음을 가라앉히기도 전에 나는 문손잡이를 잡고 있었다. 잠시 모든 동작을 멈췄다. 오싹한 기분이 엄습해 왔다. 나는 마치 아이들이 귀신이라도 만날까 봐 그러듯이 문을 힘껏 열어젖혔다. 아무도 없었다. 공포에 떨며 슬그머니 발을 내딛었다. 방 안에는 아무도 없었다. 그 끔찍한 손님은 침대에도 없었다. 정말 다행이란 생각이 들었지만 처음에는 믿기지는 않았다. 적이 도망치고 없다는 사실을 확인한 후에야 나는 뛸 듯이 기뻐하며 아래층으로 내려갔다.

우리는 함께 방으로 올라갔고 하인은 곧 아침 식사를 내왔다. 그래도 도저히 진정할 수가 없었다. 나를 사로잡은 건 기쁨만이 아니었다. 심한 소름이 돋았고 안절부절못했으며 심장도 빠르게 고동쳤다. 한 곳에서 가만히 있을 수도 없었다. 나는 의자에 뛰어들어 앉으면서 손뼉을 치거나 큰 소리로 웃어 댔다. 나답지 않은 행동이었다. 나를 본 클레르발은 처음에는 자신이 너무 반가워서 그러려니 생각했다. 그러나 그는 나를 좀 더 유심히 지켜보았고, 내 눈빛에서 알 수 없는 광기가 돈다는 것 알게 되었다. 미친 듯이 큰 소리를 내며 무자비하게 웃는 내 모습 때문에 그는 겁에 질렸고 심하게 놀라기도 했다. 그가 외쳤다.

"이보게, 빅터. 도대체 무슨 일인가? 그런 식이라면 웃지 않는 게 나을 듯하네만……. 어디 아픈 사람처럼 왜 그러나! 자네가 뭐 때문에 그러는지 도통 알 수가 없네."

"묻지 말아 주게."

그 끔찍한 망령이 방으로 날아 들어오는 것 같아 나는 두 눈을 가리며 소리쳤다.

"그놈한테 물어봐! 아, 살려줘! 살려줘!"

망상은 계속되었다. 괴물은 나를 붙잡았고 이를 미친 듯이 뿌리치다가 나는 곧 기절했다.

가엾은 클레르발! 기분이 어땠을까? 나를 보면 기쁠 줄만 알았는데 그런 기대가 곧 쓰라림으로 바뀌어 버리다니. 나는 의식을 잃고 매우 오랫동안 깨어나지 못한 터라, 그가 슬퍼하는 모습을 직접 보지는 못했다.

과민성 발열 증세는 그렇게 시작되었고, 나는 그 때문에 수개월 동안 갇혀 지냈다. 열병을 앓는 동안 클레르발은 혼자서 나를 돌보았다. 나중에 알게 된 사실이지만 클레르발은 아버지께서 긴 여행을 버텨 내시기에 너무 연로하시다고 생각했고, 내가 심하게 아프다는 사실을 엘리자베스가 알면 힘들어할까 봐 내 병세를 아무에게도 알리지 않고 홀로 그 슬픔을 감내한 것이다. 나를 극진히 돌볼 수 있는 사람은 오로지 자신뿐이라고 생각했다. 내가 꼭 회복되리라는 희망도 절대 저버리지 않았다. 그는 가족들에게 해를 끼치는 대신 최선의 친절을 베푼 것이다.

그러나 그의 희망과 달리 나는 꽤 위독했다. 클레르발이 그토록 오랫동안 극진히 나를 간호하지 않았다면 난 분명히 죽고 말았을 것이다. 내가 세상에 존재케 한 그 괴물의 형상이 끊임없이 내 눈앞에서 어른거렸고 나는 쉬지 않고 고래고래 고함을 질렀다. 내 말을 듣고 클레르발은 분명 놀랐을 것이다. 클레르발은 처음에 내가 정신이 나가서 헛소리를 하는 것이려니 했다. 그러나 같은 얘기를 반복해서 듣게 되자, 내가 끔찍하면서도 흔치 않은 사건으로 병이 났다는 사실을 믿게 되었다.

잦은 발작으로 클레르발이 당황하거나 슬퍼하긴 했지만 나는 아주 서서히 회복하고 있었다. 내가 처음으로 바깥세상을 보며 기뻐한 것은 낙엽이 사라지고 창문에 그늘을 드리우던 나무에서 어린 눈이 솟아오르는 모습을 보고서였다. 무척 아름다운 봄날이었다. 덕분에 난 더욱 빨리 건강을 회복할 수 있었다. 가슴 깊은 곳에서는 기쁨과 사랑의 감정도 되살아났다. 내 안의 어둠은 걷히고 나는 곧 기운을 되찾아 치명적인 격정에 사로잡히기 전으로 돌아갔다. 나는 외쳤다.

"이보게, 클레르발! 어찌 그리 다정하고 친절한가! 겨우내 하려고 했던 공부도 모두 포기하고 병실을 지키며 그 시간을 모두 내게 쏟아붓다니⋯⋯. 이 일을 어찌 다 보답하겠는가? 나 때문에 이런 일을 겪게 되다니 정말 부끄럽네. 부디 나를 용서해주게."

"자네 마음만 다잡으면 나중에 다 갚을 것 아닌가? 일단 빨리 회복하게나. 그리고 자네 기분이 좋아 보이니 말하겠네만,

괜찮겠나?"

나는 떨고 있었다. 할 말이라, 과연 뭘까? 생각만 해도 끔찍한 그 얘기를 하려는 걸까?

"진정하게."

내 낯빛이 변하는 모습을 보더니 클레르발이 말했다.

"마음이 편치 않다면 그 얘기는 하지 않겠네. 그건 그렇고, 자네 아버지와 사촌이 자네가 직접 쓴 편지를 받으면 무척 좋아할 걸세. 자네 가족들은 그간의 자네 병세를 거의 모르고 있네. 오랫동안 연락이 뜸해서 걱정도 하고 있고."

"그게 다인가? 이보게, 클레르발. 내 머릿속에 처음으로 떠오르는 사람들이 바로 사랑하는 내 가족들, 아니 사랑해 마지않는 그들일 수밖에 없다는 걸 잘 알지 않는가?"

"자네 심정이 그렇다면 며칠 동안 여기 놓여 있던 편지를 보면 좋아할 걸세. 분명 자네 사촌이 보낸 편지일 게야."

5

클레르발이 내게 건넨 편지는 다음과 같았다.

빅터 프랑켄슈타인에게

사랑하는 나의 사촌.
우리 모두가 얼마나 네 건강을 염려하고 있는지 몰라. 클레르발이 네 병세를 숨기고 있다는 생각을 하지 않을 수 없었거든. 여러 달 동안 네가 손수 쓴 편지를 받지 못했고, 그동안에는 네가 불러 주면 클레르발이 편지를 써야만 했으니까. 빅터, 분명 네 병세는 심각했을 거야. 그런 생각 때문에 외숙모께서 돌아가신 날 그랬던 것처럼 우리는 모두 참담한 심정이었어. 외삼촌은 네가 위독한 상태라는 것을 거의 확신하셨고 잉골슈타트까지 가시려고 했어. 우리는 외삼촌을 간신히 말렸어. 클레르발은 늘 네가 회복 중이라고 말했어. 나는 네가 직접 쓴 편지를 보고 사실을 확인하고 싶은 마음이 간절해. 정말이지 빅터, 이런 상황 때문에 우리는 무척 고통스러워. 두려움에 떨고 있는 우리를 안심시켜 줘. 그렇게만 해 주면 우리는 세상 어느 누구 못지않게 기뻐할 거야. 외삼촌께서는 생기를 많이 되찾으셨어. 지난겨울에 비해 10년은 더 젊어 보여. 에르네스트도 무척 많이 자라서 네가 알아보지 못할지도 몰라. 이제 거의 열여섯이 다 되었구나. 몇 년 전에 아파 보이던 모습은 온데간데없어. 아주 튼튼하고 활기가 넘친단다.

어젯밤 외삼촌과 나는 에르네스트가 어떤 일을 하게 될지에 대해 오랫동안 얘기를 나눴어. 어릴 적에 계속 아파서 공부에 집중하는 습관을 들이지 못했잖니? 지금은 아주 건강해서 계속 야외에만 있는 편이야. 언덕도 오르고 호수에서 노를 젓기도 해. 그래서 난 농부가 되는 게 좋겠다고 말씀드렸지. 너도 알겠지만 그건 내가 가장 좋아하는 일이잖아. 농부의 삶은 정말 건강하고 행복해. 가장 해롭지 않으면서도 가장 이로운 일이잖아. 외삼촌께서는 에르네스트에게 변호사 공부를 시키면 흥미를 가지게 될 것이고, 나중에는 판사도 될 수도 있다고 생각하셨어. 그렇지만 에르네스트가 그런 직업을 갖는 것보다는 인간을 지탱해 주는 대지를 돌보는 일을 하는 게 더욱 훌륭할 것 같아. 내면의 악과 결탁하고 가끔은 공범이 되기도 하는 변호사보다 낫지 않아? 부농으로 살면 판사보다 더 명예롭진 않겠지만 적어도 행복하게 일할 수 있거든. 판사는 불행히도 인간 본성의 어두운 면에 늘 간섭해야 하잖아. 외삼촌은 웃으면서 변호사 일을 해야 할 사람은 나라고 말씀하시더라. 우리는 거기까지만 얘기를 나누었어.

이제 네가 기뻐할 만한, 적어도 흥미로워할 만한 얘기를 들려줘야지. 저스틴* 모리츠라고 기억하려나 모르겠네. 기억 못할지도 모르겠다. 그럼, 그녀에 대해 간단히 얘기해 줄게. 저스틴의 어머니인 모리츠 부인은 아이가 넷이 딸린 과부야. 저스틴은 셋째야. 저스틴의 아버지는 그녀를 유난히 아꼈어. 그런데 난데없이 마음이 삐딱해진 모리츠 부인이 저스틴에게 아주 못되게 군 거야. 외숙모가 이 상황을 지켜보시곤 그녀의 어머니를 설득해 열두 살짜리 저스틴을 우리 집에서 머물게 하신 거야. 막강한 군주제를 택한 많은 주변국들의 관습보다 제네바 공화국의 제도는 더욱 간편하면서도 만족스러운 관습을 만들어 냈지. 덕분에 제네바에서는 계급이 달라

---

* Justine. 이름에 정의를 뜻하는 "justice"가 들어 있다.

도 눈에 띄게 차이가 나질 않잖니. 계급이 낮다고 해서 찌들어지게 가난하거나 멸시를 당하기는커녕 세련되고 도덕적으로 살 수 있잖아. 하인들도 프랑스나 영국의 하인과는 다르지 않아? 저스틴은 결국 우리 집에서 살게 되었고 하인의 의무를 익혔어. 그렇게 저스틴은 제네바 공화국에서 하인 교육을 받게 된 덕분에 무지한 사람이 될 필요도, 인간으로서의 존엄성을 희생할 필요도 없었어.

얘기를 듣고 나니 이제 내가 누굴 말하는지 알겠지? 너는 저스틴을 참 많이 아꼈어. 언젠가 한번은 네가 그런 말을 한 게 기억나. 기분이 언짢을 때 저스틴이 너를 보며 스쳐 지나가기만 해도 기분이 괜찮아지는 것 같다고. 마치 아리오스토가 안젤리카*의 미모를 보고 "참 솔직 담백하고 즐거워 보여"라고 말한 것과 같은 셈이지. 외숙모는 저스틴에 대한 애착이 워낙 강해서 원래 계획보다 저스틴에게 더 수준 높은 교육을 받게 해야겠다고 생각하셨어. 그리고 그에 대한 보답도 충분히 받으셨어. 저스틴은 누구보다도 감사할 줄 아는 아이였어. 그녀가 자기 마음을 직접 표현하거나 무심코 말한 적은 없지만, 그 아이의 눈빛만 봐도 자신을 돌보아 준 사람을 얼마나 사랑하는지 알 수 있었어. 워낙 활달한 데다 여러 면에서 덜

* 아리오스토의 〈광란의 오를란도〉에 나오는 여주인공이다.

렁거렸지만 외숙모의 동작 하나하나에는 최대한 주의를 기울였어. 저스틴은 외숙모를 최고의 귀감으로 삼았고 말씨나 태도도 그대로 따라 하려고 노력했어. 지금도 저스틴을 보면 외숙모가 생각날 정도야.

사랑하는 외숙모가 돌아가셨을 때 우리는 상심만 하느라 가없은 저스틴을 돌볼 겨를이 없었어. 외숙모가 침대 신세를 지고 있는 동안 지극정성으로 그녀를 돌본 건 바로 그 아이였는데 말이야. 불쌍한 저스틴도 아파서 무척 앓았었지. 하지만 또 다른 시련이 그 아이를 기다리고 있었어. 저스틴의 형제, 자매들이 모두 세상을 떠나 버린 거야. 저스틴의 모친에게 남은 건 자신이 그토록 천대했던 저스틴뿐이었어. 모리츠 부인은 양심의 가책을 느꼈어. 자신이 편애를 심하게 해서 하늘이 그 벌로 사랑하는 자식들을 모두 데려가 버렸다는 생각이 든 거야. 모리츠 부인은 가톨릭 신자였는데, 고해성사를 보면서 신부님의 말씀을 듣고 자기가 했던 생각에 대해 확신했지. 자신의 잘못을 뉘우친 모리츠 부인은 네가 잉골슈타트로 떠난 후 몇 달이 지나고 저스틴을 집으로 불렀어. 얼마나 가엾던지! 그녀는 떠나면서 눈물을 흘렸어. 외숙모가 돌아가신 후에 저스틴은 참 많이 달라졌거든. 원래는 무척 생기발랄했는데 슬픔을 겪은 후에는 부드럽고 따뜻한 매력이 생긴 거야. 모리츠 부인 댁으로 돌아간 후에도 그녀는 그대로였어.

하지만 모리츠 부인은 불행히도 충분히 뉘우친 상태가 아니었어. 가끔 저스틴에게 못되게 굴어서 미안하다고 빌기도 했어. 그러다가도 저스틴에게 다른 자식을 잃은 탓을 돌리며 비난을 일삼았어. 모리츠 부인은 그렇게 계속 속을 태우다가 결국 몸이 쇠약해졌어. 지금은 영원히 쉬고 계시겠지만. 지난 겨울 첫 한파에 그만 돌아가시고 말았단다. 저스틴은 우리에게 돌아왔어. 네게 말하지만 나는 그 애를 사랑한단다. 아주 똑똑하고, 상냥한 데다 무척 예쁘단다. 전에도 말했지만, 저스틴을 보고 있으면 숙모님이 떠오른단다.

사랑하는 사촌 빅터, 너에게 작고 귀여운 윌리엄 애기도 들려줘야겠어. 네가 윌리엄을 볼 수 있다면 좋을 텐데. 윌리엄은 또래들에 비해 키가 아주 크고, 눈동자는 파랗고, 속눈썹은 진하고, 눈웃음을 지으면 귀여워. 머리카락은 곱슬한 편이야. 웃으면 양쪽 볼에 작은 보조개가 생겨. 볼은 불그스름하니 생기가 돌아. 벌써 점찍어 놓은 '아내'도 한두 명 있어. 그 중 루이자 비롱을 제일 좋아해. 루이자는 다섯 살짜리 아주 어린 여자아이야.

사랑하는 빅터, 이제 선량한 제네바 사람들이 어찌 사는지 궁금하지 않니? 아리따운 맨스필드 양은 존 멜번 씨라는 젊은 영국인과 곧 결혼할 예정이라 벌써 사람들에게 축하 인사를 받고 있어. 맨스필드 양의 못생긴 언니인 마농은 작년 가을에 부유한 은행가인 뒤비야르 씨와 결혼했어. 너와 아주 친했던 루이 마누아르는 클레르발이 제네바를 떠난 후로 힘든 일을 많이 겪었어. 그래도 이젠 기운을 되찾았고 어여쁜 프랑스 여성인 타베르니에 부인과의 결혼을 앞두고 있어. 그녀는 미망인이고 마누아르보다 나이가 훨씬 많지만 그녀에 대한 칭찬이 자자한 데다 많은 사람들이 호감을 갖는 편이야.

사랑하는 사촌 빅터, 이 편지를 기쁜 마음으로 썼지만 마지막으로 네 건강이 어떤지 다시 묻고 싶어서 애가 타는구나. 그리 위독하지 않다면 손수 편지를 써서 아버지와 온 가족을 안심시켜 줘. 그들이 힘들어할 걸 생각하니 견딜 수가 없어서 벌써 눈물이 나는구나. 그럼 안녕, 사랑하는 나의 사촌.

17××년 3월 18일 제네바에서
엘리자베스 라벤자로부터

편지를 다 읽고 나서, 나는 외쳤다.

"아, 사랑스러운 엘리자베스! 바로 답장을 해서 가족들의 근심을 덜어 줘야겠어."

답장을 쓰면서 나는 꽤 많이 지쳐 버렸다. 그러나 회복기에 접어든 터라 건강은 꾸준히 좋아져서 2주 후에는 방에서 나갈 수 있었다.

회복하자마자 나는 클레르발을 여러 교수님께 소개하는 일부터 했다. 하지만 그러면서 스스로를 험하게 다루거나 내 마음이 견뎌 왔던 상처에 더 해가 되는 일을 겪었다. 그 운명의 순간부터, 모든 작업이 끝나고 불행이 시작된 그날 밤부터 나는 자연철학이라는 말만 들어도 아주 질색을 했다. 몸이 꽤 괜찮은 상태인데도 화학 장치만 보면 신경증 증세가 나타났고 몹시 고통스러웠다. 클레르발은 이 모습을 보고 내 실험 도구들을 모두 보이지 않는 곳으로 치웠다. 그는 내 방의 구조도 바꿔 버렸다. 내가 이전에 실험실로 쓰던 방에 대해 심한 반감을 느낀다는 걸 알게 된 까닭이었다. 하지만 이런 노력들도 내가 교수님을 찾아뵙기만 하면 모두 헛수고로 돌아갔다. 발트만 교수님께서는 따뜻하고 정다운 목소리로 내가 과학 분야에서 굉장한 발전을 이루었다며 칭찬하셨지만 내게는 그저 고문일 뿐이었다. 교수님은 그런 얘기에 대한 내 반응이 썩 좋지 않다는 걸 느끼셨지만 진짜 이유는 파악하지 못하셨다. 그저 내가 겸손해서 그러려니 생각하시고는 대화의 화제를 과학 자체로 돌리셨다. 분명 나도 대화에 참여할 수 있도록 선처해 주신 것이었다. 하지만 나도 뾰족한 수가 없었다. 기운을 북돋아 주려고 하신 말씀이지만 내겐 그저 고통만 안겨 줄 뿐이었다. 나는 마치 교수님이 그 화학 장치를 공들여 하나하나씩 내 앞에 늘어놓으시고는 서서히, 그리고 잔인하게 나를 죽음으로 몰아간 것 같다는 생각도 들었다. 교수님 말씀을 들으며 주체할 수 없는 고통을 느꼈지만 겉으로 드러낼 수는 없었다. 눈치가 빨라서 다른 사람의 감정을 잘 읽는 클레르발은 그 분야에 대해서는 전혀 아는 바가 없다는 평계를 대며 과학 관련 얘기를 듣는 것을 정중히 거절했다. 그리하여 우리는 일반적인 얘기를 나누었다. 클레르발에게 진심으로 고마웠지만 말로는 표현하지 않았다. 클레르발은 내 행동에 많이 놀랐지만 내 비밀을 알려고 하지는 않았다. 비록 나는 그를 아끼고 존경하는 마음으로 무척 사랑했지만, 머릿속에 계속 떠오르는 그 일을 그에게 털어놓을 엄두가 도저히 나지 않았다. 다른 사람에게 자세하게 털어놓으면 더 깊게 인상에 남을까 겁이 났기 때문이다.

크렘페 교수님은 상대하기 더 힘든 사람이었다. 나는 그때 극도로 예민한 상태였다. 발트만 교수님의 호의적인 칭찬을 들을 때보다 크렘페 교수님의 거칠고 직설적인 찬사를 듣는 게 훨씬 고통스러웠다. 그는 큰 소리로 말했다.

"이런 빌어먹을 친구! 아니, 클레르발 군. 저 친구 분명 우리 실력을 훌쩍 뛰어넘었어. 아무렴, 그렇게 날 빤히 봐도 좋네만 사실인 걸 어쩌나? 몇 년 전만 해도 코르넬리우스 아그리파 따위를 성경처럼 굳게 믿던 청년이 이제는 이 학교에서 최고 실력자가 된 걸세. 우리가 저 친구를 끌어내리지 않으면 우리 체면이 말이 아닌 게야. 아무렴, 그렇고말고."

매우 고통스러워하는 내 표정을 보며 그가 계속 말했다.

"프랑켄슈타인 군은 겸손한 사람이야. 아직 젊은데도 아주 훌륭한 성품을 갖췄어. 젊은 사람들은 수줍음도 탈 줄 알아야지. 그렇지, 클레르발 군? 나도 젊었을 때는 그랬거든. 그래도 나이 들면 그런 성격도 금세 없어지더라고."

그러더니 그는 자화자찬을 늘어놓기 시작했다. 덕분에 나를 몹시 불안하게 하던 화제에서 벗어날 수 있었다.

클레르발은 자연철학에 관심이 없었다. 과학에서 다루는 세부 사항을 파악하기에는 상상력이 아까웠다. 그가 주로 연구해 온 건 언어였다. 언어의 갖가지 요소를 습득한 후 제네바로 돌아가서 '자기 교수법'을 개척하려고 했다. 그리스어와 라틴어에는 이미 정통했으며 이제는 페르시아어, 아랍어, 히브리어에 관심을 두고 있었다. 그 당시 나는 한가롭게 빈둥거리는 일에 싫증이 난 상태였다. 과거를 돌이켜 보고 싶지도 않았고 이전에 했던 연구도 진절머리가 난 상태였다. 클레르발과 동급생으로 지내는 것이 더 편안했다. 동양 학자들의 저서를 읽으면 배울 점도 많았지만 마음의 위로도 받을 수 있었다. 그들의 깊은 명상은 마음을 달래 주었고, 그들의 기쁨은 다른 외국 작가를 연구할 때와 비교도 안 될 만큼 강렬했다. 그들의 글을 읽으면 삶이란 마치 따사로운 태양 아래와 장미 정원에서만 펼쳐지는 듯했다. 정정당당하게 싸우는 적군이 웃고 찌푸리는 모습하며, 심장을 태우는 그 불꽃하며. 그리스나 로마 시대에 기록된 남성적이고 영웅적인 시들과는 어찌 그리 다른지.

나는 그렇게 독서에 푹 빠진 채 여름을 보냈고, 늦가을 무렵에는 제네바로 돌아가기로 되어 있었다. 그러나 몇 가지 일이 생겨 일정이 지체되고 말았다. 겨울이 왔고 눈이 내리면서 길은 지나다닐 수 없는 상태였다. 그래서 여정은 그다음 해 봄으로 미뤄졌다. 나는 귀향이 늦어져서 몹시 속상했다. 고향과 친구들이 부쩍 보고 싶었기 때문이다. 그전까지 귀향을 늦춘 건 클레르발이 잉골슈타트 사람들과 안면을 트기 전에 그를 혼자 두고 훌쩍 가 버릴 수 없었기 때문이었다. 그래도 나는 그해 겨울을 기꺼이 즐겼다. 그해따라 겨울이 꽤 길었지만 뒤늦게 찾아온 봄의 아름다움은 그간의 오랜 추위를 보상해 주는 듯했다.

벌써 5월이 시작되었고, 나는 출발 날짜를 확정해 줄 편지가 오길 매일매일 기다리고 있었다. 그때 클레르발이 내가 그토록 오랫동안 살았던 나라에 개인적으로 작별 인사도 할 겸 잉골슈타트 근교를 함께 도보로 여행하자고 제안했다. 나는 흔쾌히 그 제안을 받아들였다. 나는 운동이 좋았고, 고국의 전원을 거닐기에는 클레르발만 한 친구가 없었기 때문이다.

우리는 그렇게 그곳을 둘러보는 데 2주를 보냈다. 나는 그전에도 오랜 시간을 들여 체력과 기운을 회복했지만 그 도보 여행 후에 더욱 기운이 났다. 상쾌한 공기와 걸을수록 눈앞에 펼쳐지는 자연 경관들, 친구와 나눈 대화, 그 모든 것이 즐거웠다. 그전에는 계속 방에 틀어박혀 연구만 해서 사람들과 이야기를 나눌 수도 없었고 사교성도 잃은 상태였다. 하지만 클레르발은 내 마음속에서 긍정적인 감정을 끌어내 주었다. 그는 자연 경관과 아이들의 생기 있는 표정을 가슴으로 느끼는 법도 가르쳐 줬다. 그는 세상에 둘도 없는 멋진 친구였다! 나를 어찌 그리 진심으로 아껴 줄 수 있을까? 자신이 건강한 만큼 내 마음도 건강하게 해 주려고 그토록 노력을 하다니. 이기적인 연구는 나를 구속하고 편협하게 만들었다. 클레르발의 관대함과 애정이 내 몸을 녹였고 내 감각을 활짝 열어 놓았다. 나는 그제야 모든 이를 사랑하고 그들로부터 사랑받았던, 슬퍼하지도 걱정하지도 않았던 몇 년 전의 나로 되돌아갔다. 행복해지면 생명이 없는 자연도 내게 최고의 기쁨을 선사하게 된다. 평온한 하늘과 푸른 들판을 보며 환희에 젖어 들었다. 그때는 정말 아름다운 계절이었다. 봄꽃은 울타리 사이로 피어올랐고, 여름 꽃은 봉오리를 피우려 했다. 작년에 떨칠 수 없었던 짐이, 아무리 내동댕이치려 해도 그럴 수 없어서 그저 나를 짓누르기만 한 생각들도 더 이상 나를 괴롭히지 않았다.

클레르발은 쾌활해진 내 모습에 기뻐했고, 그는 내가 느끼는 감정에 진심으로 공감했다. 그는 자신의 영혼을 가득 메운 감각들을 표현하면서도 나를 즐겁게 하려고 온갖 노력을 다했다. 클레르발이 이 여행에서 보여 준 견식은 참으로 놀라웠다. 그의 말 한마디 한마디는 상상력으로 꽉 차 있었다. 클레르발은 주로 페르시아인과 아랍인 작가들을 모방해서 놀라운 상상력과 열정이 담긴 이야기들을 만들어 냈다. 다른 때에는 내가 좋아하는 시를 읊기도 했고, 자신이 진심으로 옹호하는 입장을 지지하며 쟁점이 되는 논제들에 대해 나와 토론하기도 했다.

우리는 일요일 오후에 다시 학교로 돌아왔다. 도착하니 농부들은 춤을 추고 있었고, 우리가 만난 사람들은 다들 슬겁고 행복해 보였다. 내 기분도 최고였다. 넘치는 기쁨과 흥겨움에 신이 나서 나도 펄쩍펄쩍 뛰었다.

6

집으로 돌아가는 날 나는 아버지께 다음의 편지를 받았다.

빅터 프랑켄슈타인에게

사랑하는 빅터,

돌아올 날짜를 정하는 편지를 기다리느라 무척 조바심이 났
겠구나. 그저 몇 줄만 써서 네가 돌아올 날만 일러 주려 했는
데, 오히려 널 너무 괴롭히는 것 같아서 그러지 않았단다. 집
으로 돌아오면 행복하고 즐거운 환영만 받을 거라 기대할 텐
데 막상 와서 사람들이 울거나 참담해하는 모습을 보면 얼마
나 놀라겠니? 빅터, 이 끔찍한 이야기를 어떻게 털어놓아야

할지 모르겠구나. 네가 멀리 떠나 있었다고 해서 가족들이 느끼는 기쁨과 슬픔에도 무감각해지진 않았을 텐데, 그런 너를 어떻게 고통스럽게 하겠니? 이 비통한 소식을 들을 마음의 준비를 하길 바라지만 그럴 수 없다는 걸 안다. 무슨 끔찍한 이야기인지 궁금해서 이 편지를 벌써 훑고 있겠구나.

윌리엄이 죽었어. 그 귀여운 녀석이. 그냥 웃기만 해도 내 마음을 기쁘고 따뜻하게 해 주던 녀석을, 얌전하다가도 무척 쾌활해지던 그 녀석을. 빅터, 누군가가 윌리엄을 죽였어!

널 굳이 위로하려 들진 않겠어. 어찌된 일인지만 간단히 말해 주마.

지난주 목요일 5월 7일이었어. 엘리자베스와 나는 네 두 동생을 데리고 플랭팔레로 산책을 갔었어. 그날 저녁은 따뜻하고 고요했기 때문에 평소보다 조금 더 걸었단다. 그런데 막상 돌아가려고 하니 땅거미가 지고 있었어. 우리보다 앞서가던 윌리엄과 에르네스트도 보이지 않더구나. 그래서 우리는 쉴 겸 앉아서 아이들이 돌아오기를 기다렸어. 곧 에르네스트가 돌아왔고 나는 윌리엄은 어디 있냐고 물었어. 에르네스트는 윌리엄과 같이 놀다가 그가 어딘가에 숨으려고 뛰어가 버렸다고 했어. 아무리 찾아도 없어서 에르네스트는 한참을 그곳에서 기다렸지만 윌리엄은 돌아오지 않았다고 하더구나.

이야기를 듣고 우리는 무척 당황했고 밤이 될 때까지 그를 계속 찾아다녔어. 그때 엘리자베스가 곧바로 집으로 돌아갔을지도 모른다고 했지. 그런데 집에도 없더구나. 우리는 횃불을 들고 다시 나왔어. 어디 있는지도 모르는 내 사랑스런 윌리엄이 그 밤이슬과 습기를 맞고 있다고 생각하니 도저히 쉴 엄두가 나질 않았단다. 엘리자베스도 무척 괴로워했어. 새벽 5시쯤 우리는 드디어 윌리엄을 찾았어. 전날 저녁때만 해도 건강하고 활발하게 돌아다니던 녀석이 시퍼렇게 변해서는 꼼짝도 않고 잔디에 축 늘어져 있었어. 윌리엄의 목에는 살인마의 손자국이 찍혀 있더구나.

나는 윌리엄의 시신을 집으로 옮겼고 엘리자베스는 내 비통한 표정을 보고 눈치를 채고 말았어. 그녀는 시신을 보려고 발버둥을 쳤어. 말리려고 했지만 보겠다고 고집을 피우더구나. 윌리엄이 누워 있는 방으로 들어가서 허둥지둥 목을 살펴보더니 윌리엄 손을 꼭 잡으며 "오, 하느님! 내가 이 아이를 죽인 거야"라고 소리치더구나.

엘리자베스는 기절했고 간신히 의식을 회복했어. 다시 깨어나긴 했지만 계속 울거나 한숨만 쉬더구나. 산책하던 날 밤, 윌리엄은 엘리자베스가 아주 아끼는 네 엄마가 그려진 초상화 목걸이를 걸어 보겠다고 떼를 썼다는구나. 목걸이가 없어진 걸로 보아 그 살인마는 분명 그게 탐이 났던 게야. 아직은 그놈을 찾지 못했지만 쉬지 않고 찾아볼 계획이다. 사랑하는 윌리엄을 부활시킬 수는 없겠지만 말이다.

사랑하는 빅터, 어서 오거라. 엘리자베스를 달랠 수 있는 사람은 너뿐이야. 계속 울기만 하고 윌리엄이 죽은 게 자기 탓이라는 말도 안 되는 소리만 하는구나. 그런 말을 들을 때마다 누가 내 가슴을 찌르는 것 같아. 이 일이 네가 돌아와서 우리를 위로해야 할 또 다른 이유가 될 수 있지 않겠니? 세상에, 빅터! 하느님께 감사해야지. 네 엄마가 죽지 않고 살아서 사랑하는 막내아들이 이토록 끔찍하고 비참하게 죽게 된 걸 봤다면 어쩔 뻔했니.

빅터, 돌아오너라. 살인마에게 복수할 생각일랑은 말고 마음을 차분하고 고요하게 가라앉히도록 해라. 그러면 우리 마음의 상처도 덧나지 않고 치유될 게다. 슬픔에 빠진 집에 돌아오면 너를 사랑하는 사람들에게 친절과 사랑을 베풀도록 하거라. 적에 대한 증오심은 내려 두렴.

17××년 5월 12일 제네바에서
속이 타면서도 네가 무척 보고 싶은 아버지
알퐁스 프랑켄슈타인이

이 편지를 읽고 있는 내 표정을 본 클레르발은 처음 가족이 보낸 편지를 받고 좋아했던 내가 좌절하는 모습을 보고 당황했다. 나는 탁자에 편지를 던지고 두 손으로 얼굴을 가렸다. 내가 심하게 울고 있는 걸 본 클레르발이 소리쳤다.

"이보게, 프랑켄슈타인. 자네 계속 불행한 사람처럼 그럴 건가? 도대체 무슨 일인지 말해 보게, 이 사람아?"

나는 몸짓으로 그에게 편지를 읽으라는 신호를 보냈다. 그리고 방을 왔다 갔다 하면서 안절부절못하고 있었다. 클레르발의 눈에서도 눈물이 터져 나왔다. 무슨 끔찍한 일이 일어난 건지 알게 된 것이다. 그가 말했다.

"뭐라 위로의 말을 해야 할지. 이건 돌이킬 수 없는 재앙이야. 이제 어찌할 텐가?"

"제네바로 곧장 가야지. 따라오게, 클레르발. 말을 부르러 가야겠어."

클레르발은 걸으면서 내 기운을 북돋으려고 노력했다. 그는 위로할 때 쓰는 빤한 말들을 늘어놓지 않고 그 일에 대해 진심으로 공감하면서 나를 다독였다.

"가엾은 윌리엄! 그 사랑스런 아이가. 이제는 천사 같은 엄마와 함께 잠들었겠지. 가족들은 비통해하거나 울고 있겠지만 윌리엄은 편히 쉴 수 있을 거야. 더 이상 살인마의 손길도 느끼지 못할 거고 잔디만이 그의 고결한 몸을 덮고 있겠지. 고통도 없어. 윌리엄은 더 이상 불쌍한 아이가 아니야. 살아남은 자만이 가장 고통스러울 뿐이지. 우리 모두를 위로할 수 있는 건 시간

뿐이야. 죽음은 불행이 아니라는 둥, 인간의 마음은 사랑하는 사람이 영원히 죽은 후에도 절망에 굴복하지 않아야 한다는 둥의 스토아 학자들이 말하는 격언도 다 필요 없네. 로마의 정치가인 카토도 동생의 주검에 엎드려 눈물을 흘렸다고 하지 않나."

클레르발이 그렇게 말하는 와중에도 우리는 서둘러 거리를 지나갔다. 그 말들은 내 가슴속에 깊이 남아 그 후에도 내가 홀로 있을 때면 떠올리곤 했다. 그러나 그때는 말이 도착하자마자 가브리올레 마자에 급히 몸을 실어 클레드발에게 작별을 고했을 뿐이었다.

나는 여행을 하는 동안 심한 상심에 빠져 있었다. 처음에는 슬퍼하고 있는 가족들을 위로하고 그들과 마음을 나누고 싶은 마음이 간절해서 빨리 가고 싶었지만 막상 마을 근처에 도착해서는 고삐를 늦추었다. 내 가슴속을 가득 채운 온갖 감정들을 견딜 수 없었던 것이다. 어릴 적에는 늘 보며 자랐지만 6년이 지나도록 한 번도 보지 못했던 그 풍경들을 나는 스쳐 지나갔다. 그동안 모든 것이 어찌 이렇게 변해 버렸단 말인가? 모든 것을 을씨년스럽게 바꿔 놓은 일이 하나 일어났다. 그렇지만 수많은 작은 사건들도 가랑비에 옷 젖듯 사소한 변화를 일으켰을 것이다. 소소한 변화라고 해서 어찌 하찮다 할 수 있을까? 두려움이 엄습해 왔다. 뭐라 설명할 수는 없었지만 나를 공포에 떨게 하는 무수한 악마들에 짓눌려 나는 당당히 앞으로 나아갈 수 없었다.

이리하여 마음을 가다듬기 위해 로잔에서 이틀간 머물게 되었다. 나는 그윽이 호수를 바라보았다. 잔잔했다. 주변은 고요했고 산에는 눈이 내렸다. '자연의 궁전'*은 변하지 않았다. 그 고요하고 거룩한 풍경을 보니 기분이 조금씩 나아졌다. 그리고 나는 제네바로의 여정을 다시 이어 갔다.

길은 호숫가 옆으로 나 있었고 집에 가까워질수록 그 폭은 좁아졌다. 쥐라산맥의 어두운 산비탈과 몽블랑산맥의 눈부신 정상이 더욱 뚜렷하게 보였다. 나는 어린아이처럼 울먹였다.

"산들이여, 아름다운 나의 호수여! 이 방랑자를 환영하는가? 산 정상은 맑고 하늘과 호수는 푸르고 잔잔하구나. 이 모든 것이 평화를 약속하기 위함인가, 아니면 내 불행을 조롱하기 위함인가?"

친구여, 이렇게 집으로 당도하기 전의 상황만 늘어놓다가 내가 지루한 사람이 되는 건 아닌지. 그때만 해도 행복한 편이었고 기쁜 마음으로 과거를 돌아볼 수 있는 시절이었다. 내 조국, 사랑하는 나의 조국이여! 제네바 사람이 아니라면, 고국의 시내와 산과 무엇보다 사랑스러운 호수를 보는 기쁨을 알 턱이

---

* 영국의 낭만주의 3대 시인 중 한 명인 조지 고든 바이런이 쓴 〈차일드 해럴드의 순례〉(1816)에서 인용했다.

있을까?

　그러나 집과 가까워질수록 슬픔과 공포가 밀려왔다. 주위에 어스름이 내리고 있었다. 어두운 산들도 거의 보이지 않자 나는 더욱 우울해졌다. 눈앞에 펼쳐진 풍경은 거대하면서도 희미한 악마 같았다. 왠지 모르게 내가 세상에서 가장 비참한 인간이 되리라는 직감도 들었다. 과연 내 예감은 적중했다. 하지만 단 한 가지 사실은 알지 못했다. 내가 상상하고 두려워했던 그 모든 불행은 내가 실제로 견뎌야 할 고통의 백 분의 일도 안 되는 것이었다.

　제네바 근처에 도착했을 때 사방은 칠흑같이 어두웠다. 마을 입구는 벌써 닫혀 있었다. 나는 세슈롱에서 그날 밤을 보내야만 했다. 세슈롱은 제네바 동쪽에서 2.5킬로미터 정도 떨어진 곳에 있었다. 하늘은 평온했다. 그러나 눈을 붙일 수 없어 윌리엄이 살해당한 장소에 가 보기로 했다. 마을을 가로지를 수 없어서 나는 보트를 타고 호수를 가로질러 플랭팔레로 갔다. 그 짧은 여정에서도 나는 몽블랑 꼭대기에서 번개가 아름다운 모양을 그리며 번쩍이는 걸 볼 수 있었다. 폭풍이 무척 빠른 속도로 몰려오고 있었다. 나는 배에서 내리자마자 폭풍우가 다가오는 걸 관찰하기 위해 낮은 언덕으로 올라갔다. 폭풍우가 가까이 밀려오자 하늘은 구름으로 뒤덮였다. 처음에는 굵은 빗방울이 천천히 떨어지더니 급기야 빗줄기가 퍼붓기 시작했다.

나는 그곳을 벗어나서 계속 걸었다. 하지만 시간이 지날수록 날은 더욱 어두워지고 폭풍우도 더욱 세차게 몰아쳤으며 번개도 굉음을 내며 머리 위로 내리쳤다. 그 소리는 살레베로부터 쥐라산맥, 사보이 알프스까지 울려 퍼졌다. 번개가 강렬하게 번쩍이자 눈이 부셨다. 호수에 비친 번개는 마치 거대한 불길 같았다. 그러기도 잠시, 모든 것은 다시 칠흑처럼 깜깜해졌고, 번개 때문에 눈이 부셨던 것도 원래대로 돌아왔다. 스위스에서는 자주 있는 일인데, 폭풍우가 하늘 여기저기에서 한꺼번에 일어난다. 가장 거친 폭풍우는 정확히 마을 북쪽에서 일어나고 있었다. 그곳은 벨리브의 융기 지형과 코페 마을 사이에 있는 호수 근처였다. 또 하나는 희미한 번개를 번쩍이며 쥐라산맥을 비추었다. 또 다른 폭풍우는 자취를 감추었다가 이따금씩 호수 동쪽에 솟은 몰르 산 위에서 번쩍였다.

나는 폭풍우를 보면서 아름다우면서도 무시무시한 광경에 급하게 발을 이리저리 디디며 돌아다녔다. 하늘에 펼쳐진 이 숭고한 전쟁은 내 영혼을 고양시켰다. 두 손을 모으고 나는 큰 소리로 외쳤다.

"윌리엄, 나의 천사! 이것이 너의 장례로구나! 너의 장송곡이구나!"

그렇게 말하는 사이 어둠 속에서 어떤 형체가 보였다. 그 형체는 근처 나무숲 뒤에서 나를 훔쳐보고 있었다. 순간 얼어붙은 듯 서서 가만히 쳐다보았다. 착각일 리가 없었다. 번개가 번쩍이며 그 물체를 비추었다. 이제 그 형상이 뚜렷이 보였다. 거대한 몸집, 흉측한 모습, 인간보다 더욱 끔찍하게 생긴 그것. 그것은 바로 그 몹쓸 놈인 것을, 내가 생명을 불어넣은 그 추잡한 악마임을 곧바로 알 수 있었다. 저기서 뭐하는 거지? 저놈이 그럼 윌리엄을 죽인 살인마라고?(그 생각에 온몸에 소름이 돋았다.) 그런 생각이 내 머릿속을 스치자마자 나는 그것이 사실이라는 것을 확신할 수 있었다. 치가 떨렸다. 나는 내 몸을 지탱하기 위해 나무에 기대야 했다. 그 형체는 재빨리 나를 스쳐 지나서 어둠 속으로 사라졌다. 인간의 탈을 쓰고 그렇게 어여쁜 아이를 죽일 수는 없지. 분명 저놈이 죽인 거야! 의심의 여지가 없었다. 단지 그런 생각이 문득 든 것뿐인데도 그것이 사실임을 확신할 수 있었다. 나는 그 악마를 쫓아가려고 했지만 이미 소용없었다. 번개가 다시 한번 번쩍이자 그놈이 플랭팔레의 서쪽에 붙어 있는 살레브산의 수직으로 솟은 암벽에 매달려 오르는 것이 보였다. 그러더니 그놈은 곧 정상에 올랐고 사라졌다.

나는 움직일 수가 없었다. 번개는 멎었지만 비는 계속 내렸다. 어둠에 갇혀 눈앞은 온통 캄캄하기만 했다. 나는 그때까지 잊으려 발버둥 치던 모든 일을 다시 되뇌었다. 창조를 목표로 꼬리에 꼬리를 물고 이어지던 수많은 작업들, 내 손으로 만든 작품이 살아 움직이며 침대 곁에 서 있던 모습, 그러고는 떠나가 버린 그놈. 그가 생명을 얻은 지 거의 2년이 지났다. 그것이 그가 처음으로 저지른 범죄일까? 신이시여! 제가 대학살과 재난의 맛을 즐기는 타락한 악마를 세상에 풀어놓았나이다. 그놈이 제 동생도 죽이지 않았습니까?

새벽이 오기까지 내가 견뎌야 했던 그 고통을 누가 알까? 밖에서 시간을 보낸 그날 밤은 몹시 춥고 습했다. 그러나 날씨 따위는 문제가 아니었다. 내 머릿속은 온통 악마의 모습과 절망을 오가고 있었다. 나는 그를 인간 세상에 던져 놓았고, 이미 저지른 일처럼 사람들을 공포에 떨게 할 수 있는 의지와 힘도 그에게 부여했다. 나는 그 존재를 내 안의 뱀파이어라고 생각했다. 무덤에서 일어나 내 의도와는 상관없이 내가 사랑하는 모든 이를 파괴하는 내 영혼이라고.

날이 밝아 왔다. 나는 마을로 발걸음을 옮겼다. 성문이 열리자 나는 서둘러 집으로 향했다. 처음에는 내가 그 살인마에 대해 내가 아는 것을 전부 다 털어놓고 사람들과 추적을 벌여야겠다고 생각했다. 그러나 나는 순간 멈칫했다. 그리고 내가 들려줄 이야기에 대해 곰곰이 생각해 보았다. 내가 만들어 생명을 준 존재를 한밤중에 아무도 오를 수 없는 절벽 사이에서 만났다니. 게다가 내가 그를 창조한 바로 그 시기에 나는 과민성 열병을 앓았던 일도 떠올랐다. 이런 얘기들은 그렇지 않아도 불가능한 이야기를 고열로 인한 헛소리처럼 보이게 할 것이 분명했다. 누군가가 내게 그런 얘기를 하더라도 나도 분명히 그저 광기에서 나온 얘기라고 생각할 것이다. 게다가 내가 가족들에게 그놈을 잡자고 설득한들 그 짐승이 가진 비상한 능력이라면 도망치는 건 일도 아닐 것이다. 그놈을 쫓아간들 무슨 소용이랴. 살레브산에 불쑥 솟아오른 가파른 산비탈을 기어갈 수 있는 놈을 누가 잡을 수 있단 말인가? 이런저런 생각을 해 보니 결론은 한 가지였다. 바로 침묵이었다.

아버지 댁으로 늘어선 것은 새벽 5시 정도였다. 나는 하인들에게 가족들을 깨우지 말라고 전했고 서재로 들어가서 그들이 평소에 일어나는 시간까지 기다렸다.

6년이 흘렀다. 한 가지 지울 수 없는 흔적만 남긴 채, 모두 한낱 꿈처럼 지나갔다. 나는 잉골슈타트로 떠나기 전 아버지와 마지막으로 포옹을 나누었던 그 자리에 섰다. 사랑하고 존경하는 나의 아버지! 그분은 여전히 내 곁에 계셨다. 나는 벽난로 장식 위에 걸린 어머니가 그려진 그림을 물끄러미 쳐다보았다. 그 그림에는 과거에 일어난 일이 담겨 있었는데, 이는 아버지의 요청으로 그려진 것이었다. 그림은 절망의 수렁에 빠진 캐롤라인 보포르가 죽은 아버지의 관 옆에서 무릎을 꿇고 있는 장면을 담고 있었다.

그녀는 소박한 옷을 걸치고 있었고 뺨은 창백했다. 그러나 그녀가 풍기는 기품과 아름다움 때문에 연민 따위는 뚫고 들어

갈 틈도 없었다. 그 아래에는 윌리엄의 작은 초상화가 있었다. 그 초상화를 들여다보니 눈물이 흘러내렸다. 그러고 있는 사이 에르네스트가 들어왔다. 내가 도착했다는 말을 듣고 서둘러 나를 맞으러 왔던 것이다. 그는 애석함과 기쁨이 교차하는 표정으로 나를 맞이했다.

"어서 와, 형. 아! 형이 세 달 전에 왔다면 우리가 뛸 듯이 기뻐하는 모습을 볼 수 있었을 텐데. 모두들 지금 너무 힘들어하고 있어. 그저 웃음이 아닌 눈물로 형을 맞이할 수밖에 없어서 미안해. 아버지도 무척 비통해하고 계셔. 이 일 때문에 엄마가 돌아가신 날에 느꼈던 애통한 감정이 생각나시나 봐. 가엾은 엘리자베스는 달랠 수가 없어."

에르네스트는 이 얘기를 하며 흐느끼기 시작했다.

"꼭 환영해 주지 않아도 돼. 마음을 차분히 가라앉혀야 오랫동안 떠나 있다가 집에 돌아온 나도 우울하지 않지. 그런데 아버지는 이 힘든 일을 어떻게 견디고 계시니? 불쌍한 엘리자베스는?"

"누가 엘리자베스를 좀 달래야 해. 윌리엄을 죽였다고 자책만 하다가 몸이 말이 아니야. 하지만 범인이 잡힌 이후로는……."

"범인이 잡혔다고? 하느님 맙소사! 어떻게 잡았어? 누가 감히 잡을 생각을 했을까? 불가능해. 차라리 바람을 따라잡거나 지푸라기로 산에서 내려오는 물줄기를 막는 게 더 쉬울 거야."

"무슨 소리를 하는 거야. 아무튼 그녀가 범인인 걸 알았을 때 우리는 참담한 심정이었어. 처음에는 아무도 믿지 않았어. 엘리자베스는 지금까지도 안 믿어. 증거가 있는데도 말이야. 정말이지, 그렇게 다정하고 모든 가족의 사랑을 받은 저스틴 모리츠가 갑자기 사악하다는 사실을 누가 믿을 수 있겠어?"

"저스틴 모리츠라고? 아, 불쌍한 저스틴! 그 아이를 범인으로 지목한 거야? 그게 아니야! 모두가 알잖아. 누가 그걸 믿어? 설마 아니겠지, 에르네스트?"

"처음에는 아무도 믿지 않았어. 하지만 여러 정황이 입증되었고, 우리도 어쩔 수 없이 믿을 수밖에 없었어. 저스틴도 꽤 혼란스러워하는 모습을 보이니까 의심의 여지도 없이 혐의에 무게를 실어 준 거야. 저스틴은 오늘 재판을 받을 거야. 그러니 일이 어찌되었는지 들을 수 있을 거야."

가엾은 윌리엄이 살해되던 날 아침, 저스틴은 아파서 자기 방에 격리되어 있었다고 한다. 며칠 후, 사건이 발생했던 날 밤에 저스틴이 입었던 옷을 한 하인이 우연히 뒤지다가 주머니에서 어머니의 작은 초상화가 들어가 있는 펜던트를 발견했던 것이다. 그 펜던트는 범행 동기라고 여겨지는 물건이었다. 그 하인은 다른 하인에게 그것을 보여 주었고 이들은 가족과는 한마디 상의도 없이 치안판사에게 갔다. 하인들의 증언을 토대로 저스틴은 체포되었다. 그 같은 혐의로 추궁당하자, 그 불쌍하고 어린 소녀는 극도로 당황했고 이는 혐의를 굳히는 결과를 낳고 만 것이다.

뭔가 이상한 구석이 있긴 했지만 나는 이 이야기에 흔들리지 않았다.

"모두들 착각한 거야. 누가 범인인지 내가 알아. 가엾고 착한 저스틴은 죄가 없어."

얘기를 들은 나는 대답했다.

바로 그때 아버지가 들어오셨다. 아버지 얼굴에는 슬픔이 역력했지만 밝은 얼굴로 나를 맞으려고 애쓰는 게 보였다. 아버지와 내가 슬픔을 나눈 후 다른 이야기로 화제를 돌리려던 차에 에르네스트가 소리쳤다.

"이런! 아빠! 빅터 형이 누가 가엾은 윌리엄을 죽였는지 안대요."

"불행하게도 우리도 안단다. 정말이지, 내가 그리도 훌륭하게 여기던 사람이 그토록 타락한 데다 배은망덕하다는 걸 알 바에는 차라리 모르고 지나가는 게 나을 뻔했구나."

"아버지, 잘못 아신 겁니다. 저스틴은 결백해요."

"그 아이가 결백하다면 유죄 선고를 받지 않도록 하느님께서 도우실 게다. 오늘 재판이 열리면 꼭 그 아이가 무죄로 풀려났으면 좋겠구나."

아버지의 말씀에 나는 안심할 수 있었다. 확신하건대, 저스틴은 물론 인간이라 할 수 있는 어떤 사람이라도 그런 일을 저지를 리가 없었다. 그러므로 그녀의 유죄를 확정 지을 수 있는 어떤 정황상의 증거가 나오더라도 나는 두렵지 않았다. 나는 확신에 차서 좋지 않은 결과는 생각지도 않고 재판만을 애타게 기다리며 스스로를 진정시켰다.

엘리자베스는 우리와 함께했다. 그녀를 마지막으로 본 후로 세월은 그녀를 아주 많이 바꾸어 놓았다. 6년 전, 엘리자베스는 예쁘고 재치가 넘치는 소녀였고 모든 사람이 그녀를 좋아하고 귀여워했다. 하지만 그녀는 예전보다 더 훤칠해졌고 유난히 아름다운 얼굴도 여성스러웠다. 넓고 탁 트인 이마는 탁월한 이해력과 솔직한 성격을 반영하는 것 같았다. 눈동자는 연한 갈색빛이 감돌았고, 본래의 온화함에 최근의 일로 인한 슬픔이 묻어났다. 머리카락은 윤기가 흐르는 적갈색에다 피부는 하얗고 몸은 우아하고 날씬했다. 그녀는 매우 정답게 나를 맞아 주며 말했다.

"나의 사랑하는 사촌, 네가 와서 희망이 생겨. 우리 가엾은 저스틴이 무죄라는 사실을 정당화할 방법을 넌 찾을 거야. 아아! 그 아이가 진범이라면 누군들 안전하겠니? 나는 그 아이가 나만큼 결백하다고 확신해. 불행이 이리도 한꺼번에 밀려오니 무척 고통스러워. 우리 금지옥엽 같은 윌리엄도 잃고 내가 그렇게 아끼던 그 가엾은 아이도 더욱 가혹한 운명으로 우리와 헤어져야만 하다니. 저스틴이 유죄 선고를 받으면 난 다시 기쁨 따위는 느끼지 못할 거야. 하지만 저스틴은 괜찮을 거야, 물론이지. 괜찮고말고. 그녀가 돌아오면 다시 행복해질 수 있어. 우리 어여쁜 윌리엄은 애통하게 죽었지만 말이야."

내가 말했다.

"저스틴은 결백해, 나의 엘리자베스. 무죄가 입증될 테니 염려 말아. 무죄가 확정되면 기운을 되찾을 수 있을 거야."

"다정도 해라! 다른 사람들은 모두 저스틴이 유죄라고 생각해서 내가 얼마나 상심이 컸는지 몰라. 그런 일은 일어날 수 없다는 걸 난 알아. 사람들이 지독한 편견에 사로잡혀 있는 모습을 보고 나는 희망을 잃고 절망에 빠져 버렸어."

그녀는 울먹였다. 아버지가 말했다.

"사랑하는 조카야, 눈물을 닦거라. 네 말대로 저스틴이 결백하다면 판사님의 재판을 믿어 보자. 손톱만큼이라도 불공정한 재판을 한다면 나도 가만히 있지는 않겠다."

7

우리는 재판이 열리는 11시까지 몇 시간을 그렇게 슬픔에 잠겨 있었다. 아버지와 다른 가족들이 증인으로 참석해야 했기에 나는 그들과 함께 법정으로 갔다. 정의를 조롱하는 그 가증스러운 일이 벌어지는 동안 나는 뼈아픈 고통을 느꼈다. 그곳은 내 호기심과 무법의 실험 장치들이 내 동무들 중 두 사람을 죽음으로 몰고 갈지를 결정하는 자리였다. 한 사람은 순수와 기쁨으로 충만한 채 미소를 머금은 아기였고, 또 한 사람은 의혹을 받고 있는 범행이 더 큰 공포를 불러일으킬수록 훨씬 흉측한 악행이 되어 더욱 무서운 형벌로 살해될지도 모르는 사람이었다. 저스틴은 우리에게 유난히 잘해 주었고, 앞으로도 행복하게 살 수 있는 훌륭한 성품을 지닌 아이였다. 헌데 이제는 세상의 지탄을 받는 무덤 속에서 잊히게 될 판국이었다. 모두 내 잘못이었다! 저스틴이 짊어진 죄를 지은 사람은 바로 나라고 천 번이라도 고백하고 싶었다. 하지만 살인이 벌어진 날 나는 그곳에 없었다. 모두에게 사실을 털어놓더라도 나를 미치광이로 여길 뿐, 나로 인해 고통받고 있는 저 아이의 무죄를 입증하지는 못했을 것이다.

저스틴은 차분해 보였다. 옷차림은 상중(喪中)의 예를 갖추었다. 그녀의 얼굴은 원래도 매력적이었지만 그날은 엄숙한 분위기로 묘한 아름다움이 느껴졌다. 수많은 사람들이 빤히 쳐다보거나 저주를 퍼부었지만 그녀는 결백했기에 당당해 보였고 두려움에 떨지도 않았다. 평소라면 그녀의 아름다움에 이곳저곳에서 호의를 베풀었겠지만, 사람들은 의혹을 받고 있는 그 극악무도한 범죄를 떠올리느라 그런 호의는 모두 잊었다. 저스틴은 침착했지만 그런 모습은 분명 부자연스러웠다. 이전에 보였던 심한 동요가 그녀의 유죄를 확실하게 입증하는 듯했기 때문인지 그녀는 더욱 정신을 바짝 차렸다. 저스틴은 법정으로 들어서서 한 바퀴 빙 둘러 보더니 곧 우리가 있는 곳을 발견했다. 우리와 눈이 마주치자 저스틴의 눈에는 눈물이 맺히는 듯했다. 그러나 곧 그녀는 마음을 다잡았다. 애통하고 애정 어린 그녀의 눈빛만 보아도 나는 그녀가 결백하다는 사실을 확인할 수 있었다.

재판이 시작되었다. 원고 측이 기소 내용을 낭독한 후 증인을 요청했다. 몇 가지 이상한 사실들이 합쳐져서 그녀에게 불리하게 작용했는데, 그런 사실들은 그녀가 결백하다는 사실을 모르는 사람들에게는 충격을 줄 수 있는 내용이었다. 살인이 일어난 그날 밤, 저스틴은 저녁 내내 외출했었고, 죽은 윌리엄의 시신이 발견된 장소와 멀지 않은 곳에서 새벽 즈음 한 상점 아주머니가 그녀를 보았다. 아주머니가 그곳에서 무엇을 했는지를 묻자 저스틴은 평소답지 않게 눈치만 보더니 우물쭈물 알아들을 수 없는 대답만 늘어놓았다. 그녀는 8시경 집으로 돌아왔다. 밤새 어디 있었냐는 질문에 그녀는 윌리엄을 찾고 있었다며, 아이 소식이 없었냐며, 매우 초조해하며 물었다고 대답했다. 시신을 본 그녀는 심한 발작을 일으켰고 며칠 동안 침대에만 누워 있었다. 그때 하인이 저스틴의 주머니에서 발견한 초상화 펜던트가 증거물로 제시되었다. 엘리자베스가 떨리는 목소리로 아이가 실종되기 한 시간 전에 자신이 아이의 목에 걸어 준 것과 동일하다고 증언하자, 법정은 공포와 분노가 뒤섞인 속삭임으로 가득 찼다.

저스틴 측이 변호할 차례였다. 재판이 진행되면서 그녀의 표정은 바뀌었다. 경악과 공포, 참담함이 역력했다. 이따금씩 저스틴은 눈물을 참으려 애썼으며 답변할 차례가 올 때면 정신을 가다듬고 고르진 않지만 겨우 알아들을 만한 목소리로 말을 이어

갔다. 그녀는 말했다.

"하느님께서는 아십니다. 제가 전적으로 결백하다는 사실을요. 제 주장으로 무죄 선고를 받겠다고 억지를 부리고 있는 것이 아닙니다. 저는 제 주장을 반박하는 사실에 명백하고 짧게 해명하면서 결백을 주장하고자 합니다. 의심스럽거나 수상한 정황이 있다면 재판관님들께서 평소 저의 성품을 감안하시어 호의적으로 판단해 주시길 바랄 뿐입니다."

이어서 저스틴이 증언했다. 그녀는 엘리자베스의 허락을 받고 사건이 발생했던 그날 저녁, 제네바에서 5킬로미터 정도 떨어진 마을인 셴에 있는 이모 댁에 갔었다. 9시쯤 집으로 돌아오는 길에 만난 한 남자가 실종된 윌리엄을 보았는지를 물었다. 그녀는 설명을 듣고 극도로 당황해서 윌리엄을 찾으며 몇 시간을 보냈고, 곧 제네바로 들어가는 성문은 잠기고 말았다. 그녀는 그날 밤 한 오두막에 딸린 헛간에서 보내기로 했다. 오두막 주인은 평소 잘 알던 이웃이었지만 부르고 싶지는 않았다. 쉴 수도 없고 잠도 오지 않아 그녀는 쉬고 있던 헛간에서 일찍 나섰고 다시 윌리엄을 찾아다녔다. 윌리엄의 시신 근처에 간 것은 그저 우연일 뿐이었다. 한잠도 못잔 데다 가엾은 윌리엄의 행방을 알 수 없는 터라 상점 아주머니가 질문을 했을 때 그녀는 당황할 수밖에 없었다. 그 펜던트에 대해서는 달리 설명할 방도가 없다고 했다. 그 불운한 희생양은 계속 말했다.

"이 한 가지 정황이 얼마나 중대하고 결정적인지 저도 잘 알고 있습니다. 하지만 저로서는 설명할 수가 없습니다. 이미 말씀드렸듯이 저는 전혀 모르기 때문에, 누군가 이 초상화를 제 주머니에 넣었을 거라고 추측할 수밖에 없습니다. 하지만 이 부분이 의문입니다. 마땅히 저와 적이 된 사람도 없습니다. 고의로 저를 망가뜨릴 만큼 사악한 사람도 분명 없습니다. 살인마가 그곳에 넣어 두었을까요? 전 누군가가 그렇게 할 수 있는 여지를 준 적도 없어요. 그랬다면 그 자는 펜던트를 왜 훔쳐야만 했을까요? 곧바로 자기 손을 떠날 물건이었는데 말이죠? 희망의 여지는 없어 보이지만 저는 이 사건을 판사님들의 정의에 맡기겠습니다. 몇몇 증인이 제 정직함에 대해서 증언할 수 있도록 선처 부탁드립니다. 그분들의 증언이 제 혐의를 벗길 수 없다면, 저는 유죄 선고를 받아야겠지요. 제가 아무리 결백하다고 주장하면서 구해 달라고 애원해도 말이지요."

저스틴과 수년간 알고 지낸 여러 지인이 불려 나왔고, 그들은 그녀에 대해서 호의적으로 말했다. 그러나 의혹을 사고 있는 그 범죄에 대한 두려움과 혐오는 증인들을 주저하게 했고 선뜻 나서지 못하게 했다. 엘리자베스는 저스틴의 훌륭한 성품과 나무랄 데 없는 행실이라는 최후의 수단마저도 피고에게 도움이 될 수 없음을 감지하고 강렬한 반대를 무릅쓰며 증인으로 직접 나설 것을 요청했다. 엘리자베스가 말했다.

"저는 살해당한 그 불행한 아이의 사촌입니다. 아니 그의 누나라고 할 수 있죠. 윌리엄이 태어나기 전에도, 후에도 그의 부모님께서 저를 교육시켰고 또 그분들 밑에서 쭉 자랐으니까요. 그러니 이 사건에 대해서 나서는 게 적절치 않아 보일 수도 있습니다. 하지만 저의 식구가 이제껏 친구인 척했던 사람들의 비겁함으로 죽게 될지도 모르는 상황을 보게 되니, 그녀의 정직에 대해 제가 아는 것들을 증언하고 싶군요. 저는 그녀와 같은 집에서 처음에는 5년을, 또다시 만났을 때에는 거의 2년간을 함께 살았습니다. 그렇게 함께 지내는 동안 그녀는 제게 세상에서 가장 다정하고 착한 사람이었습니다. 저스틴은 제 외숙모이신 프랑켄슈타인 부인께서 돌아가시기 전에 온 사랑과 정성을 다해 간호했습니다. 그 후에도 그녀는 오랫동안 병을 앓고 있는 자신의 어머니를 간호했어요. 저스틴을 아는 분들이 그녀에 대한 칭찬을 아끼지 않을 정도로요. 제 외삼촌 댁에 다시 돌아와서 함께 지낼 때도 모두들 그녀를 좋아했습니다. 살해당한 윌리엄에게도 많은 애착을 보였고 둘도 없는 어머니처럼 그를 애정으로 돌봐 주었습니다. 저는 그녀에 반대되는 모든 증거에도 불구하고 그녀의 결백에 한 치의 어긋남도 없다고 굳게 믿습니다. 저스틴은 그런 유혹에 넘어갈 사람이 아닙니다. 중요한 증거로 채택된 그깟 보석쯤이야 그녀가 원한다면 기꺼이 줄 수 있습니다. 저는 그만큼 그녀를 아끼고 존중합니다."

"엘리자베스는 정말 훌륭해!" 사람들은 이렇게 속삭이며 그녀에 대한 칭찬을 아끼지 않았다. 그러나 사람들이 부응한 것은 저스틴을 위해 몸소 나선 엘리자베스의 자비로움이었지, 가엾은 저스틴을 위한 것이 아니었다. 대중은 저스틴을 향해 더욱 강렬하게 분노했으며 천하에 배은망덕한 사람이라며 비난을 퍼부었다. 엘리자베스가 말할 때 저스틴도 울먹였지만 대답은 하지 않았다. 재판 내내 나 자신도 극도의 흥분과 괴로움에 휩싸여 있었다. 니는 그녀의 결백을 굳게 믿고, 아니 확실히 알고 있었다. 내 동생을 죽인 그 악마가(나는 이를 단 한순간도 의심하지 않았다.) 이 상황을 섬뜩한 놀이쯤으로 생각하면서 죄 없는 소녀를 죽음과 불명예로 몰았단 말인가? 나는 내가 마주한 그 공포를 견딜 수 없었다. 대중들의 목소리와 판사의 표정이 이미 나의 불운한 희생양에게 불리한 판정을 내린 것을 감지했을 때 나는 심한 고통을 느끼며 법정을 뛰쳐나왔다. 내 고통이 처벌을 면치 못할 저스틴의 고통만 할까? 그녀의 버팀목은 오로지 자신이 결백하다는 사실이었다. 그러나 날카로운 양심의 가책은 내 가슴을 갈기갈기 찢었고 앞으로 절대 놓지 않을 터였다.

나는 비참하기 짝이 없는 밤을 보냈다. 아침에 일어나서 다시 법정을 향했다. 입술과 목이 바짝 타들어 갔다. 그 끔찍한 질문을 입 밖으로 감히 내뱉을 수 없었다. 하지만 직원은 나를 알았고 왜 왔는지도 짐작했다. 투표는 끝났다. 모두 검은 표를 던졌다. 저스틴은 유죄 선고를 받은 것이다.

당시 어떤 느낌이었는지 설명할 수 있다고 하진 않겠다. 이전에도 그런 끔찍한 감정을 느껴 보았고, 그런 느낌을 표현하려고 애써 보았지만, 그 당시 내가 견뎌야 했던 쓰디쓴 절망감을 말로 표현할 수는 없었다. 내 소개를 받은 그 사람은 저스틴이 벌써 범행을 자백했다고 말했다.

"그렇게 명백한 사건에 증거가 뭐가 필요하겠소만, 뭐 꽤 만족스럽소. 그 어떤 판사도 정황상의 증거로만 범죄자에게 선고를 내리고 싶진 않을 거요. 아무리 결정적인 증거라고 해도 말이오."

집에 돌아오자 엘리자베스는 초조해하며 결과를 물었다. 나는 대답했다.

"엘리자베스, 네가 생각했던 대로야. 판사들은 죄인 한 명을 놓치느니 무고한 열 명을 못 살게 구는 게 낫다고 판단했어. 그런데 저스틴이 자백을 해 버렸대."

이것은 가엾은 엘리자베스에게 청천벽력과 같은 소식이었다. 저스틴의 결백을 철석같이 믿고 있던 그녀였다. 엘리자베스가 말했다.

"아아! 인간의 자비심을 이제 어찌 믿을 수 있겠어? 내가 친동생처럼 아끼고 자부하던 저스틴이, 결국 거짓으로 탄로 날 순수한 미소를 어째서 짓고 있었을까? 그녀의 따스한 눈빛을 보면 모질다거나 침울한 구석이 전혀 없었는데 살인을 저지르고 말다니."

곧 우리는 그 가련한 희생양이 엘리자베스와의 면회를 요청했다는 얘기를 들었다. 아버지께서는 내심 엘리자베스를 말리고 싶었지만 말씀으로는 그녀의 판단과 감정에 맡기겠다고 하셨다.

"네, 저스틴의 죄가 있더라도 저는 가 볼 거예요. 빅터도 나와 함께 기 줘. 혼지서는 못 가겠이."

나는 저스틴을 직접 만날 생각만 해도 고통스러웠지만 그 부탁을 거절할 수 없었다.

우리는 어두침침한 감방으로 들어갔다. 저스틴은 방 귀퉁이에 널려 있는 지푸라기에 앉아 있었다. 양손에 수갑이 채워져 있었고, 머리를 무릎 위에 떨어뜨리고 있었다. 우리가 감옥으로 들어오는 모습을 보자 그녀는 일어났다. 우리만 덩그러니 남겨지자 저스틴은 엘리자베스의 발 앞에 주저앉더니 통곡했다. 엘리자베스도 눈물을 흐렸다. 엘리자베스가 말했다.

"오, 저스틴! 나의 마지막 위안마저 앗아가 버리다니 왜 그랬어? 너의 결백을 믿었어. 그때도 비참했지만 지금처럼 힘들지는 않았어."

"그럼 아가씨도 제가 아주 흉측한 사람이라고 생각하시는 거예요? 저를 망가뜨린 적들과 한패가 되신 거예요?"

그녀는 흐느낌에 목이 메여 말을 잇지 못했다. 엘리자베스가 말했다.

"일어나렴, 가엾은 저스틴. 결백하다면 왜 무릎을 꿇고 있니? 난 네 적이 아니야. 네가 스스로 죄를 지었다고 세상에 알리지 않는 한 나는 어떤 증거 앞에서도 너의 무고를 믿을 거야. 명심해. 저스틴! 자백이 아니라면 그 무엇도 너에 대한 내 믿음을 흔들 수 없어."

"자백하긴 했지만, 거짓말이었어요. 신부님께 면죄를 받고 싶어서 그랬어요. 그렇지만 그 거짓 자백은 다른 죄들보다 제 마음을 더 무겁게 짓누르고 있어요. 하늘에 계신 하느님, 저를 용서하시길! 선고를 받은 이후로 고해 신부님께서 저를 계속 괴롭혔어요. 저를 협박하셨어요. 결국 신부님 말대로 저는 제 자신을 괴물이라고 생각하기 시작한 거예요. 그는 계속 고집을 부리면 제가 죽을 때 파문해서 지옥불로 보내겠다고 위협했어요. 아가씨, 저를 믿어 주는 사람은 아무도 없었어요. 모두들 저처럼 나쁜 사람에게 남은 건 불명예와 끝없는 지옥뿐이라고 생각하면서 쳐다봐요. 제가 뭘 할 수 있겠어요? 그 끔찍한 시간 동안 저는 거짓에 응하고 말았어요. 그때부터는 정말 비참한 사람이 되어 버린 거예요."

저스틴은 멈칫하더니 다시 울먹이며 말을 이었다.

"다정한 우리 아가씨, 전 끔찍했어요. 고마우신 외숙모님께서도 제게 그런 영광을 베푸셨고 아가씨 자신도 저를 그렇게 예뻐해 주셨는데 그런 아가씨밖에 모르는 저스틴이 악마만이 저지를 법한 일을 저지를 수 있었다고 생각하셨다니. 어여쁜 윌리엄! 그 축복받은 아이! 그 아이를 천국에서 곧 만나게 되겠지요? 그곳에서 우리는 모두 행복할 거예요. 그렇게 생각하니 위안이 돼요. 비록 불명예와 죽음으로 고통받겠지만."

"오, 저스틴! 잠깐이나마 너를 의심했던 나를 용서해 줘. 자백은 왜 한 거니? 너무 슬퍼하지는 마, 얘야. 난 너의 무고함을 만방에 알리고 또 모두가 그 사실을 믿게 할 거야. 그래도 네가 죽을 수밖에 없다니! 나의 소꿉동무, 나의 벗, 친동생 그 이상인 네가. 그런 불행이 닥치면 난 더 이상 살 수 없어."

"다정한 엘리자베스 아가씨, 울지 마세요. 더 잘 살겠다는 생각으로 저를 일으켜 세워 주셔야죠. 불의와 다툼이 가득한 이 세상의 하찮은 걱정에서 저를 꺼내 주셔야죠. 세상에 둘도 없는 벗이 저를 절망에 빠뜨리시면 안 되잖아요."

"널 위로하려고 노력하마. 희망이 없으니 이 지독한 불행이 너무 깊고 가슴 아파서 위로할 틈도 없구나. 하지만 우리 소중한 저스틴에게 이승을 초월해서 모든 걸 받아들이고 확신을 가질 수 있도록! 하늘은 축복을 내려 주시는구나. 아아! 구경거리, 엉터리에 불과한 이 모든 일이 무척 혐오스럽구나! 한 생명이 살해당할 때 다른 생명은 서서히 고통받으며 목숨을 빼앗기다니. 게다가 사형 집행자는 손에 죄 없는 피의 악취를 풍기며 대단한 일을 해냈다고 믿겠지. 사람들은 이를 '응징'이라고 부르지. 끔찍한 이름이구나! 응징이란 잔인무도한 독재자가 철저하게 복수하기 위해 만든 처벌보다 더 가혹하고 끔찍한 처벌이 행해질 것을 나는 알아. 하지만 나의 저스틴, 이런 말들은 전혀 위로가 되지 않겠지. 이토록 절망적인 소굴에서 도망치는 기쁨을 누릴 수 없다면 말이야. 아아! 이 가증스런 세상과 꼴사나운 낯짝들로부터 벗어나 외숙모님과 사랑스러운 윌리엄과 함께 편히 잠들고 싶구나."

저스틴은 힘없이 미소를 지었다.

"아가씨, 이것은 절망일 뿐 체념이 아니에요. 말씀하신 걸 마음으로 품지 않겠어요. 다른 얘기를 해 주세요. 고통스럽지 않고 마음이 편안해지는 얘기로요."

대화가 오가는 동안 나는 감방 구석으로 물러나 있었고, 나를 사로잡는 끔찍한 고통을 숨기려고 했다. 절망이라! 누가 그 말을 입에 담을 수 있을까? 내일이면 삶과 죽음의 쓸쓸한 경계를 건널 저 가엾은 희생자도 내가 느끼는 깊고 쓰라린 고통을 느끼지 못했다. 나는 영혼 깊숙한 곳에서 나는 신음 소리를 내며 이를 악물고 부드득 갈았다. 저스틴이 놀라며 소리가 나는 쪽을 보더니 내게 다가와서 말했다.

"도련님, 이렇게 와 주시다니 정말 다정하세요. 제가 저지른 일이 아니라고 믿어 주세요.”

나는 아무 말도 할 수 없었다. 엘리자베스가 말했다.

“아니야, 저스틴. 그는 네 결백을 나보다 더 확신해. 네가 자백했다는 말을 들었을 때조차 그 말을 믿지 않았어.”

“정말 감사드려요. 이 마지막 순간에 저를 좋게 바라봐 주시는 분들에게 진심으로 감사드리고 싶어요. 몹쓸 인간이 되어 버린 저에게 이리도 애정으로 대해 주시다니 정말 인정이 많으세요! 제 불행의 절반은 다 달아난 듯해요. 도련님과 아가씨 두 분께서 제 결백을 인정해 주시니 이제는 편히 죽을 수 있을 것 같아요.”

가엾은 저스틴은 그렇게 다른 이들과 자신을 위로하려고 애썼다. 그녀는 원하던 대로 체념했던 것이다. 그러나 진짜 살인자인 나는 가슴에 영원히 죽지 않는 벌레를 품고 있었고, 벌레는 내게 희망도 위로도 느낄 수 없게 했다. 엘리자베스도 흐느껴 울었고, 불행했다. 하지만 그녀의 불행은 죄 없는 자가 느끼는 고통이었다. 구름이 지나가면서 환한 달빛을 잠시 가릴 수는 있어도 그 빛을 더럽힐 수는 없는 것과 같았다. 괴로움과 절망감이 내 심장 한복판을 뚫고 들어왔다. 나는 그 무엇으로도 끄지 못할 지옥불을 품고 있었다. 우리는 그렇게 저스틴과 몇 시간을 보냈다. 그런 뒤에 엘리자베스는 간신히 작별을 고하면서 소리쳤다.

"차라리 너와 함께 죽는 편이 나아. 이 가혹한 세상에서 어떻게 살 수 있겠니!"

저스틴은 겉으로 명랑한 척했지만 속으로는 맺히는 눈물을 겨우 삼켰다. 그녀는 엘리자베스를 껴안고 복받쳐 올라오는 감정을 반쯤 억누르는 목소리로 말했다.

"잘 가세요. 다정한 아가씨, 소중한 엘리자베스, 세상에 하나뿐인 사랑하는 나의 친구여! 하늘이 무한한 축복을 내리시고 아가씨를 보호하소서. 이 일이 아가씨 인생에서 마지막 불행이 되소서. 부디 잘 사시고, 행복하세요. 다른 사람들도 행복하게 해 주시고요."

돌아오면서 엘리자베스는 말했다.

"빅터, 얼마나 안심이 되는지 몰라. 그 불행한 소녀에게 죄가 없다는 걸 믿게 되었잖아. 저스틴에 대한 믿음마저 거짓으로 드러났다면 내게 평화는 두 번 다시 오지 않았을 거야. 그 아이 짓이라고 믿었던 그 짧은 시간도 견딜 수 없었거든. 이제는 마음이 가벼워졌어. 죄 없는 저스틴이 고통을 받았지. 그렇지만 상냥하고 착한 저스틴이 내 신뢰를 저버리지 않았다니 안심이 돼."

다정한 사촌! 넌 그렇게 생각했겠지. 사랑스런 눈빛과 네 목소리처럼 온화하고 부드러운 생각이 들었겠지. 하지만 나는, 나는 그저 비열한 인간일 뿐. 당시 내가 느낀 참담한 심정을 그 누가 알 수 있었을까?

제 2 권

1

순식간에 일어난 잇따른 사건들로 감정이 격해졌다가 얼마 후 찾아온 깊은 정적 속에서 무기력하게 아무것도 못하고 차분히 현실로 받아들이게 되면서, 희망과 절망이 사라지는 것만큼 인간의 마음에 괴로운 일은 없다고 생각했다. 저스틴은 죽었다. 영원히 잠들었다. 하지만 나는 여전히 살아 있었다. 내 혈관 속에서는 피가 자유롭게 흘렀지만, 그 무엇도 지울 수 없는 슬픔과 회한이 내 가슴을 짓눌렀다. 나는 잠들 수 없었다. 나는 악령처럼 떠돌아다녔다. 말할 수 없을 만큼 끔찍한 일을 저질렀을 뿐 아니라, 이보다 훨씬, 훨씬 더 끔찍한 일이(나는 그렇게 믿었다) 아직 남아 있었기 때문이다. 그렇지만 내 마음은 미덕에 대한 사랑과 인정으로 넘쳐흐르고 있었다. 나는 다른 사람들에게 도움을 주고 싶은 마음으로 인생을 시작했고, 이를 실천해서 인류에게 공헌할 수 있는 순간을 갈망했었다. 하지만, 이제 그 기회는 전부 사라져 버렸다. 평온한 마음으로 지난 일을 만족스럽게 돌아보고 새로운 희망을 가지는 대신에, 회한과 죄책감에 사로잡혀서 나를 어떤 언어로도 표현할 수 없는 강렬한 지옥 속으로 급히 몰아갔던 것이다.

이런 심리 상태는 첫 번째 충격으로부터 완전히 회복된 나의 건강을 다시 악화시켰다. 나는 사람들을 피해 다녔다. 모든 기쁨이나 만족은 고문이었고, 고독만이 유일한 위안이었다. 깊고, 어두운, 죽음과도 같은 고독 말이다.

아버지께서는 나의 감정과 행동이 눈에 띄게 바뀌는 것을 고통스럽게 지켜보셨고, 주체할 수 없는 슬픔에 빠지는 나의 어리석음을 타이르려고 애쓰셨다.

"얘, 빅터야, 네 눈에 아비인 나는 안 힘들어 보이니? 세상 그 누구보다도 이 아비는 네 동생을 사랑했단다."

이 말을 하는 아버지의 두 눈에 눈물이 흘러내렸다.

"그렇지만 마냥 슬픔에 빠진 모습은 자제하는 게 좋겠구나. 죽은 이들을 슬프게 하지 않는 게 살아남은 사람들의 의무가 아니겠니? 또한 네 자신이 짊어져야 할 의무이기도 하지. 지나친 슬픔에 빠지면, 몸을 회복하고 즐거움을 느낄 수 없고, 심지어는 사람이 사회에서 살아가는데 꼭 필요한 일상생활도 못하게 된단다."

좋은 충고였지만, 내겐 아무 소용이 없었다. 나의 수많은 감정에 쓰라린 후회가 섞이지만 않았어도 나는 가장 먼저 슬픔을 감추고, 친구들을 위로했을 것이다. 그러나 지금은 단지 아버지에게 침울한 얼굴로 대답할 수밖에 없어서 되도록 아버지의 눈에 띄지 않으려고 노력했다.

이즈음 우리는 벨리브에 있는 별장으로 잠시 쉬러 갔다. 이런 변화는 내게 특히 좋은 일이었다. 제네바에서는 매일 10시 징각에 성문이 닫혔기 때문에, 그 시간 이후에는 호수에 남아 있을 수 없었다. 이 점 때문에 나는 성안에서 거주하는 것이 썩 마음에 내키지 않았다. 하지만 이제 나는 자유로웠다. 밤에 가족들이 잠자리에 들면 나는 자주 보트를 타고 호수에 나가서 많은 시간을 보냈다. 때로는 돛을 올려서 바람에 이리저리 떠다니기도 했고, 때로는 호수 한가운데로 노를 저어 가면서 보트가 저 혼자 떠내려가도록 내버려 둔 채, 내게 일어난 불행한 사건들에 대한 생각에 빠져들기도 했다. 나는 자주 그런 충동을 느꼈다. 보트가 물가에 다가갈 때 박쥐나 개구리가 귀에 거슬리는 소리로 우는 것만 제외하면, 주위에 모든 것이 평화로웠다. 이렇게 아름답고 상쾌한 곳에서 나 혼자만 가만히 있지 못하고 돌아다닌다고 생각할 때, 고요한 호수에 풍덩 뛰어들고 싶은 충동에 시달린 게 한두 번이 아니다. 그러면 내 머리 위로

물이 덮이면서, 나의 불행한 삶도 영원히 끝날 것이었다. 하지만 나는 꿋꿋하게 고통을 이겨 내는, 내가 사랑하는, 나와 인연을 맺고 있는 엘리자베스를 생각해서 참았다. 게다가 아버지와 동생도 생각났다. 어떻게 내가 가족들을 그 사악한 악마에게 무방비 상태로 내버려 둘 수 있겠는가?

그럴 때마다 나는 비통한 눈물을 흘렸고, 내 마음에 다시 평화가 찾아와서 가족들에게 위안과 행복을 안겨 줄 수 있기를 바랐다. 하지만 그럴 수는 없었다. 회한이 희망을 모조리 앗아 갔다. 나는 되돌릴 수 없는 악행을 저질렀다. 날마다 내가 만든 그 괴물이 뭔가 새로운 악행을 저지르지는 않을까 하는 두려움에 빠져 살았다. 나는 모든 일이 끝나지 않았으며, 그 괴물이 계속해서 어떤 흉악한 범죄를 저질러서 지난날의 추억을 모두 없애 버릴 것 같다는 예감이 어렴풋이 들었다. 내가 아끼는 것이 남아 있는 한 그것을 잃을 수도 있다는 두려움이 항상 쫓아 다녔다. 이 악마를 향한 나의 혐오는 상상을 초월했다. 그놈을 생각할 때마다, 나는 이를 악물었고, 두 눈은 이글거렸으며, 내가 무심코 만들어 낸 그 생명을 없애 버리고 싶었다. 그놈이 저지른 악행과 범죄를 생각할 때마다, 증오와 복수심이 절제의 경계선을 넘어섰다. 할 수만 있다면, 안데스산맥의 가장 높은 곳에 올라가서 그놈을 저 깊은 골짜기로 밀어 버리고 싶었다. 나는 그를 다시 만나고 싶었고, 그의 머리 위에 극도의 분노를 퍼부어서 윌리엄과 저스틴의 죽음에 복수를 하고 싶었다.

우리 집은 완전히 초상집 분위기였다. 아버지의 건강은 최근에 일어난 엄청난 일 때문에 눈에 띄게 쇠약해지셨다. 엘리자베스는 슬픔과 실의에 빠진 상태였다. 그녀는 더 이상 일상에서 즐거움을 얻지 못했다. 즐거움은 그녀에게 죽은 사람들에 대한 모독과 같았다. 그리고 그녀가 생각하기에 영원한 슬픔과 눈물만이 무기력하게 파괴돼 버린 죄 없는 영혼에게 보내는 헌사였다. 어린 시절, 나와 함께 강둑을 돌면서 기쁨 속에서 밝은 미래를 꿈꾸던, 예전의 행복했던 엘리자베스가 아니었다. 그녀는 심각한 얼굴로, 종잡을 수 없는 운명과 인생의 불안정함에 대해 자주 말했다.

"빅터, 비참하게 죽은 저스틴 모리츠를 생각하면 세상이 예전과 전혀 다르게 보여. 이전에는 책에서 읽거나 다른 사람들에게서 들은 악행과 불의에 대한 이야기가 그저 옛날이야기나 상상 속의 악행이라고 생각했어. 적어도 나와는 아주 멀리 떨어져 있어서, 상상보다는 이성에 가깝게 이해했지. 하지만 이제는 불행이 우리 집으로 찾아왔고, 사람들은 서로의 피에 굶주린 악마처럼 보여. 어쩌면 내가 잘못 생각한 것일지도 몰라. 다들 그 가엾은 소녀가 죄를 지었다고 생각하니까. 그리고 만약 그 소녀가 정말로 잘못을 저지른 것이라면 인간쓰레기가 틀림없어. 보석 몇 개 때문에 은인이자 친구의 아들을 살해하다니.

태어날 때부터 자기가 돌봐 온 아이였는데. 마치 자기 자식처럼 사랑한 것처럼 보였는데. 나는 인간을 사형시키는 것에 동의할 수 없어. 하지만 확실히 그런 존재는 인간 사회에 맞지 않다고 생각해. 하지만 그녀는 죄가 없어. 나는 그녀가 죄가 없다는 것을 알아. 너도 같은 의견이라서 마음이 놓여. 아! 빅터, 거짓이 진실과 똑같아 보일 때, 누가 자신의 행복을 확신할 수 있을까? 나는 마치 수천 명이 몰려 있는 벼랑 위에 서 있는 것 같아. 다들 나를 저 깊은 골짜기로 떨어뜨리려고 하는 것 같아. 윌리엄과 저스틴은 살해당했고, 범인은 도망쳤어. 그놈은 세상을 자유롭게 돌아다니고, 아마 사회에서 존경받을지도 모르지. 하지만 만약 내가 똑같은 죄목으로 사형대에서 죽음을 당한다고 해도, 나는 그런 비열한 놈과는 자리를 바꾸지 않겠어."

나는 엘리자베스의 말을 듣고 끔찍한 고통에 휩싸였다. 내가 살인을 저지른 것은 아니지만, 결국 살인은 나 때문에 일어난 일이기에, 내가 바로 진짜 살인자인 셈이었기 때문이다. 엘리자베스는 내 얼굴에서 이런 나의 괴로움을 알아챘고, 다정하게 내 손을 잡으면서 말했다.

"빅터, 마음을 가라앉혀야 해. 하느님께서는 이런 일들이 내게 얼마나 깊은 영향을 미쳤는지를 아시겠지. 하지만 나는 네가 생각하는 것처럼 비참하지는 않아. 네 얼굴에서 절망과 이따금씩 복수를 하겠다는 표정을 보면 소름이 끼쳐. 빅터, 진정해. 네가 마음의 평화를 얻을 수만 있다면, 난 기꺼이 희생하겠어. 우리는 분명히 행복해질 거야. 고국에서 조용히 살면서 세상과 얽히지 않는다면 우리의 고요한 삶을 그 무엇이 흔들어 놓겠어?"

이렇게 말하면서 눈물을 흘리는 바람에, 엘리자베스는 자신이 한 위로를 스스로 저버리고 말았다. 하지만 동시에 그녀는 미소를 지으며 내 마음에 도사리는 악마를 쫓아 버리려 했다. 아버지는 내 얼굴에 비친 불행이 단지 내가 자연스럽게 느끼는 감정을 과장한 것일 뿐이라고 생각했고, 나의 취향에 맞는 오락거리가 예전처럼 내 마음의 평온을 되찾을 수 있는 가장 좋은 방법이라고 생각했다. 이런 이유에서 아버지는 시골로 이사 갔고, 같은 이유를 들어 샤모니 계곡으로 다 같이 소풍을 가자는 제안을 했다. 나는 가 본 적이 있지만 엘리자베스와 에르네스트는 한 번도 가 본 적이 없었고, 둘 다 놀랍다고 익히 들어온 그곳 풍경을 보고 싶다고 자주 말했다. 따라서 우리는 8월 중순쯤 제네바를 떠났다. 저스틴이 죽은 지 거의 두 달이 지난 뒤의 일이었다.

날씨가 유난히 좋았고, 나의 슬픔이 환경의 변화에 의해 덜어질 수 있는 슬픔이었다면, 이 소풍은 분명히 아버지가 생각했던 대로 내 마음에 영향을 주었을 것이다. 그런대로 나는 풍경에 흥미를 느꼈다. 하지만 풍경은 때로 내 마음을 달래 주기는 했지만, 슬픔을 없애지는 못했다. 첫날, 우리는 마차를 타고 이동했다. 아침에 우리는 저 멀리 보이는 산을 향해 천천히 나아갔다. 우리는 아르브강에 의해 형성된 구불구불한 계곡을 따라 나아갔고, 그 계곡이 점점 우리를 에워쌌다. 해가 지자, 우리는 사방이 거대한 산과 절벽으로 둘러싸인 것을 보았다. 거칠게 흐르는 강물이 바위에 부딪히는 소리, 폭포수가 떨어지는 소리가 들렸다.

다음 날 우리는 노새를 타고 여행을 계속했다. 더 높이 오르자 계곡은 더욱 아름답고 놀라운 장관을 보여 주었다. 폐허가 된 성들이 소나무가 우거진 벼랑 끝에 아슬아슬하게 매달려 있었고, 거칠게 흐르는 아르브강과 나무들 사이로 오두막들이 여기저기 보이면서 아름다운 풍경을 이루었다. 웅장한 알프스산맥이 그것을 더욱 아름답고, 장엄하게 느껴지게 했다. 하얗게 빛나는 피라미드나 돔 같은 알프스산맥이 모든 것 위에 우뚝 솟아 있어서, 마치 다른 세상처럼 보였고, 다른 종족이 살고 있을 것만 같았다.

펠리시에 다리를 건너자, 강이 만든 협곡이 우리 앞에 펼쳐졌고, 우리는 그곳에 솟아오른 산을 오르기 시작했다. 곧 우리는 샤모니 계곡에 들어섰다. 샤모니 계곡은 더욱 경이롭고 장엄했지만, 우리가 막 지나갔던 세르보 계곡만큼 아름답거나 그림 같지는 않았다. 눈 덮인 높은 산맥들이 바로 맞닿아 있어서 폐허가 된 성들과 기름진 들판은 더 이상 보이지 않았다. 거대한 빙하들이 길로 다가오고 있었고, 눈사태 때문에 우레와 같은 소리가 들렸으며, 눈사태가 휩쓸고 지나간 곳에 연기가 피어오르고 있었다. 몽블랑, 가장 높고 웅장한 몽블랑이 뾰족한 산봉우리들 사이에서 우뚝 솟아 거대한 지붕처럼 계곡을 내려다보고 있었다.

여행을 하는 동안, 나는 가끔씩 엘리자베스와 나란히 앉아서 다채롭게 아름다운 풍경들을 그녀가 볼 수 있도록 하는 데 집중했다. 나는 종종 노새를 일행보다 뒤처지게 해서 불행한 생각들에 잠기곤 했다. 때로는 노새를 채찍질해서 일행보다 앞서 갔고, 그들을, 세상을, 무엇보다 나 자신을 잊으려고 했다. 일행과 한참 떨어지면, 나는 노새에서 내려 공포와 절망에 짓눌린 채 풀밭에 몸을 던질 때도 있었다. 저녁 8시에 나는 샤모니에 도착했다. 아버지와 엘리자베스는 많이 지쳐 있었다. 우리와 함께 갔던 에르네스트는 신나고, 흥분한 상태였다. 다만 남풍이 불어서 내일 비가 내릴 것이라는 상황만이 그에게서 즐거움을 빼앗아 갔다.

우리는 숙소에 일찍 도착했지만, 잠자리에 들지 못했다. 적어도 나는 잠들지 못했다. 나는 창가에 남아서, 몽블랑 위에서 노니는 희미한 번갯불을 보았고, 창문 아래에서 흐르는 아르브 강물의 소리를 들으면서 많은 시간을 보냈다.

2

　다음 날, 구름이 살짝 끼기는 했지만, 안내인의 예상과 달리 날씨가 좋았다. 우리는 아르베롱의 발원지를 방문했고, 저녁까지 계곡 주위를 둘러보았다. 이런 웅장한 풍경들은 내게 가장 큰 위안이 되어 주었으며, 나를 사사로운 감정에서 벗어날 수 있게 만들었다. 비록 나의 슬픔을 완전히 없애 주지는 못했지만, 내 마음을 가라앉히고 평온하게 만들었다. 지난달 내내 골몰했던 생각들에서 어느 정도 벗어날 수 있게 해 주었다. 저녁에 숙소로 돌아왔을 때, 몸은 피곤했지만 마음은 한결 나아졌다. 그래서 지난달 내내 평소 내가 보이던 모습과는 달리 가족들과 함께 즐겁고 활기찬 대화를 나눌 수 있었다. 아버지는 즐거워하셨고, 엘리자베스도 크게 기뻐하며 말했다.

"빅터, 거봐. 네가 행복하니까 다른 사람들도 행복해지잖아. 다시는 예전처럼 슬픔에 빠져서 지내지 마!"

다음 날 아침, 비가 세차게 퍼붓기 시작했고, 짙은 안개가 산맥의 정상을 가려 버렸다. 나는 잠자리에서 일찍 일어났지만, 평소와 달리 우울한 기분이 들었다. 비는 나를 우울하게 했다. 옛 감정들이 되살아나서 나를 비참하게 만들었다. 아버지가 이렇게 급격하게 변한 내 모습을 보시면 얼마나 크게 실망할지를 알고 있었기 때문에, 나를 짓누르는 이런 감정들을 감출 수 있을 때까지 아버지를 피하고 싶었다. 그날은 가족들이 숙소에서 계속 머물 것을 알고 있었다. 나는 비와 습기와 추위에 단련해 왔기 때문에, 몽탕베르산 정상까지 혼자 오르기로 결심했다. 쉼 없이 움직이는 그 거대한 빙하가 내 마음에 남긴 인상을 나는 분명히 기억하고 있었다. 빙하는 내 마음을 온통 황홀하게 했고, 내 영혼에 날개를 달아서 이 속세에서 벗어나 빛과 환희를 향해 날아오를 수 있게 해 주었다. 자연의 무시무시하고 장엄한 광경은 항상 내 마음을 경건하게 했고, 삶의 스쳐 가는 작은 고민들은 잊게 만들었다. 나는 혼자 가기로 결심했다. 그 길을 잘 알고 있는 데다 곁에 누군가 있으면 풍경에서 고적한 장관을 느낄 수 없었기 때문이었다.

산을 오르는 길은 위험할 정도로 가팔랐지만, 길이 굽이굽이 이어져 있어서 깎아지른 산을 넘을 수 있었다. 굉장히 황량한 풍경이었다. 겨울 눈사태의 흔적이 수천 개는 눈에 띄었다. 나무들은 부러진 채 땅 위에 나뒹굴고 있었는데, 완전히 부서진 나무들도 있었고, 꺾인 채로 튀어나온 바위에 기대거나, 다른 나무 위에 가로로 기댄 나무들도 있었다. 높이 올라갈수록 길은 눈이 쌓인 골짜기를 만났는데, 위쪽에서 돌들이 끊임없이 굴러 내려오고 있었다. 그중 어떤 길은 특히 위험해서 아주 작은 소리에도, 그러니까 큰 목소리로 말해도 공기 파장에 의해 말한 사람의 머리 위로 눈사태가 일어날 수도 있었다. 소나무들은 키가 크거나 무성하지는 않았지만 근엄했고, 풍경에 엄격한 분위기를 더했다. 나는 저 아래에 있는 골짜기를 내려다보았다. 골짜기를 따라 흐르는 강 위로 거대한 옅은 안개가 피어올라서 반대편 산 주위를 두툼한 화환처럼 두르고 있었고, 산봉우리들은 구름 사이에 숨어 있었다. 비가 어두운 하늘에서 퍼붓듯이 쏟아져서 주변에 있던 모든 것에 우울함을 더했다. 아! 인간은 왜 짐승보다 뛰어난 감성을 지니고 있다고 자랑할까? 단지 인간을 더 의존적인 존재로 만들 뿐인데. 우리가 느끼는 충동이 배고픔과 목마름과 성욕이 전부라면, 자유로운 존재가 됐을지도 모른다. 하지만 지금 우리는 바람이 불 때마다, 우연한 말 한 마디에, 혹은 그 말로 우리에게 전해지는 풍경에 이리저리 흔들리지 않는가.

우리가 잠들면, 꿈이 잠에 독을 풀고,

우리가 눈을 뜨면, 상념이 하루를 더럽히네.

우리는 느끼고, 생각하고, 논리적으로 따지며, 울고, 웃는다네.

익숙한 슬픔을 끌어안거나, 근심을 떨쳐 버리거나,

똑같다네. 기쁨이든, 슬픔이든.

떠나는 길은 여전히 자유로우니까.

어제와 내일이 같은 사람은 아마 절대 없으리,

모든 게 변한다는 사실만 변하지 않는다네!*

정오가 다 되어서야 정상에 도착했다. 잠시 나는 바위 위에 앉아서 빙하들이 떠 있는 바다를 내려다보았다. 안개가 바다와 주위의 산들을 뒤덮었다. 이내 산들바람이 구름을 흩어 버렸고, 나는 빙하로 내려왔다. 표면은 무척 울퉁불퉁해서 거친 바다의 파도처럼 쑥 올라갔다가 내려가곤 했고, 군데군데 움푹 패여 금이 간 곳도 있었다. 얼음 들판은 폭이 4킬로미터쯤 되어서, 가로지르는 데 두 시간 가까이 걸렸다. 반대편에 있는 산은 깎아지른 암벽이었다. 내가 서 있는 곳은 몽탕베르와 정반대에 있는 곳으로 4킬로미터 정도 떨어져 있었다. 그 위로 어마어마하고 위풍당당한 몽블랑이 우뚝 솟아 있었다. 나는 움푹 파

---

* 퍼시 비시 셸리의 시 〈무상에 관하여〉의 일부분이다.

인 암벽에 서서 이렇게 멋진, 숨이 막히는 풍경을 응시하고 있었다. 빙하의 바다, 아니 거대한 강이 산들 사이로 구불구불하게 흐르고 있었고, 저 높은 곳에 있는 산봉우리가 강의 후미진 곳을 내려다보고 있었다. 하얀 눈이 뒤덮인 산봉우리들이 구름 위의 햇살 속에서 반짝반짝 빛나고 있었다. 내 마음은 전에는 슬픔으로 가득했지만, 이제는 기쁨과 비슷한 감정으로 넘쳤다. 나는 외쳤다.

"방황하는 정령들이여, 그대들이 세상을 떠돈다면, 이 좁은 침상에서 잠들지 않는다면, 내게 약간의 행복이라도 허락하소서. 아니면 나를 그대들의 동료로 삶의 기쁨에서 데려가소서."

내가 이렇게 말하자, 문득 저 멀리서 초인과 같은 속도로 나를 향해 달려오는 사람의 형체가 보였다. 내가 조심해서 걸었던 빙하의 틈새들을 그는 훌쩍 뛰어넘었다. 그가 점점 가까이 다가올수록, 보통 사람보다 훨씬 커 보였다. 나는 두려움에 휩싸였다. 눈앞에 안개가 낀 듯 흐릿해졌고, 현기증이 날 것만 같았다. 하지만 나는 차가운 산바람에 재빨리 정신을 차렸다. 형체가 점점 가까워질수록(정말 무시무시하고 끔찍한 광경이었다!) 내가 만들어 낸 그놈이라는 사실을 깨닫게 되었다. 나는 분노와 공포로 온몸이 떨렸지만, 그가 다가오기를 기다렸다가 가까워졌을 때 격전을 벌여서 끝을 볼 생각이었다. 그가 다가왔다. 그의 얼굴에는 혐오, 원한 그리고 쓰라린 고통이 드러나 있었고, 여기에 이 세상의 것 같지 않은 추함까지 더해져서 눈뜨고 볼 수 없을 만큼 끔찍했다. 나는 제대로 보지도 않았다. 분노와 증오로 가득 차서 처음에는 아무 말도 할 수 없었지만, 간신히 정신을 차리고 나서는 그를 제압하기 위해 격렬한 혐오와 경멸에 찬 말로 소리쳤다.

"이 악마야! 어떻게 감히 내게 올 수 있지? 너의 그 비참한 대가리를 내려칠 내 분노가 무섭지 않은가 보지? 저리 꺼져 버려, 이 벌레 같은 놈이! 계속 머물러 있으면, 내놈을 산산조각 내버릴 테니까. 아, 비참한 너 같은 존재를 없애 버려서 네놈이 그토록 끔찍하게 죽인 사람들이 살아 돌아올 수만 있다면!"

악마가 말했다.

"나를 이런 식으로 대할 거라고 예상했지. 인간들은 하나같이 비참하고, 불행한 자를 증오하는군. 그러니 살아 있는 것들 중에서 가장 비참한 나를 얼마나 싫어하겠어! 하지만 당신, 나를 만든 당신조차도 나를 싫어하고 쫓아 버리려고 하다니. 우리 둘 중 한 사람이 죽어야 이 질긴 악연이 끊어진다는 사실을 모르는가? 당신은 나를 죽일 작정이었어. 어떻게 감히 생명을 가지고 장난칠 수 있지? 당신이 내게 도리를 다한다면, 나도 당신과 다른 인간들에게 도리를 다하겠다. 내가 말하는 조건에 동의한다면, 나는 당신과 다른 인간들을 조용히 내버려 두겠다. 그렇지만 당신이 거절한다면, 남은 당신 친구들의 피로 죽음의 아가리를 가득 채우겠다."

"이 끔찍한 괴물! 이 악마 같은 놈아! 이 빌어먹을 악마! 내가 널 만들어 냈다는 사실로 나를 비난했지? 이리 와라. 내가 그토록 아무 생각 없이 준 그 생명의 불꽃을 꺼 주마."

나는 끝없는 분노에 휩싸였다. 한 사람이 다른 이에게 품을 수 있는 모든 적대적인 감정을 느끼면서 나는 그에게 달려들었다.

그는 나를 쉽게 피하더니 이렇게 말했다.

"진정해! 내 소중한 머리 위에 증오를 쏟아붓기 전에 제발 내 얘기를 들어줘. 당신은 나를 더 불행하게 만들려고 하지만, 난 이미 충분히 고통을 겪지 않았나? 내 삶에 고통만 쌓일 뿐일지라도 생명은 내게도 소중하니까, 나도 내 목숨을 지키려고 애쓸 거야. 내가 당신보다 더 강하게 만들어졌다는 사실을 잊지 마. 나는 당신보다 키도 크고, 관절도 유연하지. 하지만 나는 당신과 적이 되고 싶지는 않아. 난 당신이 만든 생명체이지. 그리고 나의 조물주이자, 왕인 당신에게 더욱 순종할 거야. 그대가 내게 빚진, 당신의 의무를 다한다면 말이지. 아, 프랑켄슈타인. 다른 사람들에게는 공정하게 대하면서, 나만 짓밟지는 말아 줘. 내게는 당신의 정의, 심지어 관대한 처분과 사랑이 가장 절실하게 필요하니까. 잊지 마, 나는 당신의 피조물이야. 나는 당신의 아담이라고. 아니, 나는 하늘에서 추락한 천사인 셈이지. 난 잘못한 것도 없는데, 당신은 나를 기쁨에서 쫓아냈지. 어디서든 축복을 볼 수 있지만, 나만 소외되어 있어. 나는 자비롭고, 착하지만, 불행이 날 악마로 만들었어. 나를 행복하게 만들어 주면, 나도 미덕을 행하는 존재가 되겠다."

"저리 꺼져! 네 말은 듣지 않겠어. 너와 나 사이에 유대는 있을 수 없어. 우리는 적이니까. 꺼져 버려! 안 그러면, 어디 한 번, 힘으로 겨뤄 보자. 둘 중 하나는 쓰러지겠지."

"어떻게 해야 당신 마음을 돌릴 수 있지? 아무리 간청해도 당신이 만든 생명체에게 따뜻한 관심의 눈길 한번 줄 수 없는 것인가? 당신의 선행과 동정을 이렇게 애원하는데도? 프랑켄슈타인, 나를 믿어. 나는 자비를 베풀 줄 알았어. 내 영혼은 사랑과 인간애로 가득했다고. 하지만 지금 나는 혼자이지 않은가? 비참하게도 혼자이지 않은가? 나를 만든 당신조차 나를 끔찍하게 싫어해. 하물며 당신 동료들은 내게 빚진 것도 없는데, 내가 그들에게 무엇을 바라겠는가? 그들은 나를 쫓아내고 증오하지. 황량한 산과 거친 빙하만이 나의 피난처일 뿐이야. 여러 날을 이곳에서 방황했어. 나는 얼음 동굴이 겁나지 않았어. 그곳은 내가 유일하게 머물 수 있는 곳이지. 내가 그곳에서 지내도 인간들은 뭐라고 하지 않으니까. 나는 이 음울한 하늘을 기쁘게 맞지. 당신의 동료들보다 내게 친절하니까. 많은 사람이 나의 존재를 안다면 그들도 당신과 똑같이 행동하고, 나를 파괴하기 위해 자신들을 무장하겠지. 나를 혐오하는 사람들을 내가 어찌 증오하지 않을 수 있겠는가? 나는 적들과 어떤 관계도 맺고 싶지 않아. 내가 비참하니 그들도 나의 비참함을 느끼게 할 거야. 하지만 당신만이 내 불행을 보상할 수 있는 힘이 있고, 그들을 악에서 구할 수 있어. 그런 악을 크게 만드는 일은 오직 당신 손에 달려 있지. 내 부탁을 들어주지 않으면 당신과 당신의 가족들뿐 아니라, 수천 명의 사람들이 분노의 소용돌이에 휩쓸리게 될 거야. 나를 동정하되, 무시하지는 마. 내 얘기를 들어줘. 일단 내 얘기를 다 듣고 나서 당신 판단에 따라 나를 포기하든 위로하든 마음대로 해. 하지만 내 말을 끝까지 들어 봐. 인간의 법에 따르면 아무리 잔혹한 죄인이라 하더라도 판결을 받기 전에는 자신을 변호할 기회가 있다고 들었어. 프랑켄슈타인, 내 말을 들어 봐. 당신은 나를 살인자라 비난했지만, 정작 자신은 아무런 양심의 가책도 없이 당신이 만든 생명을 파괴하려 하고 있어. 흥, 인간의 영원한 정의 좋아하시네! 당신에게 살려 달라고 애원하는 게 아니야. 내 얘기를 들어 봐. 그러고 나서 할 수 있다면, 또 하고 싶다면, 당신의 창조물을 파괴해도 좋아."

"왜 너는 생각만 해도 소름 끼치는 기억을 떠올리게 하는 거지? 내가 바로 너를 만들어 낸 장본인이라는 사실을 말이야! 이 빌어먹을 악마! 네가 처음으로 빛을 본 날을 저주하리라! 네놈을 만든 손을 저주하리라!(그게 비록 나이지만) 넌 나를 말할 수 없이 비참하게 만들었다. 내가 네놈을 공정하게 대했는지 아닌지를 판단할 힘조차 남겨 두지 않았어. 저리 꺼져 버려! 끔찍한 네 모습을 더 이상 내게 보이지 마라!"

"나의 창조자여, 원하는 대로 해 주지."

그는 이렇게 말하더니 자신의 끔찍한 두 손으로 내 눈을 가렸다. 하지만 나는 그의 두 손을 거칠게 밀어냈다.

"이렇게 하면, 당신이 혐오하는 모습을 보지 않고 여전히 내 말을 들을 수 있을 테니. 나에게 당신의 연민을 보여 줘. 내가 힌때 지녔던 미덕으로 나는 딩신에게 요구하고 있어. 나의 길고도 기묘한 이야기를 들어 봐. 당신의 감각은 민감해서 여기 기온을 견디기 어려울 테니 산에 있는 오두막으로 가자. 아직 해가 높이 떠 있어. 해가 눈 덮인 산 뒤로 지고 다른 세상을 비추기도 전에, 당신은 내 이야기를 다 듣고 결정할 수 있을 거야. 내가 완전히 인간 세상을 떠나서 인간에게 해롭지 않은 삶을 살 것인지, 아니면 인간에게 저주를 내리고 순식간에 당신을 파괴할 것인지는 전적으로 당신 손에 달려 있지."

이렇게 말하면서 그는 먼저 빙하를 가로질러 갔고 나도 뒤따라갔다. 마음이 무거워져서 나는 아무 대답도 하지 않았다. 하지만 그를 따라가면서 나는 그가 말한 다양한 주장을 곰곰이 생각해 보았고, 그의 이야기를 들어 보기로 결심했다. 한편으론 무척 궁금했고, 그의 처지에 동정심이 생겨서 나는 이런 결심을 굳히게 되었다. 지금까지 그가 내 동생을 죽인 자로 추측해 왔기 때문에 이런 내 생각이 맞는지 틀린지를 알아보고 싶었다. 게다가 나는 처음으로 내가 창조한 것에 대한 책임감을 느꼈다. 그가 사악하다고 비난하기 전에 먼저 그를 행복하게 해줘야 했다. 이런 이유에서 나는 그의 요구에 응했다. 우리는 빙하를 건넜고, 반대편 암벽을 올랐다. 날씨가 추운 데다 비까지 내리기 시작했다. 우리는 오두막 안으로 들어갔다. 그놈은 기쁨에 차 있었지만 나는 마음이 무거웠다. 하지만 나는 그의 말을 듣기로 했다. 끔찍한 동료가 피워 놓은 불 옆에 앉자, 그는 이야기를 시작했다.

3

"처음으로 나라는 존재가 생겨난 순간을 떠올리는 게 아주 힘들어. 당시에 일어났던 일들은 전부 혼란스럽고, 불분명했거든. 낯설고 다양한 감각이 휘감으면서 보고, 듣고, 느끼고, 냄새도 맡았지. 아주 오랜 시간이 지나고 난 뒤에야 다양한 감각을 구분할 줄 알게 되었어. 내가 기억하기로는, 점점 강해지는 빛 때문에 눈이 부셔서 눈을 감아야 했어. 그러더니 어둠이 나를 감쌌고, 그래서 괴로웠지. 하지만 내가 다시 두 눈을 떴을 때 어둠을 거의 느끼지 못했어. 아마도 빛이 다시 쏟아져서 그런 것 같아. 나는 걸었고, 내 생각에 아래로 내려왔지. 하지만 곧 내 감각에 엄청난 변화가 생겼다는 걸 알게 됐어. 전에는 어둡고 투명한 물체들이 나를 감싸서 뭔가를 보고 만지는 데 둔했는데, 이제는 자유롭게 돌아다닐 수 있고, 그 어떤 장애물도 넘어가거나 피할 수 있다는 사실을 말이야. 빛은 점점 더 자극적으로 느껴졌고, 열기 때문에 걷기가 힘들어져서 쉴 수 있는 그늘을 찾았어. 마침 잉골슈타트 근처에 숲이 있어서 이곳 시냇물 옆에 누워서 쉬고 있었지. 하지만 배가 고프고 목도 말라서 고통스러웠어. 잠들기 직전이던 나는 일어나서 나무에 매달리거나 바닥에 떨어진 산딸기를 찾아 배를 채우고, 시냇물로 목을 축였어. 그리고 다시 누워서 깊은 잠에 빠졌지.

잠에서 깨어났을 때 날은 이미 저물었어. 추운 데다가 음산한 곳에 있는 것을 알고 나니 본능적으로 겁을 먹었지. 이전에 내가 당신의 실험실에서 나올 때에도 추위를 느껴서 옷 몇 벌을 걸치긴 했지만 밤이슬을 막을 수는 없었어. 나는 가엾고, 의지할 곳도 없는 비참한 놈이었지. 아무것도 몰랐기에 아무것도 구분하지 못했어. 하지만 고통이 내 몸을 훑고 지나가는 걸 느끼고는 털썩 주저앉아 눈물을 흘렸지.

곧 하늘이 부드러운 빛으로 서서히 밝아 오자 나는 기분이 좋아졌어. 몸을 일으켜 나무들 사이로 솟아오른 빛나는 형체를 보았지. 나는 일종의 경이로움으로 그것을 응시했어. 그것은 천천히 움직였지만, 내가 갈 길을 밝혀 주었어. 그래서 나는 다시 산딸기를 찾으러 나갔지. 나는 여전히 추웠는데, 마침 나무 아래에 떨어진 거대한 망토 하나를 발견하고는 그것을 두르고 바닥에 앉았어. 머릿속에서는 어떤 뚜렷한 생각도 할 수 없었고, 모든 것이 혼란스러웠어. 나는 빛과 어둠, 배고픔과 갈증을 느꼈고, 수많은 소리가 내 귀에서 윙윙 울렸으며, 사방에서 다양한 냄새를 맡을 수 있었지. 내가 구분할 수 있던 것은 밝은 달밖에 없어서 즐거운 마음으로 계속 바라보았어.

밤과 낮이 몇 번 바뀌고, 밤의 원이 눈에 띄게 줄어들었을 때 나는 서로 다른 감각들을 구분하기 시작했어. 내게 마실 것을 제공해 주는 맑은 시냇물을, 나뭇잎으로 그늘을 만들어 주는 나무들을 서서히 뚜렷하게 볼 수 있게 되었지. 내 귀에 인사하던 기분 좋은 소리가 종종 내 눈에 비치던 빛을 가로막던 날개 달린 작은 동물이 내는 소리였다는 걸 처음으로 알게 되었을 때 정말 기뻤어. 게다가 나를 둘러싼 형체들을 더욱 자세히 볼 수 있게 되었고, 나를 덮는 빛나는 지붕의 경계도 인지할 수 있게 되었어. 가끔씩 나는 새들의 즐거운 노래를 모방하려 했지만 그럴 수 없었어. 나의 감각들을 나만의 방식으로 표현하고 싶었지만, 무디고 분명하지 않은 내 목소리가 무서워서 다시 침묵 속으로 나를 내몰았어.

달이 밤하늘에서 사라졌다가 다시 작은 형태로 모습을 드러냈을 때에도 나는 여전히 숲에 있었어. 이때쯤에 나의 감각들은 분명해졌고, 머릿속에서는 날마다 많은 생각들을 받아들였지. 나의 두 눈은 빛에 익숙해졌고, 사물들의 정확한 형태를 인

지하기 시작했어. 나는 처음에는 벌레와 풀잎을 구분하기 시작
했고, 점차 다양한 풀들을 구별할 수 있게 되었어. 참새들은 날
카로운 소리로 우는 반면에, 까마귀와 개똥지빠귀는 부드럽고
매혹적인 소리를 내는 것도 알게 되었지.

   그러던 어느 날, 추위에 시달리고 있는데, 몇몇 방랑하는 거
지들이 남겨 놓은 불을 발견했어. 그 불에서 느껴지는 따뜻함
이 나를 매우 기쁘게 했지. 너무나 기쁜 나머지 아직 불씨가 남
은 숯에 손을 집어넣었다가 고통스럽게 울부짖으며 재빨리 다
시 빼냈어. 정말 이상하다고 생각했어! 똑같은 원인이 완전히
다른 결과를 낳다니! 나는 불을 피울 수 있는 재료를 알아보았
고, 그것이 나무라는 사실을 알게 되자 매우 기뻤지. 나는 재빨
리 나뭇가지들을 조금 모았지만 젖어 있어서 불이 붙지 않았
지. 실망한 나는 가만히 앉아서 불이 어떻게 작용하는지를 지
켜보았어. 이윽고 내가 불 가까이에 놓아둔 젖은 나뭇가지들이
마르더니 불에 타기 시작했지. 나는 이 상황에 대해 곰곰이 생
각해 보았고, 여러 종류의 나뭇가지를 만져 보면서 그 이유를
알아냈어. 바삐 움직이며 엄청나게 많은 양의 나뭇가지들을 모
았지. 나무들을 말려서 많은 양의 땔감을 구할 수 있도록 말이
지. 밤이 오고 졸음이 몰려왔을 때, 피워 놓은 불이 꺼질까 봐
매우 걱정스러웠어. 그래서 마른 나무와 나뭇잎들로 불을 덮고
그 위에 젖은 나무들을 올려놓았지. 그런 뒤에 망토를 땅 위에

깔고 그 위에 누워서 잠에 빠져들었어.

아침에 눈을 뜨자마자 불이 꺼지지 않았는지를 확인했지. 올려놓았던 나무들을 치우자 산들바람이 불어서 순식간에 불꽃을 키웠어. 이것을 지켜보고 나서 나뭇가지에 부채 모양을 만들어 바람을 일으켰더니 꺼져 가던 불씨들이 더욱 커졌어. 다시 밤이 되었을 때, 불이 열기뿐만 아니라 빛도 제공해 준다는 점을 알고 무척 기뻐했지. 특히 불의 성질은 음식과 관련해서 내게 많은 도움을 주었어. 어행지들이 구워 먹다가 남긴 동물 내장 중 일부를 발견했는데, 나무에서 따다 먹은 산딸기보다 더 맛있더라고. 그래서 같은 방식으로 장작불 위에 올려 두고 먹을 것을 익혀 보았지. 산딸기는 오히려 맛이 없어졌지만, 땅콩과 나무뿌리들은 훨씬 맛있어진다는 사실을 알게 되었어.

하지만 먹을 것을 구하기가 너무 어려워서 하루 종일 음식을 구한 끝에 도토리 몇 개로 배고픔을 달래는 날이 많았어. 이 사실을 깨달았을 때, 지금까지 지내던 곳을 떠나 내가 부족하게 느낀 것들을 좀 더 쉽게 구할 수 있는 곳을 찾아 나서기로 결심했어. 그렇게 떠나자니 우연히 얻게 된 불을 잃는 게 무척 마음 아팠지. 나는 불을 다시 지피는 방법을 알지 못했거든. 나는 이 문제를 두고 몇 시간 동안 심각하게 고민했어. 하지만 어쩔 수 없이 불을 피우려는 모든 시도는 그만두어야 했어. 나는 망토로 몸을 두르고, 해가 지는 쪽으로 곧장 숲을 가로질러 갔어. 이런 식으로 사흘이 지났고, 마침내 확 트인 들판을 발견했지. 전날 밤에 폭설이 내려서 들판이 온통 새하얬어. 풍경은 암담했고, 바닥을 덮은 차갑고 축축한 물질이 발을 시리게 한다는 것을 알게 되었어.

아침 7시쯤이었는데, 먹을 것과 머물 곳을 구하고 싶었어. 마침내 오르막에 위치한 작은 오두막을 발견했어. 몇몇 양치기들이 편하게 이용하려고 세워 놓은 게 분명했지. 이것은 내게 새로운 광경이었어. 그래서 강한 호기심에 그 건물을 살펴봤어. 문이 열린 것을 발견하고 그 안으로 들어갔지. 한 늙은이가 불가까이에 앉아서 아침 식사를 준비하고 있었어. 그는 내가 들어서는 소리를 듣고 몸을 돌렸어. 하지만 나를 보자마자 큰 소리로 비명을 지르고는 헛간을 뛰쳐나갔지. 쇠약한 몸이라고는 믿겨지지 않을 정도로 재빠르게 들판을 가로지르며 달려갔어. 내가 전에 봤던 어떤 것과도 다르게 생긴 그의 모습과 그가 도망치는 행동은 다소 나를 놀라게 했지. 하지만 나는 오두막의 생김새에 매료되고 말았어. 눈과 비를 막아 주었고, 바닥은 말라 있었지. 불의 호수에서 고통받던 지옥의 악마들 눈에 비친 판데모니움*만큼 오두막은 내게 너무나 아름답고, 훌륭한 은신처였지. 나는 양치기가 남겨 놓은 아침 식사를 게걸스럽게 먹

---

* 지옥의 수도에 있는 악마들의 신전이다.

어 치웠어. 빵과 치즈에다가 우유와 포도주였지. 포도주는 맛이 없더라고. 다 먹고 나자 피로가 몰려와서 짚더미에 누워 잠이 들었지.

잠에서 깨어나자 정오였고, 하얀 땅 위를 밝게 비추는 따뜻한 햇살에 이끌려 나는 여행을 계속 하기로 결심했지. 때마침 발견한 가방에 남은 아침 식사를 꼭꼭 챙겨 넣고 나는 들판을 가로질러 갔어. 몇 시간이 흘러 해가 질 무렵 나는 한 마을에 도착했시. 얼마나 놀라웠넌지! 오두막과 더욱 깔끔한 작은 집들과 우아한 저택들이 차례로 나의 감탄을 자아냈어. 텃밭의 채소들, 창가에 놓인 우유와 치즈를 보자 군침이 돌았지. 나는 그 중에서 가장 좋은 집에 들어갔어. 하지만 내가 집 안에 발을 들여놓자마자 아이들은 비명을 질렀고, 한 여자는 기절해 버렸어. 마을 전체가 아수라장이 되었어. 도망치는 사람들도 있었고, 나를 공격하는 사람들도 있었지. 결국 사람들이 던진 돌과 날아오는 온갖 종류의 무기에 상처를 입고 탁 트인 들판으로 도망쳤고, 어느 나지막한 가축우리에 몸을 숨겼지. 축사는 누추한 모습인 데다 마을에서 본 궁전 같은 집에 비하면 다 쓰러져 가는 모습이었어. 축사 옆에는 깔끔하고 보기 좋은 오두막이 붙어 있었지만, 방금 전에 겪은 일 때문에 오두막에 들어갈 엄두가 나지 않았어. 내가 숨은 곳은 나무로 지어졌는데, 지붕이 아주 낮아서 등을 펴고 똑바로 앉기가 힘들었어. 나무가 깔려 있지 않은 흙바닥이었지만 보송보송 말라 있었지. 수많은 틈새로 바람이 새어 들어왔지만, 눈과 비를 피할 수 있는 그런 대로 괜찮은 은신처라고 생각했어.

나는 그곳에 숨어들어서 몸을 뉘었어. 비참한 상황이었지만, 은신처를 찾을 수 있어서 기뻤어. 궂은 날씨와 그보다도 더한 사람들의 잔인함으로부터 도망칠 수 있었으니까.

날이 밝자마자 나는 축사에서 기어 나와서 바로 옆에 붙은 오두막을 살펴보았어. 그리고 내가 찾아낸 은신처에 계속 머물러도 괜찮다는 걸 알아냈어. 은신처는 오두막 뒤편에 붙어 있었고, 야외 돼지우리와 깨끗한 물이 담긴 웅덩이가 양옆에 있었지. 한쪽이 뚫려 있어서 나는 그곳을 통해서 안으로 기어 들어갔지. 그런 뒤에 밖에서 안 보이도록 돌과 나무로 틈을 모조리 막았어. 하지만 밖으로 나갈 때는 막아 놓았던 것을 열 수 있게 해 두었지. 빛은 돼지우리를 통해서 들어온 게 전부였지만, 그 정도면 내게는 충분했지.

그렇게 지낼 곳을 정리하고, 바닥에 짚을 깔다가 잠시 자리를 피했지. 왜냐하면 저 멀리에 어떤 사람이 있는 것을 보았는데, 지난밤에 내가 받았던 사람들의 대우가 떠올라서 무턱대고 그를 믿을 수는 없다고 생각했기 때문이지. 그날은 내가 생존할 수 있는 것들, 이를테면 훔쳐 온 딱딱한 빵 한 덩어리와 나의 은신처 옆을 흐르는 맑은 물을 손보다 더욱 편리하게 떠 마실 수 있는 컵 따위를 마련했어. 약간 높은 바닥은 항상 보송보송하게 말라 있는 데다 오두막의 굴뚝과 가까워서 그런대로 따뜻했어.

이런 것들을 마련한 나는 그 가축우리에서 지내기로 했지. 무슨 일이 생겨서 결심이 바뀌기 전에는 말이지. 나뭇가지에서 빗물이 뚝뚝 떨어지고 땅은 축축한, 전에 살던 황폐한 숲과 비교하면 그곳은 정말 천국이었지. 기쁘게 아침을 먹고 나서 물을 좀 마시려고 널빤지를 옮기려고 할 때, 문득 발소리가 들렸어. 그래서 나는 작은 틈으로 내다보았어. 한 어린 소녀가 머리에 양동이를 이고 내가 숨은 가축우리 앞을 지나가는 것이 보였어. 소녀는 젊고 행동이 차분해서 그때까지 봐 왔던 오두막에 사는 사람들이나 농장의 하인들과는 어딘가 달라 보였지. 소녀는 낡은 옷을 입고 있었어. 거친 천으로 만든 푸른색 치마에 린넨 재킷만 걸치고 있었지. 머리를 땋아 내렸지만, 장식은 하지 않았어. 참을성이 강해 보였지만, 어딘가 슬퍼 보였어. 소녀는 사라졌다가 십오 분쯤 뒤에 양동이를 들고 다시 나타났지. 양동이에는 우유가 가득했어. 그녀가 길을 걸어가는데 양동이 무게 때문에 힘들어 보였어. 한 청년이 나타났는데, 소녀보다 더욱 어두운 얼굴이었지. 청년은 우울한 목소리로 뭐라고 몇 마디 하더니 양동이를 뺏어 들고는 오두막으로 날랐지. 소녀는 뒤따라갔고 둘은 사라졌어. 얼마 있지 않아 청년의 모습이 다시 보였지. 그는 손에 몇몇 연장을 들고서는 오두막 뒤편의 들판을 가로질러 갔어. 소녀는 마당과 집 안에서 바쁘게 움직였지.

오두막을 살펴보다가 한쪽 벽에 지금은 사용하지 않는 것 같은 창문 하나를 발견했어. 그 유리창은 널빤지로 가려져 있었어. 널빤지에는 거의 눈에 띄지 않는 작은 틈이 나 있어서 한쪽 눈으로 겨우 오두막 안을 엿볼 수 있었지. 작은 방이 보였어. 벽은 하얗게 칠해져 깨끗했지만 가구는 거의 보이지 않았지. 한쪽 구석 작은 모닥불 근처에 한 노인이 앉아 있었는데, 머리를 두 손으로 감싼 채 비탄에 잠긴 모습이었어. 소녀는 오두막을 정리하느라 분주했고, 이윽고 서랍에서 뭔가를 꺼내더니 만지작거리면서 노인 옆에 앉았어. 노인은 악기를 들고 연주하기 시작했는데, 개똥지빠귀나 딱새의 울음소리보다 더욱 감미로운 소리가 나더라고. 아름다운 것이라고는 한 번도 보지 못한 나처럼 비참한 놈에게도 사랑스러운 광경으로 비쳤어. 은빛 머리칼과 인자한 얼굴을 지닌 노인을 보자 존경심이 생겼고, 상냥한 태도를 지닌 소녀를 보자 사랑하는 마음이 생겼지. 그는 달콤하지만 슬픈 곡을 연주했어. 그 음악을 듣고 있던 소녀의 두 눈에는 눈물이 흘렀는데, 노인은 소녀가 엉엉 소리를 내면서 울 때까지 이를 알지 못했지. 노인이 뭐라고 입으로 소리를 내자, 아름다운 소녀는 하던 일을 멈추고는 그의 발치에 무릎을 꿇었어. 노인은 소녀를 일으켜서 다정하고 애정 어린 미소를 지어 보였지. 그 모습을 보고 나는 어딘가 특별하면서도 압도되는 느낌을 받았어. 고통과 기쁨이 뒤섞인 감정이었어. 굶주림이나 먹을거리, 추위와 온기에서는 한 번도 느껴 보지 못한 감정이었어. 나는 이런 감정들을 차마 견딜 수 없어서 창가에서 물러나고 말았어.

얼마 있지 않아서 청년이 돌아왔고, 그의 양 어깨에는 나뭇짐이 가득했지. 소녀는 문가에 마중 나가서 그가 나뭇짐을 내리는 것을 도왔고, 나무를 조금 가져가서 불에 넣었어. 그러더니 청년은 소녀를 오두막 구석으로 데려가서 커다란 빵과 치즈를 보여 주었어. 소녀는 무척 기쁜 것 같았지. 그러고는 밭에 나가서 채소와 뿌리를 가져오더니 물에 넣고 끓였어. 소녀가 하던 일을 마저 하는 사이에 청년은 밭에 나가서 뿌리들을 캐고 잡아당기느라 바빠 보였지. 한 시간가량 그 일을 한 뒤에, 소녀는 그를 불렀고, 두 사람은 함께 집 안으로 들어갔지.

그사이에도 노인은 여전히 시름에 잠겨 있었지만, 다른 식구들이 나타나자 짐짓 보다 활기찬 모습을 보였어. 그들은 앉아서 식사를 했지. 식사는 금방 끝났어. 소녀는 오두막 안을 정리하느라 바빴고, 노인은 청년의 손을 잡고 오두막 앞으로 나가서 햇볕을 쪼였지. 뛰어난 두 사람의 대조적인 모습보다 아름다운 것은 없는 것 같았어. 한 사람은 나이가 들어 머리카락이 은백색인 데다 얼굴은 자비와 사랑으로 빛이 났지. 젊은이는 호리호리하고 우아한 몸매를 지녔고, 가장 뛰어나게 균형이 잡혀 있었어. 그렇지만 그의 눈빛과 태도에서는 깊은 슬픔과 절망이 묻어 나왔지. 노인은 오두막 안으로 들어갔고, 청년은 아침에 썼던 것과는 다른 도구를 들고 들판을 가로질러 걸어갔지.

순식간에 날이 저물었어. 하지만 정말 놀랍게도 오두막에서 지내는 사람들은 양초를 이용해 빛을 오래 가게 할 수 있는 방법을 가지고 있었어. 나는 해가 져도 인간 이웃들을 보는 즐거움을 계속 누릴 수 있다는 게 정말 기뻤어. 저녁에 소녀와 청년은 내가 이해하지 못하는 다양한 일을 했어. 노인은 다시 악기를 들고 아침에 나를 매혹시켰던 소리를 다시 내기 시작했어. 노인이 연주를 마치자마자 청년은 연주가 아닌 단조로운 소리를 냈어. 그 소리는 노인의 연주나 새들의 노랫소리와 달랐어. 나중에야 그가 책을 큰 소리로 읽는 것이라는 사실을 알게 되었지만, 그때만 해도 나는 말이나 문자의 과학에 대한 지식이 전혀 없었지.

가족들은 잠시 그렇게 시간을 보낸 뒤에 불을 끄고 각자의 자리로 돌아갔어. 내 추측으로는 잠자리에 든 것 같았어."

4

"나는 짚더미 위에 누웠지만, 잠이 오지 않았지. 나는 낮에 일어난 일을 생각했지. 내 마음을 강하게 사로잡았던 것은 사람들의 다정한 태도였어. 나도 그들과 함께하고 싶었지만, 도저히 그럴 엄두가 나지 않았지. 전날 밤 잔인한 마을 사람들에게서 고통스러운 대우를 받은 것을 너무나 똑똑하게 기억했기 때문이지. 이제부터 내가 옳다고 생각하는 어떤 행동을 취한다고 해도, 당분간은 은신처에 숨어서 그들의 행동에 영향을 미치는 동기를 알아보기로 했어.

오두막에 사는 사람들은 다음 날 해가 뜨기도 전에 일어났지. 소녀는 오두막 안을 정리하며 식사를 준비했고, 청년은 아침 식사를 한 뒤에 집을 나섰어.

전날처럼 하루가 지나갔어. 젊은이는 계속해서 오두막 밖에서 일했고, 소녀는 여러 가지 고된 집안일을 했지. 노인은 여가 시간에 악기를 연주하거나 생각에 잠겨 있었어. 나는 노인이 앞을 못 본다는 사실을 알게 되었지. 젊은 사람들이 노인에게 보여 주는 사랑과 존경은 그 무엇과도 비교할 수 없었어. 그들은 작은 일 하나에도 애정과 의무를 보였고, 노인은 그들에게 인자한 미소로 답했지.

그들이 항상 행복했던 것은 아니었어. 젊은 남자와 여자는 따로 떨어져서 우는 것 같았지. 나는 그들이 불행한 이유를 알 수 없었어. 하지만 나는 깊은 연민을 느꼈지. 그토록 아름다운 사람들이 불행하다면, 나처럼 불완전하고, 외로운 존재가 비참한 것은 그리 놀라운 일도 아니었어. 그렇지만 도대체 이런 온화한 존재들이 왜 불행해하는 걸까? 그들은 쾌적한 집과(내 눈에는 그렇게 보였지.) 모든 호사를 누리고 있었거든. 추울 때 몸을 따뜻하게 할 불도 있었고, 배고플 때 먹을 맛있는 음식도 있었으니까. 그들은 멋진 옷도 입고 있었어. 게다가 함께 지내며 대화도 즐기고, 매일 서로를 애정 어린 얼굴로 보았지. 그들의 눈물은 무엇을 말하는 것일까? 정말로 고통스럽다는 것을 표현하는 것일까? 처음에는 이런 의문을 풀 수 없었어. 하지만 시간을 두고 계속 지켜보자 처음에는 수수께끼처럼 보이던 일들도 이유를 알 수 있게 되었지.

꽤 오랜 시간이 지나고 나서야 나는 사랑스러운 이 가족들이 불행한 이유 중 하나를 알 수 있었어. 그것은 가난이었어. 그들은 괴로울 정도로 가난에 허덕이고 있었지. 그들이 먹을 것이라고는 오로지 밭에서 나는 채소와 한 마리밖에 없는 소에게서 짠 우유뿐이었지. 더군다나 겨울에는 소에게 먹일 게 없어서 젖이 잘 나오지도 않았어. 내가 보기에 그들은 극심한 배고픔에 고통스러워하는 날이 많았어. 특히 젊은 두 사람이 그렇게 보였지. 자신들의 먹을 것이 없어도 노인에게 음식을 가져다 드린 일이 한두 번이 아니었으니까.

젊은 사람들의 배려는 나를 무척 감동시켰어. 나는 그들이 저장해 둔 식량 중 일부를 밤에 몰래 훔쳐 먹는 일이 많았는데, 내가 그렇게 함으로써 식구들이 고통스러워한다는 사실을 알게 되었어. 그래서 나는 음식을 훔쳐 먹는 일을 그만두었고, 근처 숲에서 찾아낸 산딸기와 땅콩과 뿌리로 배고픔을 해결했지.

나는 그들의 일을 도와줄 방법을 찾아냈어. 청년이 집에 불을 피우기 위해 땔감을 모으느라 매일 숲에서 많은 시간을 보낸다는 걸 알게 되었어. 그래서 밤에 나는 그의 장비를 가지고 숲으로 갔지. 장비를 사용하는 방법을 금방 터득했고, 며칠은 땔 수 있을 만큼 나무를 해 왔지.

내가 처음으로 그렇게 하던 날, 젊은 여자가 아침에 문을 열고 나왔는데, 밖에 나무들이 수북이 쌓인 걸 발견하고는 무척 놀라던 모습이 생각나. 소녀가 큰 소리로 뭐라고 말하자, 청년도 나와서 보더니 놀란 표정을 지었어. 그날 청년이 숲에 가지 않고 오두막을 수리하고 밭일을 하면서 보내는 것을 흐뭇한 마음으로 보았지.

점차 나는 훨씬 더 중요한 것들을 발견했어. 나는 이 사람들이 소리를 냄으로써 서로 경험과 기분을 서로에게 전달한다는 사실을 알게 되었지. 때로 그들이 하는 말이 듣는 사람의 마음에 기쁨이나 고통을 주기도 하고 그들의 얼굴에 미소와 슬픔을 안긴다는 사실도 발견했지. 이는 정말 신과 같은 과학이었고, 나도 그것을 배우고 싶다는 욕망으로 가득 찼어. 하지만 말을 하려고 노력할 때마다 나는 좌절하고 말았어. 그들의 발음이 너무 빨랐고, 그들이 하는 말은 눈에 보이는 사물들과 분명한 관계가 없었기 때문에, 나는 그들이 무엇에 대해 말하는지를 알아낼 수 있는 단서를 찾을 수 없었지. 하지만 달이 몇 번 차고 기울 때까지 은신처에 지내면서 온갖 노력을 다한 끝에야, 그들이 하는 말에서 빈번히 들을 수 있는 사물들의 이름을 몇 개 알아냈지. 나는 '불', '우유', '빵', '나무'와 같은 단어들을 익히고 쓸 수 있게 되었어. 나는 오두막 식구들의 이름도 알게 되었어. 두 젊은이는 여러 이름을 가지고 있었지만, 노인은 하나밖에 없었지. 그것은 바로 '아버지'였어. 소녀는 '누이' 혹은 '아가사'라고 불렸고, 청년은 '펠릭스', '오빠', '아들'이라고 불렸지.

이 소리들이 어떤 생각을 담고 있는지를 알게 되고, 또 발음할 수 있게 되었을 때, 나는 말할 수 없을 만큼 기뻤어. 그리고 아직 무슨 말인지 이해할 수도, 사용할 수도 없었지만, 몇몇 단어들은 알아들을 수 있었어. 이를테면 '좋은', '가장 사랑하는', '불행한'과 같은 단어들이었지.

나는 그렇게 겨울을 보냈어. 온화하고 아름다운 오두막집 사람들은 내게 소중했지. 그들이 기쁠 때에는 나도 기뻤고, 불행할 때에는 나도 우울해졌지. 나는 다른 사람들은 거의 보지 못했어. 오두막에 다른 사람이 온다고 해도, 그들의 무례한 태도와 걸음걸이를 보고 내 친구들이 더 뛰어나다는 생각만 들 뿐이었지. 노인은 자주 자녀들—가끔씩 그들을 이렇게 부르더군—에게 걱정을 쫓아 버리라며 용기를 북돋워 주곤 했어. 그의 힘찬 말투와 선량한 표정은 내게도 즐거움을 주었지. 아가사는 존경심을 가지고 들었어. 두 눈에 눈물이 고일 때도 있었지만, 노인 몰래 눈물을 닦아내려고 애를 썼어. 하지만 아버지의 권고를 다 듣고 나면, 그녀의 얼굴이 밝아지고, 목소리에도 힘이 넘치는 걸 알 수 있었어. 펠릭스는 그렇지 않았어. 그는 식구들 중에서 가장 어두웠고, 감각이 무딘 내가 보더라도 친구들보다 깊은 고통을 겪는 것 같았지. 하지만 어두운 얼굴을 하고 있던 그도 노인에게 말할 때만큼은 여동생보다 더 활기차게 목소리를 냈어.

이 사랑스러운 가족들의 기질을 드러내는, 작지만 눈에 띄는 사례들을 말해 줄 수 있어. 가난과 궁핍 속에서도 펠릭스는 누이에게 눈밭에서 처음으로 피어난 하얀 작은 꽃을 가져다준 적도 있었어. 그리고 아침 일찍 누이가 일어나기 전에, 우유 저장고로 가는 길에 쌓인 눈을 깨끗이 치우거나, 우물에서 물을 긴거나, 별채에서 나무를 가져오기도 했지. 펠릭스는 누군가 창고에 나무를 항상 채워 놓는다는 것을 알고 항상 놀라워했어. 그는 한번 멀리 나가면 나무를 하지 않았는데도 저녁 늦게 돌아오곤 했는데, 내가 생각하기로는 가끔씩 낮 동안 이웃에 사는 농부를 도와주는 것 같았어. 어떤 때에는 밭에서 일을 하기도 했는데, 서리가 내리는 계절에는 할 일이 많지 않아서 노인과 아가사에게 책을 읽어 주기도 했지.

그가 책 읽는 것을 처음 들었을 때 나는 무척 혼란스러웠어. 하지만 그가 책을 읽을 때에도 말할 때와 똑같은 소리를 낸다는 것을 차차 알게 되었지. 그래서 나는 그가 종이 위에 적힌 기호들을 보고 읽는 거라 추측했고, 나도 그 기호들을 이해하고 싶은 마음이 간절해졌어. 하지만 어떤 소리가 무엇을 나타내는지조차도 모르는데 어떻게 알 수 있었겠어? 나는 이런 말의 과학에 대해 현저한 발전을 보였지만, 온 정신을 집중했음에도 그들의 대화 내용을 따라가기에는 역부족이었어. 그래서 오두막 사람들에게 나 자신을 드러내고 싶어도, 그들이 쓰는 언어를 능숙하게 구사하기 전에는 그들 앞에 나타나서는 안 된다고 생각했어. 그리고 내가 그들의 언어를 안다면 나의 추한 외모를 그들이 눈감아 줄지도 모른다고 생각했어. 나와는 대조적인 그들의 얼굴을 계속 보면서 그런 생각을 하게 되었지.

　나는 오두막집 사람들이 지닌 완벽한 외모에 감탄했어. 그들은 우아하고, 아름답고, 섬세한 얼굴을 지니고 있었어. 하지만 어느 맑은 연못에 비친 내 모습을 처음 보았을 때, 얼마나 무서웠던지! 나는 놀라서 뒷걸음질을 쳤고, 수면에 비친 모습이 나라는 사실을 도저히 믿을 수 없었어. 그리고 현실에서 그 괴물이 진짜 나의 모습이라는 것을 깨달았을 때, 내 마음은 쓰라린 절망과 굴욕감으로 가득 찼지. 아아! 그때까지만 해도 나는 이 절망적인 외모가 지닌 치명적인 약점을 완전히 알지 못했지.

　햇살이 점점 더 뜨거워지고 하루해가 점점 길어지더니, 눈이 녹으면서 헐벗은 나무들과 검은 땅이 드러났어. 그때부터 펠릭스는 더 많은 일을 하기 시작했지. 그리고 다가오는 기근을 알리는 가슴 아픈 징조들도 사라졌지. 나중에 알게 된 건데, 그들이 먹는 것은 보잘것없더라도 몸에는 좋은 것이었어. 그리고 충분히 구할 수 있었어. 밭에서는 몇몇 새로운 채소가 자랐고, 오두막 사람들은 그 채소들로 음식을 만들었지. 봄이 깊어질수록 안락함을 나타내는 표시들이 날마다 늘어났어.

　노인은 비가 내리지 않으면 매일 정오에 아들에게 의지하며 산책을 나갔어. 그들은 하늘에서 물을 억수같이 떨어질 때, 비가 온다고 말하더군. 비가 자주 왔지만 세찬 바람이 땅을 재빨리 말렸고, 날씨는 점점 쾌적해졌지.

은신처에서의 나의 일상은 변함이 없었어. 아침에는 오두막 사람들을 지켜보았지. 그들이 각자 흩어져서 여러 가지 일을 하면 나는 잠을 잤어. 그 외에는 그들을 관찰하면서 지냈어. 그들이 잠자리에 들었을 때, 그러니까 달이 뜨거나 별이 반짝이는 밤이 오면, 나는 숲으로 가서 내가 먹을 식량과 오두막 사람들이 쓸 땔감을 구했지. 돌아와서는 필요할 때마다 그들이 다니는 길에 쌓인 눈을 치웠어. 그리고 펠릭스가 하던 일들을 했지. 나중에야 알게 된 건데, 보이지 않는 손이 한 일들을 그들은 놀라워했어. 그럴 때마다 나는 한두 번 '착한 정령' 혹은 '놀라워라'라고 말하는 것을 들었지. 하지만 당시에는 그 말의 의미를 이해하지 못했어.

이제 나의 사고는 더욱 활발해졌고, 이 사랑스러운 사람들의 동기와 기분을 알고 싶었지. 나는 펠릭스가 왜 그렇게 비참한지를, 아가사는 왜 그렇게 슬픈지를 꼭 알고 싶었어. 행복할 자격이 있는 이 사람들에게 행복을 돌려 줄 수도 있을 것이라고 생각했어(나는 참 멍청했어!). 잠들거나 멍하니 있을 때면, 앞이 보이지 않는 존경스러운 노인, 상냥한 아가사, 멋진 펠릭스가 내 눈앞에 아른거렸지. 나는 그들을 미래의 내 운명을 결정할 우월한 존재로 우러러보았어. 그들에게 나를 보여 주는 모습과 그들이 나를 받아들이는 모습을 마음속으로 수없이 그려 보았어. 그들은 내 모습을 보고 혐오감을 느낄 테지만, 나의 공손한 행동과 달래는 말로 먼저 그들의 호의를 얻은 다음에 그들의 사랑을 얻어야겠다고 나는 생각했어.

이런 생각은 나를 신나게 했고, 새로운 열정으로 나는 언어라는 기술을 익히는 데 매달렸지. 나의 성대에서는 거친 목소리가 나왔지만 유연했어. 비록 내 목소리는 부드러운 음악 같은 그들의 목소리와 전혀 달랐지만, 내가 이해한 말들을 어렵지 않게 발음했지. 그것은 마치 '당나귀와 애완견 이야기'* 같았어. 나귀의 행동은 분명히 무례했지만, 애정을 받으려고 했기에 얻어맞고 쫓겨나는 것보다는 더 나은 대우를 받았어야 했지.

시원한 소나기와 기분 좋게 따뜻한 봄 날씨는 대지의 모습을 완전히 뒤바꿔 놓았지. 이런 계절의 변화가 일어나기 전에는 사람들이 마치 동굴 속에 숨어 있었던 것 같았는데, 이제는 뿔뿔이 흩어져서 여러 가지 농사일을 했어. 새들은 더욱 활기찬 목소리로 노래를 불렀고, 나무에서는 잎이 나오기 시작했지. 행복이 가득한 대지였어! 신들이 살기에 알맞았지. 얼마 전까지만 해도 음울하고, 축축하고, 건강하지 않던 바로 이곳이! 매혹

---

* 《이솝 이야기》에 수록된 이야기이다.

적인 자연의 모습을 보자, 나의 정신은 점점 고양되었지. 과거는 내 기억에서 지워졌고, 현재는 고요했으며, 미래는 한 줄기의 희망과 기쁨의 예감으로 빛나고 있었어."

5

"이제 내 이야기 중에서 가슴 아픈 부분으로 서둘러 넘어가야겠군. 내게 강한 인상을 남겨서 예전의 나에서 지금의 나로 만든 사건을 들려주겠어.

봄은 순식간에 무르익어 갔지. 날씨는 화창했고, 하늘에는 구름 한 점 없었어. 전에는 음울한 황무지였던 곳이 이제는 활짝 핀 꽃들과 새로 돋아난 초록 잎사귀들로 세상에서 가장 아름다운 모습이었어. 수천 가지의 기분 좋은 향기와 아름다운 광경들로 나의 감각들은 기뻐하며 생기를 되찾았지.

그러던 어느 날, 오두막 사람들이 여느 때처럼 일을 하다가 사이사이에 잠시 쉬고 있을 때—노인은 기타를 연주하고, 젊은 이들은 노인의 연주를 듣고 있었지—펠릭스의 얼굴이 말할 수 없을 정도로 우울한 것을 보았어. 그는 자꾸 한숨을 쉬었어. 한 번은 노인이 연주를 멈추더니, 그의 태도로 보아 아들에게 왜 그토록 슬퍼하는지를 물어보는 것 같았어. 펠릭스는 활기찬 목소리로 대답했고, 노인은 연주를 다시 시작했어. 바로 그때 누군가 문을 두드렸어.

말을 탄 여인과 안내인으로 보이는 시골 사람이 있었어. 여인은 어두운 색의 정장 차림에 두꺼운 검정 면사포를 두르고 있었지. 아가사가 뭐라고 물어보자, 여인은 부드러운 억양으로 '펠릭스'라고만 대답했어. 그녀의 목소리는 음악 같았지만, 내 친구들의 목소리와는 달랐지. 펠릭스는 자기 이름을 듣자, 급히 여인에게 다가갔어. 여인은 펠릭스를 보자 면사포를 벗었어. 천사와 같은 미모와 표정을 지닌 얼굴을 보게 되었어. 칠흑같이 검은 머리를 신기하게 땋아 내렸지. 두 눈은 검은색이었고, 온화하면서도 생기가 있어 보였어. 그녀의 몸은 균형이 잡혀 있었고, 분홍빛으로 물든 두 뺨은 놀라울 정도로 아름다웠지.

펠릭스는 그녀를 보자 기쁨이 넘쳐 황홀해하는 듯 보였어. 그의 얼굴에서는 슬픔의 흔적이 말끔히 사라지고, 곧바로 황홀한 기쁨이 드러났지. 펠릭스가 그처럼 기쁜 표정을 지을 수 있다는 게 믿기지 않았어. 그의 두 눈은 반짝였고, 즐거워서 두 뺨이 붉게 달아올랐지. 그 순간만큼은 펠릭스도 낯선 여인만큼 아름답다는 생각이 들었지. 그녀는 여러 감정이 북받쳐 오르는 듯 보였고, 사랑스러운 두 눈에서 나오는 눈물을 닦아내면서 펠릭스에게 손을 내밀었어. 펠릭스는 미친 듯이 그녀의 손에 입을 맞추었고, 나도 알아들을 수 있을 정도로 그녀를 '사랑스러운 나의 아라비아 여인'이라고 불렀지. 여인은 그의 말을 이해하지 못한 것 같았지만, 미소를 지었지. 그는 그녀가 말에서 내리는 것을 도와주었고, 안내인을 보낸 후에 그녀를 데리고 오두막 안으로 들어왔지. 펠릭스는 아버지와 잠깐 대화를 나눴어. 젊은 여인은 노인의 발치에 무릎을 꿇고, 그의 손에 입을 맞추려고 했지. 하지만 노인은 여인을 일으켰고, 다정하게 안아주었어.

이방인이 분명한 소리로 발음하고 자신만의 언어를 가지고 있는 듯 보였지만, 오두막집 사람들의 말을 이해하거나 자신의 말을 이해시킬 수 없다는 걸 나는 곧 알게 되었지. 그들은 내가 이해할 수 없는 여러 손짓 발짓을 했지만, 그녀가 오두막 전체에 슬픔을 몰아내고 기쁨을 주는 것을 보았어. 마치 아침 해가 안개를 없애는 것처럼 말이야. 특히 펠릭스가 무척 행복해 보였고, 기쁨의 미소를 지으면서 그의 아라비아 여인을 환영했어. 아가사, 항상 상냥한 아가사는 사랑스러운 이방인의 손에 입을 맞추었어. 그러고는 오빠를 가리키면서 그녀가 오기 전까지 오빠가 무척 슬퍼했다는 몸짓을 하는 것 같았어. 그렇게 몇 시간이 흘렀고, 그사이에 그들의 얼굴에는 원인을 모르는 기쁨으로 가득했어. 그리고 오두막 사람들이 쓰는 말 중에 자주 나오는 한 가지 발음을 이방인이 반복해서 따라 하는 것을 보고, 그녀가 그들의 말을 배우려고 애를 쓴다는 것을 곧 알게 되었어. 나도 똑같이 따라 하면 그들처럼 말을 할 수 있을 거라고 생각했지. 여인은 첫 시간에 대략 스무 개의 단어를 배웠어. 대부분은 이미 나도 알고 있던 것이었지만, 그 밖에 모르는 단어는 이 기회를 통해서 알 수 있었어.

밤이 되자, 아가사와 아라비아 여인은 일찍 잠자리에 들었어. 헤어질 때, 펠릭스는 낯선 여인의 손에 입을 맞추면서 말했지.

'잘 자요, 사랑하는 사피.'

펠릭스는 늦게까지 남아서 아버지와 대화를 나누었는데, 대화에서 사피의 이름이 자주 나오는 것을 봐서, 두 사람이 그들의 사랑스러운 손님인 사피에 대해 얘기를 나눈다고 생각했지. 나는 두 사람이 무슨 얘기를 하는지를 알고 싶어서 모든 감각을 동원했지만 도저히 알아낼 수 없었어.

다음 날 아침, 펠릭스는 일하러 나갔어. 아가사가 여느 때처럼 늘 하던 일을 다 끝내고 나자, 아라비아 여인은 노인의 발치에 앉아서 기타를 치며 노래를 몇 곡 불렀어. 그 노래들이 어찌나 아름다운지 내 눈에서는 슬픔과 기쁨이 뒤섞인 눈물이 나왔어. 그녀가 노래를 부르는데, 그 목소리의 성량이 어찌나 풍부한지! 마치 숲속의 나이팅게일처럼 커졌다가 작아지곤 했어.

그녀가 노래를 마치고 아가사에게 기타를 건넸지만, 아가사는 처음에 이를 사양했어. 아가사는 간단한 곡들을 연주하면서 부드러운 목소리로 노래를 불렀는데 낯선 여인의 놀라운 노래와는 달랐지. 노인은 황홀감에 빠진 듯 몇 마디 말했는데, 아가사가 사피에게 그 말을 전하느라 애쓰는 것처럼 보였어. 노인이 사피의 노래를 듣고 큰 기쁨을 얻었다는 말을 전하고 싶었던 것 같아.

에진처럼 평화로운 나날이 지나갔어. 한 가시 달라진 점은 내 친구들의 얼굴에 슬픔 대신 기쁨이 자리 잡았다는 것이었지. 사피는 항상 즐겁고 행복했어. 그녀와 나는 언어에 대한 지식이 급격히 향상되어 단 두 달 만에 나를 보호하는 사람들의 말을 대부분 알아듣기 시작했어.

그사이에 검은 땅은 초목으로 덮였어. 초록색 강둑에는 수많은 꽃이 듬성듬성 피어서 달콤한 꽃향기와 시각적인 즐거움이 가득했어. 달빛이 스며든 숲에는 별들이 희미하게 빛나고 있었지. 햇살은 더욱 따뜻해졌고, 밤은 더욱 맑고 아늑해졌어. 밤 산책은 내게 더할 수 없는 기쁨을 주었는데, 그 시간은 해가 늦게 지고, 일찍 뜨는 바람에 아주 짧아졌어. 내가 처음 마을에 들어섰을 때 당했던 봉변이 두려워서 낮에는 감히 밖으로 나갈 엄두를 내지 않았어.

나는 사람들을 더욱 자세히 관찰하면서 하루를 보냈고, 그러면서 언어를 더욱 빨리 익힐 수 있었어. 아라비아 여인보다 내가 더 빨리 언어가 늘었다는 것을 자랑하고 싶어. 그녀는 아주 조금 밖에 말을 이해하지 못했고, 끊어진 억양으로 말했지. 반면에 나는 말을 이해했고, 단어들을 거의 모두 따라 말할 수 있었지.

말하기가 늘면서, 이방인과 함께 나는 철자법도 익혔어. 그러자 드넓은 경이와 기쁨의 세계가 내 앞에 펼쳐졌지.

펠릭스가 사피에게 가르친 책은 볼네*의 《폐허가 된 제국들》이었어. 펠릭스가 읽으면서 자세히 설명해 주지 않았다면, 이 책의 요지를 이해하지 못했을 거야. 웅변조의 문체가 동양 작가들을 모방했기 때문에 이 책을 골랐다고 그가 설명했지. 그 책에서 나는 역사에 관한 대략적인 지식을 얻었고, 지금 세상에 존재하는 몇몇 제국들에 대한 시각을 얻게 되었지. 지구에 존재하는 다양한 국가의 관습, 정부, 종교들에 관한 통찰력을 갖게 해 주었어. 나태한 동양인과 엄청난 천재성과 정신력을 지닌 그리스인, 초기 로마인의 전쟁과 놀라운 미덕 그리고 뒤따른 그들의 쇠퇴와 강력했던 제국의 멸망, 게다가 기사도와 기독교와 왕들에 대한 이야기도 들었지. 또 아메리카 대륙을 발견했다는 이야기를 듣고, 사피와 함께 그곳에서 살던 원주민들의 불행한 운명에 눈물을 흘렸지.

---

* 18세기 프랑스의 정치가이자 역사가이다.

이 놀라운 이야기를 들으면서 나는 이상한 감정에 휩싸였어. 그토록 강력하고, 고결하고, 위대한 인간이 왜 그토록 사악하고, 야비한 것인가? 인간은 악의 원리를 따르는 무리의 후예처럼 보이기도 했다가, 고귀하고, 신처럼 보이기도 했지. 위대하고, 고결한 인간이 되는 것은 뛰어난 감각과 감성을 지닌 존재에게는 최고의 영예와 같았지. 반면에 많은 기록에 적혔듯이 인간이 야비해지고 악해지는 것은 가장 밑바닥까지 내려가는 것처럼 보였고, 눈먼 두디지나 아무런 해도 끼치시 않는 지렁이보다 비참해 보였지. 나는 한 인간이 어떻게 다른 사람을 죽일 수 있는지, 또 왜 법과 정부가 존재하는지를 오랫동안 이해할 수 없었지만, 악과 유혈 사태에 대한 이야기를 듣고 나서는 인간을 향한 나의 경이로움은 사라지고 증오와 혐오로 고개를 돌리게 되었어.

오두막 식구들의 대화는 항상 내게 경이로움을 안겨 주었어. 펠릭스가 아라비아 여인에게 가르치는 내용을 들으면서, 인간 세상의 이상한 체제를 알 수 있었지. 재산 분배와 그에 따른 막대한 부와 비참한 가난, 계급과 세습과 혈통에 관해서도 듣게 되었지.

그들의 대화는 나를 돌아보게 했지. 인간들이 가장 존경하는 것은 고귀한 가문의 순수 혈통과 부가 결합하는 것이라는 사실을 알게 되었어. 인간은 부와 혈통 중에서 하나만 지니고 있어도 존경을 받을 수 있지만, 둘 다 없다면 아주 드문 경우를 제외하고는 부랑자나 노예로 여겨질 뿐이었고, 선택받은 소수의 사람들의 이익을 위해 자신의 힘을 낭비하는 운명에 처했지. 그렇다면 나의 경우는 어떠한가? 나는 나의 탄생과 창조자에 관해서 전혀 아는 것이 없었지. 하지만 나는 친구도, 돈도, 어떤 재산도 지니고 있지 않았어. 게다가 나는 흉측하고 끔찍한 외모를 지니고 있지. 심지어 인간과 다른 능력을 지니고 있었어. 보통 사람보다 더 민첩했고, 더욱 변변찮은 음식을 먹으면서 지낼 수 있었어. 나는 극도의 열기와 추위에 노출되어도 몸에 무리가 적게 갔지. 다른 사람들보다 키도 훨씬 크지. 주위를 둘러보아도 나와 같은 사람을 보거나 들은 적이 없었지. 그렇다면, 나는 괴물, 그러니까 땅 위의 오점과 같은 존재일까? 그래서 사람들은 모두 내게서 도망치고, 인연을 끊으려고 하는 것일까?

이런 생각들이 나를 얼마나 고통스럽게 했는지 당신에게 말로는 전할 수 없네. 나는 그런 생각들을 떨쳐 버리려고 노력했지만, 슬픔은 오히려 이런 것들을 더욱 잘 알게 만들었지. 아, 내가 태어났던 숲에 계속 남아 있었으면, 굶주림과 갈증과 열기 외에는 아무것도 느끼지 못했을 텐데!

지식이란 얼마나 이상한 것인가! 한 번 마음에 들러붙으면, 바위에 매달린 이끼처럼 단단히 붙어서 떨어지지 않아. 나는 가끔씩 모든 생각과 느낌을 떨쳐 버리려고 애를 썼지만 고통을 극복할 수 있는 방법은 한 가지밖에 없다는 사실을 깨닫게 되었지. 그것은 바로 죽음이었지. 죽음은 무섭게 느껴졌지만, 그게 무엇인지 전혀 알 수는 없었어. 나는 미덕과 선한 감정을 숭상했고, 오두막 식구들의 상냥한 태도와 사랑스러운 기질을 좋아했어. 하지만 몰래 익힌 언어 말고는 그들과의 소통이 완전히 단절돼 버렸어. 내가 그들의 눈에 보이지도, 알려지지도 않을수록 오히려 그들 중 한 명이 되고 싶다는 욕구민 거져 갈 뿐 나를 충족시키는 것은 아무것도 없었어. 아가사의 다정한 말과 매력적인 아라비아 여인의 미소는 나를 위한 것이 아니었지. 노인의 부드러운 충고와 사랑스러운 펠릭스의 활기찬 대화는 나와는 아무런 상관이 없었지. 비참하고 불행한 놈 같으니!

다른 가르침들은 내게 더 깊은 영향을 주었지. 나는 성별의 차이, 아이들의 출생과 성장에 대해서도 들었어. 아버지가 아기의 미소와 좀 더 자란 아이의 생기 넘치는 장난에 얼마나 행복해하는지를 들었고, 어머니가 아이를 낳고 돌보는 것이 얼마나 고귀한 의무인지도 알게 되었지. 어린아이들이 어떻게 자신들의 세계를 넓히고 지식을 확장하는지를 배웠고, 형제자매와 그밖의 한 인간을 다른 인간과 묶어 주는 다양한 관계에 대해서도 알게 되었지.

하지만 나의 친구들과 가족들은 과연 어디에 있는 거지? 나의 어린 시절을 지켜본 아버지도 없고, 내게 미소와 관심을 쏟은 어머니도 없어. 혹시 있다고 해도, 나의 모든 과거는 하나의 얼룩에 지나지 않고, 아무것도 구분할 수 없는 공허와 같은 것이 아닌가. 가장 오래된 기억을 떠올려 봐도, 나는 항상 지금과 같은 키와 덩치를 지니고 있었지. 나와 닮은 존재도, 나와 관계를 맺고 있다고 주장하는 사람도 본 적이 없었지. 그럼 도대체 난 뭐지? 이 질문에 답을 내리려고 몇 번이고 계속 생각해 보았지만, 신음 소리만 날 뿐이었지.

나의 이런 감정들이 어떻게 변해 갔는지를 곧 설명하지. 하지만 당신이 허락해 준다면, 오두막 식구들에 대한 이야기를 마저 하려고 해. 그들의 이야기는 내게 분노와 기쁨과 경이라는 여러 감정을 느끼게 해 주었으니까. 하지만 이 감정들은 나의 보호자들을 더욱 사랑하고 존경하게 했지(나는 순진하게도, 나 자신을 속이는 심정으로 그들을 보호자라고 즐겨 불렀지)."

6

"시간이 꽤 흐른 뒤에야 나는 친구들의 과거 이야기를 듣게 되었어. 그것은 확실히 내 마음에 깊은 인상을 남겼지. 경험이라고는 하나도 없는 내가 듣기에는 그들의 수많은 사연이 그저 놀랍고 신기했어.

노인의 이름은 드 라시였어. 프랑스의 덕망 높은 가문 출신인 그는 여러 해 동안 풍요롭게 살았어. 자신보다 손윗사람들에게서 존경을 받았고, 동료들에게서 사랑을 받았지. 그의 아들은 나라를 위해 헌신할 군인으로 키워졌고, 아가사는 가장 고귀하고 뛰어난 숙녀들과 같은 위치에 있었지. 내가 도착하기 몇 달 전까지만 해도 그들은 파리라고 불리는 크고 화려한 도시에서 친구들에게 둘러싸여 지냈어. 어느 정도 넉넉한 재산을 가진 사람에게 따라오는 미덕과 세련된 지성과 취향 같은 모든 즐거움을 누리며 살았어.

가족들이 몰락한 이유는 사피의 아버지 때문이었지. 그는 파리에서 여러 해 동안 살았던 터키 상인이었는데, 내가 알지 못하는 어떤 이유로 정부의 미움을 사고 있었어. 사피가 그를 만나려고 콘스탄티노플에서 파리로 온 바로 그날, 그는 수감되었지. 그는 재판에서 사형 선고를 받았어. 그가 사형 선고를 받은 것은 명백하게 부당한 일이었지. 파리 시내가 온통 들끓었지. 사람들은 그가 범죄를 저질러서가 아니라, 그가 가진 재산과 이슬람교를 믿었기 때문에 부당한 선고를 받았다고 생각했지.

펠릭스는 재판에 참석했어. 법정의 최종 판결을 들었을 때, 그는 걷잡을 수 없는 공포와 분노를 느꼈지. 그는 그 순간에 사피의 아버지를 구하겠다고 결연하게 다짐했고, 주변을 둘러보면서 방법을 찾았어. 감옥에 접근하기 위해 여러 차례 헛된 시도를 한 뒤에야 튼튼한 쇠창살이 달린 창문에는 경비병이 없다는 것을 알아냈어. 불행한 이슬람교도의 감옥에는 불이 밝혀져 있었지. 그는 사슬에 묶인 채, 야만스러운 판결대로 형이 집행되기를 기다리고 있었어. 펠릭스는 밤에 그 쇠창살이 달린 창문으로 가서 수감자에게 자신의 계획을 알렸지. 터키인은 놀라면서 기뻐했고, 보상과 재물을 약속하면서 자신을 구하러 온 사람의 열의를 부추기려고 애를 썼지. 펠릭스는 그의 제안을 딱 잘라 거절했어. 하지만 아버지를 면회하러 온 사랑스러운 사피가 몸짓으로 생기 넘치게 감사를 표시하는 모습을 보았을 때, 젊은이는 감방에 있는 터키인이 자신의 고생스럽고, 위험한 행동을 충분히 보상할 수 있는 보물을 지니고 있다는 사실을 인정하지 않을 수 없었어.

터키인은 딸이 펠릭스의 가슴에 인상을 남겼다는 사실을 재빨리 눈치채고는 자신이 안전한 곳으로 가면 둘을 바로 결혼시키겠다고 약속했지. 펠릭스는 너무나 심성이 곧아서 이런 그의 제안을 곧바로 받아들이지는 않았지만 그는 결혼을 기대했고, 자신의 행복을 완성하는 일이라고 생각하게 되었어.

그 후 며칠 동안 터키 상인을 탈출시키기 위한 준비가 진행되면서 펠릭스의 연정은 그토록 사랑스러운 처녀에게서 받은 몇 통의 편지들로 더욱 뜨거워졌지. 처녀는 아버지의 하인이던 한 노인의 도움을 받아서, 프랑스어로 자신의 생각을 표현했지. 그녀는 자신의 아버지를 위해서 펠릭스가 한 일을 깊이 감사했어. 그러면서 그녀는 자신의 운명을 한탄했지.

나는 편지들의 사본을 가지고 있어. 왜냐하면 헛간에서 지내면서, 글씨를 쓸 수 있는 도구를 구했기 위해서였지. 종종 펠릭스나 아가사의 손에 편지가 들려 있었어. 내가 떠나기 전에 이것들을 당신에게 줄 거야. 내 이야기가 사실이라는 게 증명될 테니까. 하지만, 지금은 이미 해가 많이 져서, 편지 내용을 간추려서 들려줄 시간밖에 남아 있지 않아.

사피의 이야기에 따르면 그녀의 어머니는 기독교를 믿는 아랍인이었지. 그녀는 터키인에게 붙잡혀서 노예가 되었지만, 뛰어난 미모 덕분에 사피 아버지와 결혼식을 올리게 되었어. 사피는 어머니를 존경하고 찬양하는 태도로 말했지. 자유로운 분위기에서 자란 사피의 어머니는 속박받는 신세를 못 견뎌 했어. 그녀는 딸에게 기독교 교리를 가르치면서 더욱 많은 지식을 열망하도록 가르쳤고, 여성 이슬람교도에게는 금지된 독립심을 심어 주었어. 사피의 어머니는 죽었지만 그녀의 가르침은 사피의 마음에 깊은 영향을 주었지. 사피는 아시아로 되돌아가 하렘의 벽에 갇힌 채 유치한 즐거움밖에 누릴 수 없는 것이 죽기보다 싫었어. 이는 그녀의 영혼에 어울리지 않는 일이었지. 원대한 생각과 선을 행하는 고귀한 경쟁에 더 익숙했기 때문이야. 사피는 기독교인과 결혼한 후에도 여자가 사회에서 계급을 차지할 수 있는 국가에서 살기를 원했지.

터키인의 사형을 집행할 날이 정해졌어. 그렇지만 바로 그 전날 밤에 터키인은 탈옥했고, 아침이 되기 전에 이미 파리에서 멀리 떨어진 곳에 있었어. 펠릭스는 아버지, 여동생 그리고 자신의 이름으로 여권을 구했어. 그는 아버지에게 자신의 계획을 미리 말해 두었고, 그의 아버지는 여행을 떠나는 척하면서 딸과 함께 파리의 잘 알려지지 않은 지역에 몸을 숨겼지.

펠릭스는 터키인을 데리고 프랑스를 지나 리용까지 갔고, 그곳에서 몽스니를 가로질러서 레그혼까지 갔어. 사피의 아버지는 그곳에서 터키인의 지배를 받는 지역으로 갈 수 있는 절호의 기회를 기다리고 있었지.

사피는 아버지가 떠날 때까지 곁에 남기로 결심했어. 떠나기 전에 터키인은 펠릭스에게 자신의 딸과 결혼을 시키겠다는 약속을 다시 했지. 그래서 펠릭스는 결혼을 기대하면서 남아 있었어. 그사이에 그는 사피와 교제를 즐겼지. 그녀는 그에게 가장 단순하고, 부드러운 애정을 보였어. 그들은 통역사를 통해 대화를 나눴고, 때때로 표정으로 서로의 생각을 전달했지. 사피는 그에게 자신의 고국의 아름다운 분위기가 담긴 노래를 불러 주었지.

터키인은 두 사람이 가까워지도록 내버려 두었고, 젊은 연인들이 희망을 가지도록 북돋웠지. 하지만 그는 마음속으로 몰래 완전히 다른 궁리를 하고 있었어. 그는 자신의 딸이 기독교인과 맺어진다는 것을 생각조차 하기 싫어했지. 하지만 그는 자신이 미적지근한 태도를 보이면, 펠릭스가 분노할까 봐 두려워한 거야. 그들은 당시에 이탈리아에 머물고 있었기 때문에, 펠릭스가 마음만 먹으면 언제든지 자신을 고발할 수 있다는 것을 터키인은 알고 있었어. 그래서 그는 결혼을 시켜 주겠다고 더이상 속일 필요가 없을 때까지, 딸을 데리고 몰래 도망칠 때까지 속임수를 연장할 수 있도록 수많은 계략을 세워 두었지. 마침 파리에서 온 소식 때문에 터키인은 더욱 쉽게 계획을 행동으로 옮길 수 있었어.

프랑스 정부는 터키인이 탈옥하자 크게 분노했고, 누가 그를 구출했는지를 알아내는 데 온갖 노력을 기울였어. 펠릭스가 꾸민 일이라는 사실이 곧 밝혀져서 드 라시와 아가사는 수감되었지. 이 소식은 펠릭스의 귀에도 들어갔고, 그는 달콤한 꿈에서 깨어났어. 앞을 못 보는 나이 든 아버지와 다정한 누이가 더러운 감옥에 누워 있는 사이에 자신은 밖에서 자유롭게 공기를 마시면서 자신이 사랑하는 여인과 교제를 나눴던 것에 대해 깊은 죄책감을 느꼈지. 그는 재빨리 터키인과 약속을 잡아서 만약 펠릭스가 이탈리아로 돌아오기 전에 터키인이 도망칠 기회를 찾는다면 사피는 레그혼에 있는 수녀원에 남게 하도록 했어. 그런 뒤에 그는 사랑스러운 아라비아 여인과 헤어졌고, 재빨리 파리로 가서 자수하고, 법의 응징에 자신을 맡겼지. 그렇게 하면 드 라시와 아가사를 감옥에서 꺼낼 수 있을 것이라고 기대했던 거야.

하지만 펠릭스는 성공하지 못했지. 그들은 감옥에 다섯 달이나 갇혀 있다가 재판을 받았어. 재판에서 그들의 재산을 전부 몰수하고, 그들을 프랑스에서 영원히 추방하라는 판결이 내려졌지.

그들은 독일의 어느 초라한 오두막을 안식처로 삼았지. 바로 내가 그들을 발견한 곳이었어. 펠릭스는 배은망덕한 터키인이 선의와 명예를 배반한 채 딸과 함께 이탈리아를 떠났다는 사실을 곧 알게 되었어. 펠릭스와 가족들은 터키인을 구하기 위해 전례 없는 억압을 받아야 했는데 말이지. 터키인은 앞으로 먹고사는 데 보태 쓰라며 펠릭스에게 쥐꼬리만큼 적은 돈을 보내서 모욕을 주었지.

　그런 일들 때문에 펠릭스의 마음이 괴로웠던 것이었어. 그래서 내가 처음 그를 보았을 때, 식구들 중에서 가장 불행해 보였던 거야. 그는 빈곤을 견딜 수 있었고, 그에 따른 고통도 자신의 고귀한 행동의 대가라면 그는 영광으로 받아들였겠지. 하지만 터키인의 배은망덕한 행동과 더불어 사랑하는 사피를 잃은 바람에 그는 더욱 회복할 수 없을 정도로 절망에 빠져 있었지. 그런데 아라비아 여인이 찾아옴으로써 그의 영혼은 새로운 삶으로 가득 채워졌던 거야.

　펠릭스가 재산과 신분을 잃었다는 소식이 레그혼까지 전해지자 상인은 딸에게 더 이상 연인은 생각하지 말고 자신과 함께 고국에 돌아갈 준비나 하라고 했지. 착한 심성을 지닌 사피는 아버지의 명령을 듣고 화를 냈지. 사피는 아버지의 의견에 반대하려고 했지만, 그는 독재자처럼 자신의 권한을 계속 말하면서 화를 내며 나가 버렸어.

며칠 뒤, 터키인은 딸이 묵고 있던 방에 들어와서 급하게 말했어. 레그혼에서 머무는 게 발각된 것 같다는 믿을 만한 이유가 있으며, 잡힌다면 신속하게 프랑스 정부에 인도될 것 같다고 했지. 그래서 그는 콘스탄티노플까지 타고 갈 배를 한 척 구해 놓았다고 했고, 몇 시간 뒤에 떠날 거라고 했어. 그 터키인은 딸을 충직한 하인의 손에 맡기면서 아직 레그혼에 옮겨 놓지 못한 그의 상당한 재산을 여유가 있을 때 가지고 따라오라고 했지.

혼자 남게 된 사피는 이런 위기 상황에서 자신의 마음을 따르기로 결심했지. 터키에 산다는 것은 생각만 해도 끔찍했거든. 그녀의 종교와 정서는 정반대였으니까. 사피는 우연히 손에 들어온 아버지의 편지로 연인이 추방당했다는 소식을 들었고, 그가 머물고 있는 곳을 알게 되었지. 사피는 잠시 망설였지만, 마침내 결심을 굳혔지. 자신의 보석 몇 개와 약간의 돈과 함께, 터키어를 아는 레그혼 토박이 수행원 한 명을 데리고 사피는 이탈리아를 떠나 독일로 향했어.

그녀는 드 라시의 오두막에서 60킬로미터쯤 떨어진 마을에 무사히 도착했지만, 그곳에서 하인이 중병에 걸렸지. 사피가 정성껏 하인을 간호했지만 가엾은 소녀는 죽었고, 사피는 혼자 남게 되었어. 사피는 그 나라 말에 익숙하지 않은 데다 관습도 전혀 알지 못했지만 다행히 좋은 사람들을 만났어. 하인이었던 이탈리아 소녀가 다른 사람들에게 목적지를 말한 적이 있었지. 소녀가 죽자 지내던 집의 안주인이 잘 보살펴 준 덕택에 사피는 연인이 살고 있는 오두막에 무사히 도착할 수 있었어."

7

"여기까지가 내가 사랑하는 오두막 식구들 이야기야. 그들의 삶은 내게 깊은 영향을 미쳤어. 사회생활이라는 것을 알게 되면서 나는 오두막 식구들의 미덕을 존중하고, 인간의 악을 강하게 비난하는 법을 배웠지.

그때까지만 해도 범죄는 나와 전혀 상관없는 죄악이라 생각했어. 내가 볼 수 있는 것은 오직 자비와 관대함뿐이었지. 그런 미덕들을 보며 나는 무대에 선 배우가 되고 싶었어. 그러면 그 감탄이 절로 나는 미덕들을 실제로 열심히 연기해서 보여 줄 수 있을 테니까. 하지만, 내가 차차 무엇을 알게 되었는지 설명하려면, 같은 해 8월 초에 무슨 일이 일어났는지 말해 줘야겠군.

어느 날 밤이었어. 나는 평소처럼 내가 먹을 식량과 내 보호자들에게 줄 땔감을 마련하기 위해 가까운 숲에 갔다가 땅바닥에서 가죽으로 만든 손가방을 발견했어. 안에는 옷 몇 벌과 책 몇 권이 있더군. 나는 가방을 주워서 은신처로 돌아왔어. 다행히 책들은 내가 오두막에서 익힌 언어로 쓰여 있었어.《실낙원》,《플루타르코스 영웅전》,《젊은 베르테르의 슬픔》이 들어 있었지. 그 보물들을 손에 넣게 되어 나는 정말 기뻤어. 내 친구들이 늘 하던 일에 열중하는 동안, 나는 끊임없이 책에 적힌 이야기들을 읽고, 생각하는 것을 연습했지.

이 책들이 내게 어떤 영향을 미쳤는지 어찌 설명할 수 있을까! 그 책들 덕분에 나는 끊임없이 새로운 장면과 생각을 떠올릴 수 있었어. 황홀한 적도 가끔씩 있었지만 깊은 실의에 빠진 적이 더 많았어.《젊은 베르테르의 슬픔》의 줄거리는 간단하면서도 감동적이었어. 하지만 매우 다양한 생각을 심도 있게 다루고 있었고 내가 그때까지 몰랐던 주제들에 대해 많은 것을 알려 주었기 때문에, 책을 읽을 때마다 끊임없이 사색에 잠기며 놀라움을 느끼곤 했지. 이 책에서 보여 주는 부드럽고 나긋나긋한 태도는 자신이 아닌 상대방에 대해 가지는 고상한 감성과 생각들이 결합된 것이었는데, 내 보호자들을 보며 얻은 경험과도, 내 가슴속에 영원히 간직하고 싶은 바람과도 같았어. 하지만 내 생각에 베르테르는 내가 보거나 상상했던 어떤 이들보다 더욱 거룩한 사람이었어. 그는 가식이 없었고, 깊은 감명을 주는 사람이었어. 나는 죽음과 자살에 대한 논고들을 읽고 놀라움을 금치 못했어. 주인공의 자살을 두고 옳고 그름을 가리려던 건 아니었지만, 어찌 됐든 주인공의 의사를 존중하고 싶더군. 그가 영영 죽어 버리자 왠지 모르게 눈물도 났거든.

그런데 책을 읽을수록 내가 느낀 감정과 처지에 더 많이 이입하게 되더군. 하지만 나 자신과 비슷하다고 느끼면서도, 책 속의 인물과 그 인물이 하는 말들을 보니 나와는 묘하게 달랐던 거야. 나는 그들을 동정하기도 하고 어느 정도 이해도 했지만, 내 마음은 충분히 성숙하지 않은 것 같았어. 나는 누구도 의지하지 않았고 누구와도 관계가 없었지. '떠나는 길은 여전히 자유로우니까.'* 내가 사라졌을 때도 슬퍼하지 않았어. 내 모습은 끔찍했고 몸집은 너무 거대했어. 그건 무슨 뜻일까? 나는 누구인가? 나는 어떤 존재인가? 나는 어디에서 왔는가? 목적지는 어디인가? 이런 질문들이 계속 꼬리에 꼬리를 물었지만 나는 그 어느 질문에도 대답할 수 없었지. 내 재산이 된 《플루타르코스 영웅전》라는 책은 고대 공화국을 처음 세운 사람의 일대기를 다루고 있었어. 이 책은 내게 《젊은 베르테르의 슬픔》과는 전혀 다른 영향을 주었지. 베르테르의 상상은 낙담과 우울이 무엇인지 가르쳐 주었지만 플루타르크는 고결한 사상을 가르

---

* 퍼시 비시 셸리의 시 〈무상에 관하여〉에서 인용했다.

쳐 주었어. 플루타르크는 혼자만의 사색에 빠져 고통에 잠식당한 세계 밖으로 나를 번쩍 들어올려, 지난 시대의 영웅을 찬양하고 사랑하게 했지. 그 책의 많은 내용은 내 이해력과 경험을 능가하더군. 왕국, 광대한 영토, 거대한 강, 끝없는 바다에 관한 지식을 이해하려니 아주 헷갈렸어. 뿐만 아니라 마을들과 거대한 인간들의 집단도 내게 무척 생소했어. 내 보호자들이 살던 오두막만이 내가 인간의 본성에 대해 배울 수 있었던 유일한 학교였지. 이와 달리《플루타르코스 영웅전》에서는 갈수록 놀랄 만한 행위들이 펼쳐지더군. 나는 종족들을 통치하거나 집단 학살하는 일에 관여하는 사람들에 대해 읽었어. 내 마음속에는 미덕을 향한 강한 열정과 악에 대한 혐오감이 들끓었지. 물론 내가 이해하는 범위 안에서의 미덕과 악이었고, 그 둘의 의미에 즐거움 아니면 고통만 적용했기 때문에 꽤 상대적이었어. 이런 감정들에 이끌려, 나는 자연스레 평화를 추구하는 입법자들을 존경하게 되었어. 로물루스나 테세우스보다는, 로마의 제2대 왕인 누마, 솔론, 리쿠르구스를 말이야.

  내 보호자들은 가장이 책임을 다하는 생활 방식을 따랐고, 그런 모습은 내 마음에 깊은 인상을 남겼어. 만약 명예욕과 잔혹한 마음으로 가득한 젊은 군인을 통해서 처음 인간을 알았다면 나는 다른 감수성에 고취되고 말았겠지. 나는《실낙원》을 읽으면서 훨씬 깊고 색다른 감정을 느낄 수 있었어. 내 손에 들어

온 다른 책들처럼, 《실낙원》도 실제 역사로 생각하며 읽었어. 그 책은 경이로우면서도 무섭기도 했어. 자신의 창조물과 싸우는 전지전능한 신의 모습은 아주 놀랍더군. 나는 책에서 일어난 여러 상황이 내가 처한 상황과 비슷하다고 생각하면서 무척 충격을 받았어. 아담처럼 나도 다른 어떤 존재와 유대 관계가 없었어. 하지만 그의 상황은 여러 면에서 나와 많이 달랐어. 그는 신의 손에서 완벽한 생명체로 세상에 나왔고, 자신의 창조자의 특별한 관심을 받으면서 행복하고 풍요롭게 살았지. 그는 더욱 뛰어난 존재와 대화도 나누고 지식도 얻을 수 있었어. 하지만 나는 비참하고 무기력하고 고독했어. 오랫동안 사탄이 나와 같은 상황이라고 생각했지. 나를 보호하는 사람들이 축복받는 모습을 볼수록 쓰라린 시기심만 자라나더군. 또 다른 일을 겪게 되면서 그런 감정은 더 확고해졌지. 오두막에 도착하자마자 나는 당신의 실험실에서 가져온 옷을 뒤지다가 주머니에서 몇 장의 쪽지를 발견했어. 처음 그 종이를 봤을 때에는 전혀 신경 쓰지 않았지만 이제 나는 종이에 쓰인 글자를 읽을 수 있었지. 나는 열심히 그 글들을 살펴보기 시작했어. 그건 내가 만들어지기 전 4개월 동안 기록한 당신의 일기였어. 당신은 당시의 작업 상황을 아주 자세히 설명해 놓았더군. 그 기록에는 당신 집안에서 일어났던 일들에 대한 이야기도 적혀 있었어. 그 종이들이 뭔지 잘 알 거야. 바로 여기 이것들이지. 내 저주받은 탄생과 관련된 모든 기록이 바로 이 종이에 담겨 있어. 그 과정이 자아내는 역겨운 장면들을 모두, 낱낱이 떠올릴 수 있어. 끔찍하고 징그러운 나, 바로 나란 놈에 대해 아주 자세히 묘사해 놓았더군. 네 자신이 느꼈던 공포를 언어로 생생하게 담아서, 나 또한 그 공포를 영영 잊을 수 없을 정도더군. '내가 태어난 그 날이 이토록 끔찍할 수가!'

　나는 고통스러워하며 소리쳤어. '창조자여, 저주받아라! 당신조차 감당할 수 없이 고개를 돌려 버릴 무시무시한 악마를 왜 만들었는가? 신은 연민으로 자신의 모습을 본떠 아름답고 매력적인 형상으로 빚었지. 하지만 당신은 당신의 추악한 모습으로, 아니 너무나 쏙 빼닮은 것도 모자라 더욱 끔찍한 모습으로 나를 빚었어. 사탄도 자신에게 찬사를 던지고 격려해 주는 벗과 동료가 있는데, 나는 혼자에다 몹시 미움만 받고 있지 않는가?' 난 그렇게 좌절과 고독의 시간을 돌이켜 보았어. 하지만 오두막 식구들이 가진 좋은 점들, 그 상냥하고 관대한 성격을 생각하면서 나 자신을 설득했어. 자신들의 그런 미덕에 찬사를 보내는 나와 가까워진다면, 그들이 나를 동정하고 내가 지닌 결함도 크게 신경 쓰지 않을 거라고. 아무리 괴물처럼 생겨도 자기들에게 동정과 우정을 구하는 자를 문전박대하지는 않으리라고. 난 적어도 좌절만큼은 않기로 다짐했고, 내 운명을 좌우할 그들과의 대면을 빠짐없이 철저히 준비하기로 했어. 하지만

197

그 일을 몇 달씩이나 뒤로 미루었어. 그 일이 너무 중요하게 느껴져서, 실패하면 안 된다는 두려움에 사로잡혀 성공에 너무 집착했기 때문이었어. 게다가 하루하루의 경험을 통해서 나는 많은 지력을 쌓고 있던 터라, 몇 개월간 지혜를 더 쌓은 후에 그 일을 실행하고 싶었어. 그사이에 오두막에서는 몇 가지 일들이 일어났지. 사피는 집에 있는 것만으로도 식구들에게 행복을 나누어 주었지. 그곳은 풍성함이 가득했어. 펠릭스와 아가사는 함께 놀기도 하고 대화도 나누면서 더욱 많은 시간을 보냈지. 하인들은 그들의 일을 도왔고, 비록 부자처럼 지내지는 않았지만 흡족하고 행복해하는 모습이었지. 그들에게서는 고요함과 평화로움을 느낄 수 있었어. 하지만 나는 갈수록 마음이 불안해졌지. 더 많은 것을 알수록 내가 얼마나 버림받은 사람인가를 잘 알게 되었어. 물론 나는 희망도 소중히 여겼어. 정말 그랬지. 하지만 물 위에 비친 나 자신과 달빛을 받아 드리워진 내 그림자를, 그토록 잠깐 나타났다가 사라지는 내 모습과 그림자를 보면서 내 희망은 사라져 버렸지. 나는 이런 걱정을 떨쳐 버리고, 몇 달 후 시도해 보기로 다짐한 일을 위해 마음을 굳건히 다져 보았지. 나 자신을 이성에 구애받지 않고 자유롭게 천국의 들판을 거닐 듯 생각의 나래를 펼칠 수 있도록 내버려 두었어. 그 상냥하고 사랑스러운 존재들이 내 기분에 동조해 주고 내 침울한 기분을 달래 주는구나 하며, 멋대로 공상에 잠기기도 했어. 천사 같은 그들의 얼굴에 피어난 미소를 볼 때마다 마치 위안을 받는 기분이었어. 하지만 그것은 모두 한낱 꿈에 지나지 않았어. 슬퍼하는 나를 달래 주거나 나와 생각을 공유할 이브가 없었으니까. 나는 혼자였지. 나는 아담이 그의 창조주에게 간청하던 것을 기억했지. 하지만 나를 만든 창조자는 어디에 있었냐고? 난 버림받았던 거야. 쓰라린 가슴을 안고 나는 저주를 퍼부었지. 그렇게 가을이 지났어. 잎사귀들이 썩거나 떨어지는 풍경을 보니 경이롭기도 하고 슬프기도 하더군. 사원은 내가 처음 숲과 사랑스러운 달을 보았을 적의 모습을 벗어던지고, 다시 척박하고 황폐한 모습을 띠고 있었어. 하지만 으스스해진 날씨에는 크게 신경 쓰지 않았어. 내 몸은 더위보다는 추위를 더 잘 견딜 수 있었지. 그래도 나는 꽃들과 새들, 화사한 옷을 입은 여름의 그 모든 풍경이 훨씬 마음에 들더군. 그런 것들이 떠나고 보이지 않자, 나는 오두막에 사는 사람들에게 더욱 관심을 기울였지. 여름이 가 버려도 그들은 여전히 행복했거든. 그들은 서로 사랑했고 동정했지. 주변에서 일어나는 재앙에 굴하지 않고 그들은 서로에게 의지하며 계속 즐겁게 지냈지. 그들을 보면 볼수록, 보호와 친절을 바라는 내 욕구는 커져만 갔어. 그런 다정한 존재들이 나를 알게 되기를 그리고 내게 애정을 베풀게 되기를 애타게 바랐어. 그들이 애정 어린 마음으로 다정한 표정을 지으며 나를 바라보는 그 모습을 보는 것,

그것이 내가 품을 수 있는 가장 큰 포부였어. 그들이 경멸과 두려움에 떨며 나를 보리라는 생각은 감히 하지 못했어. 그들은 가난한 자를 절대 문전박대하지 않았거든. 물론 내가 요구했던 건 음식이나 안식처에 비할 수 없는 훌륭한 보물, 바로 친절과 동정이었지. 그래도 내가 그런 대우를 받을 자격이 아예 없다고는 생각하지 않았어. 겨울은 점점 깊어 갔고, 내가 생명을 얻어 눈을 뜬 이래 한 바퀴의 계절 변화도 겪었지. 그 당시 나는 오두막에 사는 나의 보호자들에게 내 정체를 드러낼 준비를 하느라 한창 정신없이 보내고 있었어. 나는 마음속으로 여러 계획을 생각해 보다가 마음을 굳혔지. 앞을 보지 못하는 어르신이 혼자 계실 때 집에 들어가기로 했어. 이전에 나를 본 사람들을 두렵게 했던 것이 바로 내 괴이하고 끔찍한 모습 때문이라는 사실 정도는 알 수 있었거든. 내 목소리는 거칠기는 해도 끔찍하지는 않았어. 그래서 아이들이 없을 때, 드 라시 어르신이 내게 호의를 베풀고 중재만 해 준다면, 어린 보호자들도 내 흉측한 모습에 관용을 베풀게 되리라 생각했던 거지. 붉게 물든 잎사귀가 땅에 흩날려 그 위로 해가 내리쬐던 어느 기분 좋은 날, 날씨가 그리 따뜻하지는 않았지만, 사피와 아가사, 펠릭스는 긴 시골길 산책에 나서려고 했고 노인은 집에 혼자 남겠다고 했어. 아이들이 떠난 후, 그는 자신의 기타를 집어 들고는 슬프면서도 감미로운 분위기를 자아내는 곡들을 연주하고 있었지. 그 곡들은 그 어느 때보다 더욱 감미롭고 애절했어. 처음에 그는 기쁘고 환한 표정을 지었지만 연주를 이어 갈수록 사색에 깊이 잠기거나 슬픈 듯한 표정을 지었어. 결국 그는 기타를 옆에 내려놓고 깊은 생각에 잠긴 채 앉아 있었지. 내 심장은 빠르게 뛰기 시작했어. 드디어 심판의 순간이 왔구나. 내 희망들이 이루어지거나, 두려움이 현실이 될 바로 그 순간이 온 거였어. 하인들도 근처 장터로 가고 없었고 오두막이 안팎으로 조용하더군. 최고의 기회가 온 거지. 그런데 막상 계획을 실행하려고 하니 사지가 말을 듣지 않았어. 결국 바닥에 철퍼덕 주저앉고 말았지. 그래도 다시 일어났어. 의지만은 누구보다 굳건했기에, 온 힘을 다해 내 은신처를 가리고 있던 널빤지를 치워 버렸지. 신선한 공기를 마시니 힘이 났어. 다시 마음을 다잡고 나는 오두막의 현관 앞으로 다가갔지.

문을 두드렸더니 노인이 대답했어.

'누구시오? 들어오시오.'

들어가서 난 대답했지.

'갑자기 들어온 것을 용서하십시오. 길을 지나던 나그네인데 잠시 쉬고 싶습니다. 불 앞에서 잠깐이라도 있게 해 주신다면 감사하겠습니다.'

드 라시가 말했다.

'들어오시오. 원하는 게 있다면 뭐든지 돕겠소. 그런데 아쉽

게도 지금 애들은 집에 없고, 나는 앞이 보이지 않아 먹을 것을 챙겨 주긴 힘들 듯하오.'

'어르신, 신경 쓰지 마십시오. 제게도 먹을 음식은 있습니다. 따뜻한 곳에서 쉬게만 해 주시면 됩니다.'

나는 앉았고 침묵이 흘렀어. 나는 매 순간이 소중하다는 것을 알았지만 어떤 식으로 얘기를 꺼내야 할지 결정할 수 없었어. 노인이 말을 걸었어.

'말투를 들어 보아 하니, 이 지역 사람인 것 같은데 프랑스인이 맞소?'

'아닙니다. 하지만 저는 프랑스 집안에서 교육받아서 프랑스어밖에 모릅니다. 곧 제 친구들에게 제 보호자가 되어 달라고 부탁하려던 참입니다. 저는 그 친구들을 진심으로 사랑하고 그들이 호의를 받기를 원하고 있습니다.'

'친구들은 독일인인가?'

'아닙니다. 프랑스인입니다. 그런데 좀 다른 얘기를 해도 되겠습니까? 저는 불행하고 버려져서 홀로 된 존재입니다. 주위를 둘러봐도 친척이나 친구라곤 아무도 없습니다. 말씀드린 다정한 친구들은 저를 한 번도 본 적이 없고 저에 대해서는 아무것도 모릅니다. 눈물만 자꾸 차오르는군요. 만에 하나 제가 그곳에서 호의를 얻지 못한다면 저는 이 세상에서 영원히 버림받은 자가 될 것입니다.'

'절망하지 마시오. 친구가 없으면 참으로 불행하지. 하지만 사리사욕으로 눈앞이 어두워지지만 않는다면, 인간의 마음은 우애와 자비로 가득하지요. 그러니 희망을 가지시오. 만약 이 친구들이 착하고 다정하다면 낙담하지 마시오.'

'그들은 착한 사람들입니다. 세상에서 가장 훌륭하고말고요. 그런데 불행히도 제게 편견을 가지고 있습니다. 저는 성정이 착하고, 살면서 보탬이 된 적은 있어도 누구에게 해를 준 적은 없었습니다. 하지만 치명적인 편견이 그들의 눈을 가려 인성 많고 착한 친구의 모습 대신 혐오스러운 괴물의 모습을 볼 뿐입니다.'

'정말 안됐구먼. 하지만 댁이 정말 잘못한 일이 없다면 그들에게 결백을 증명할 수는 없는 게요?'

'그러려고 합니다. 그런데, 그 일을 하려니 정말로 두렵습니다. 저는 이 친구들을 정말로 사랑합니다. 지난 몇 달간 그들에게 친절도 베풀었습니다. 하지만 그들은 제가 그들을 해치려고 한다고 믿습니다. 저는 이런 편견에서 벗어나고 싶습니다.'

'이 친구들은 어디에 삽니까?'

'이곳에서 가깝습니다.'

노인은 말을 멈추더니 말을 이었다.

'내게 그쪽 얘기를 자세히 해 준다면, 그 누명을 벗겨 주는 데 내가 도움이 될 수 있을지도 모르겠소. 나는 눈이 멀어서 댁의 외모를 판단할 수 없지만, 말을 들어 보니 거짓이 아니라는 걸 알겠구려. 비록 나는 가난하고 망명 중이지만, 어떤 식으로든 한 사람에게 도움을 줄 수 있다면 정말 기쁘겠소.'

'정말 좋은 분이십니다! 고맙습니다. 그렇게 해 주시면 정말 좋겠습니다. 이리도 친절을 베푸시어 이 가련한 신세를 면하게 해 주시다니요. 선생님께서 도와주신다면야, 저는 세상에서 박대당하지도 않고 사람들의 동정도 받을 수 있을 것입니다.'

'세상에, 그럴 수가! 설사 당신이 진짜 범죄자라 해도, 그런 이유로 사람을 절망 속으로 몰아가기만 하고 미덕을 행하지 못하게 한다면, 내 기분도 썩 좋지 않을 것 같소. 나와 가족들도 죄가 없는데도 유죄 선고를 받은 적이 있소. 그러니 내가 당신의 불행을 모른 척한다면 비판받아 마땅하지 않겠소?'

'제게 호의를 베풀어 주시는 분은 어르신밖에 없으신데, 어찌 감사드릴 수 있을까요? 그리 친절하게 말씀해 주신 분은 어르신이 처음입니다. 이 은혜 잊지 않겠습니다. 방금 보여 주신 그 온정 덕분에, 곧 만나게 될 그 친구들의 호의도 꼭 얻을 수 있으리라는 믿음이 생깁니다.'

'그 친구들의 이름과 사는 곳을 혹시 알려 줄 수 있겠소?'

나는 잠시 말을 멈추고 생각했지. 결정적인 순간이 왔구나. 영원한 행복을 얻게 될지, 도둑맞게 될지를 가려 줄 그 순간이 왔다고 말이야. 나는 그에게 대답하려고 마음을 굳게 먹었지만 다

부질없는 짓이었지. 너무 애쓴 탓에 내게는 아무런 힘도 남아 있지 않았던 거야. 나는 그만 의자에 주저앉아서 엉엉 울었어. 그 순간, 어린 보호자들이 다가오는 발소리를 들리더군. 나는 잠시도 머뭇거릴 수 없었지. 노인의 손을 잡고 나는 소리쳤어.

'지금입니다! 저를 구해 주세요! 저를 보호해 주세요! 당신과 당신의 가족이 제가 말한 그 친구들입니다. 이 심판의 순간에 저를 버리지 말아 주세요!'

'이런! 당신은 대체 누구시오?'

노인이 소리쳤어.

바로 그 순간 현관문이 열렸고, 펠릭스, 사피 그리고 아가사가 들어왔어. 그들과 마주치게 된 내가 얼마나 불안하고 무서웠는지 누가 설명할 수 있겠어? 아가사는 기절하고 말았어. 사피는 오두막 밖으로 뛰쳐나가 버려서 아가사를 챙기지 못했고, 펠릭스는 곧장 앞으로 뛰어와서는 초인적인 힘으로 나를 노인의 무릎에서 떼어 놓았지. 그는 분노에 가득 차서 나를 바닥에 내던지더니 막대기로 나를 마구 내리쳤어. 사자가 영양을 죽이듯이 그의 사지를 찢어 놓을 수도 있었어. 하지만 그러기에는 가슴이 너무 저려 와서 저 아래로 한없이 떨어지는 것 같았어. 그가 다시 주먹을 휘두르는 걸 보는 순간, 나는 몹시 괴롭고 비통해져서 결국 오두막을 뛰쳐나왔어. 그리고 소란스러운 틈을 타, 눈에 띄지 않게 내가 지내던 헛간으로 도망쳤지."

8

"창조자여, 당신에게 저주가 내리기를! 왜 나를 살려 두었는 가? 당신이 함부로 생명의 불꽃을 붙이던 바로 그때, 왜 그 불꽃을 꺼 버리지 않았던 것일까? 정말 모르겠어. 그때까지만 해도 나는 분해하면서 복수만 생각했을 뿐, 절망에는 빠지지 않았던 거야. 나는 한껏 쾌감을 맛보며 오두막을 부수고 당신의 가족들을 죽일 수도 있었고, 그들의 비명과 고통에 흠뻑 빠져들 수도 있었어.

밤이 되자 나는 은신처에서 나와 숲을 이리저리 돌아다녔어. 그때는 사람들의 눈에 띄어도 무서울 것이 없었기 때문에, 나는 무시무시한 소리로 울부짖으면서 비통함을 터뜨렸지. 덫을 부수고 나온 사나운 짐승처럼 말이야. 나를 가로막는 것들은 뭐든지 부수면서, 수사슴처럼 빠르게 숲을 이리저리 배회했어. 아, 얼마나 괴로운 밤이었던가! 차가운 별들은 나를 조롱하듯이 반짝였고, 앙상한 나무들은 내 머리 위에서 가지를 흔들었지. 가끔은 새가 달콤한 노랫소리로 세상의 적막을 깨뜨렸어. 나만 빼고 다들 쉬거나, 즐거운 시간을 보내고 있었던 거야. 나는 사탄처럼 내 안에 지옥을 품고 있었어. 동정 받지 못하는 나를 보면서, 나무들을 갈기갈기 찢어 버리고 싶었고, 내 주위를 송두리째 파괴해 버린 후 앉아서 폐허가 된 풍경을 마음껏 슬기고 싶었지.

하지만 이런 감정의 사치는 오래갈 수 없었지. 몸을 너무 격하게 움직인 나머지 지쳐 버려서, 절망에 찌들어 메스꺼움과 무기력을 느끼며 축축한 풀밭 위에 털썩 주저앉아 버렸어. 그 많은 사람 중에 날 동정하거나, 도와주려는 사람은 아무도 없었어. 그런데도 나는 저 원수 같은 놈들에게 다정하게 대해야 한단 말인가? 그렇지 않아. 바로 그 순간부터 나는 인간을 상대로, 아니 그 누구보다 나를 창조한 자에게 끝없는 전쟁을 선포했어. 이 견딜 수 없는 고통에 발을 들여놓게 된 거지.

해가 뜨자 사람들의 목소리가 들렸어. 낮에는 은신처로 돌아갈 수 없다는 것을 알았기에 깊은 덤불 속에 몸을 숨겼고, 어두워질 때까지 나의 처지를 돌아보기로 했어.

상쾌한 햇살과 맑은 공기가 어느 정도 내 마음을 진정시켰어. 오두막에서 있었던 일을 돌아보니, 내가 너무 성급하게 결론을 내렸다는 생각을 할 수밖에 없었지.

나는 분명 경솔했어. 대화를 나누면서 노인이 내게 흥미를 느낀 것이 분명했지만 그의 자녀들에게 무섭게 생긴 내 모습을 드러낸 건 어리석었어. 우선 드 라시 노인과 좀 더 친해진 후에 가족들에게 차차 내 모습을 보여 줬어야 했어. 그의 가족들이 마음의 준비를 한 상태에서 다가가야 했던 거야. 하지만 내 실수를 영영 돌이킬 수 없다고 생각하진 않았어. 심사숙고한 결과, 나는 오두막으로 다시 돌아가서 노인을 만나 좀 더 얘기를 한 후에 그를 내 편으로 만들기로 했지.

그렇게 생각하니 마음이 편해지더군. 오후에는 깊은 잠에 빠져들 수 있었어. 하지만 피가 거꾸로 치솟았던 모양인지 꿈자리가 그리 편치 않았어. 전날의 끔찍한 광경이 계속 내 눈앞에 펼쳐졌어. 여자들은 달아나 버리고 화가 난 펠릭스는 아버지의 다리에서 나를 떼어놓았지. 나는 가쁜 숨을 내쉬며 잠에서 깨어났어. 이미 밖은 깜깜하더군. 나는 숨어 있던 곳에서 밖으로 기어 나와서 음식을 찾아 다녔어.

배고픔을 달랜 뒤 나는 사람들이 자주 드나드는 길을 따라 오두막으로 향했어. 모든 것이 평화로웠지. 나는 헛간 안으로 기어 들어갔고, 식구들이 늘 일어나던 시간을 조용히 기다렸어. 그런데 시간이 지나고 해가 중천에 걸렸는데도 식구들의 모습은 보이지 않았어. 나는 지독히도 불길한 예감이 들어 온몸을 부르르 떨었지. 오두막 안은 어두웠고 식구들의 미동조차 느껴지지 않았어. 그 긴장감이 주는 고통을 뭐라 설명해야 할지 모르겠군.

마침 마을 사람 두 명이 지나가다가 오두막 근처에 서서 격렬한 몸짓을 하면서 대화를 나누기 시작하더군. 하지만 무슨 말을 하는지 알아들을 수 없었어. 그들은 내 보호자들이 쓰는 말과 달리, 지기 나라 말을 하고 있었이. 그런데 얼마 인 되어 펠릭스가 또 다른 남자 한 명과 걸어오더군. 깜짝 놀랐어. 펠릭스는 그날 아침 오두막을 나간 적이 없었거든. 그가 난데없이 다른 곳에서 나타난 이유가 궁금해서 얘기를 들어보려고 초조해하며 기다렸지.

옆에 있던 사람이 그에게 말했어.

'석 달 치 월세를 냈는데 밭에 난 농작물까지 버리겠다는 말이오? 나는 부당한 이익을 챙기고 싶은 생각은 없소. 결정을 내리기 전에 며칠을 두고 생각해 보시오.'

펠릭스가 대답했다.

'전혀 그럴 필요 없소. 우리는 당신 오두막에 다시는 머물지 않을 테니까. 내가 말했던 끔찍한 일 때문에 아버지의 생명이 아주 위험하오. 아내와 여동생은 영원히 공포에서 헤어 나오지 못할 것이오. 더 이상 나를 설득하지 않았으면 좋겠소. 이 오두

막을 돌려 드릴 테니, 내가 이곳을 떠날 수 있게 해 주시오.'

펠릭스는 이 말을 하면서 온몸을 부르르 떨었어. 그와 그의 동료들은 오두막에 들어갔고, 그곳에서 잠깐 머물다가 떠나더군. 그 뒤로 나는 드 라시 가족을 한 번도 만나지 못했어.

나는 완전히 절망에 빠진 채 헛간에 남았어. 내 보호자들은 떠나 버렸고, 세상과 나를 이어 주던 단 하나의 고리가 끊어졌던 거야. 처음으로 분노와 증오라는 감정이 내 가슴을 채웠고, 나는 그 감정을 주체할 수 없었어. 하지만 감정이 제멋대로 흘러가도록 내버려 두었지. 그랬더니 내 마음은 어느새 고통과 죽음이 있는 곳을 들여다보고 있더군. 드 라시 노인의 부드러운 목소리, 아가사의 다정한 눈길, 아라비아 여인의 우아한 미모를 떠올리자, 그런 어두운 생각들은 사라졌고, 한바탕 눈물을 흘렸더니 마음이 가라앉았더군. 하지만 다시, 그들이 나를 버리고 도망쳤다는 생각을 하자 분노는 다시 들끓었지. 나는 감히 인간을 해칠 수 없어서 생명이 없는 물건에 분풀이를 했지. 밤이 깊어지자 나는 오두막 주위에 태울 것을 늘어놓았어. 그러고는 밭에 일구어 놓은 경작물들을 마구 짓밟고, 제대로 된 분풀이를 하기 위해 달이 질 때까지 꾹 참고 기다렸어.

밤은 깊어 갔고, 숲에서는 강한 바람이 불어와 하늘에 떠다니던 구름들을 재빨리 흘려보냈어. 세찬 바람이 거대한 눈사태처럼 내달렸고 내 영혼에도 광기를 불어넣어 모든 이성과 감정의 경계를 파멸시켰지. 나는 마른 나뭇가지에 불을 붙이고 분노에 휩싸인 채 이제껏 헌신을 마지않던 오두막 주위를 돌면서 춤을 추었어. 두 눈으로 서쪽 지평선을 바라보니 그 모서리에 달이 맞닿아 있더군. 마침내 달의 둥그런 호가 가려지기 시작했고 나는 횃불을 흔들었어. 달이 모습을 감추자 나는 고함을 지르면서 모아 놓은 짚과 덤불과 수풀에 불을 붙였어. 불길은 바람을 타고 더 높이 치솟았고 순식간에 오두막에 옮겨붙더니 사방을 감싸더군. 불길은 곧 그 피괴적이고 쩍쩍 길라진 혀로 집을 슥 핥아 버렸어.

무슨 수를 써도 그들이 살았던 거처를 되살릴 수 없다는 확신이 들자 나는 서둘러 그곳을 떠나 숲속으로 도피처를 찾으러 갔어.

그리고 드디어 세상과 마주했을 때, 나는 어디로 발길을 돌리는 것이 좋을지 생각해 보았어. 나는 불행했던 이곳에서 멀리 떠나기로 결심했어. 하지만, 증오와 경멸의 대상인 내게 어느 곳이든 끔찍하지 않은 곳은 없었어. 결국 당신이 내 머리를 스치고 지나간 거야. 나는 서류 더미에 남긴 기록들을 읽고 네 놈이 나의 창조자이자 아버지라는 사실을 알게 되었지. 내게 생명을 부여한 사람에게 정을 쏟는 일보다 더 적절한 일이 어디 있겠어? 펠릭스가 사피에게 가르쳐 준 것들 중에 지리도 있었는데, 나는 사피가 배울 때 귀동냥으로 지구 위에 있는 각 나라들이 어디쯤 위치하는지 알게 되었어. 당신의 고향이 제네바라는 걸 알고 있었어. 그래서 그곳에 가기로 결심했지.

하지만 길은 어떻게 찾았냐고? 제네바에 도착하려면 남서쪽으로 가야 한다는 것을 알고 있었지. 하지만 지표가 될 만한 건 해밖에 없었지. 나는 거쳐 가야 할 마을 이름들도 몰랐어. 내게 정보를 줄 만한 인간이란 단 한 사람도 없었어. 하지만 나는 절망하지 않았어. 비록 내게 남은 건 당신을 향한 증오심뿐이었지만, 나를 도울 수 있는 사람도 당신뿐이었어. 무정하고 냉혹한 창조자 같으니라고! 비록 내게 지각과 감정은 부여해 주었지만, 날 무시하고 두려워하는 사람들만 모여 사는 먼 타국 땅으로 결국 내쳐 버렸지. 하지만 동정과 보상을 요구할 수 있는 사람도 당신뿐이었지. 비록 내 노력은 수포로 돌아갔지만 난 그때 인간의 탈을 쓴 어떤 존재로부터 정의를 구걸하고 싶었던 거야.

여행길은 길었고, 지독히도 고된 여정이었어. 늦가을 무렵, 나는 그토록 오랫동안 머무르던 곳을 드디어 벗어났어. 나는 인간과 마주칠까 봐 밤에만 움직였어. 자연은 점점 생기를 잃어 갔고 태양의 열기도 식어 갔어. 비와 눈도 퍼부었지. 세차게 흐르던 강물도 얼어붙었고, 땅은 딱딱하고 차갑고 표면을 그대로 드러내어 쉴 곳을 찾을 수 없었어. 오, 대지여! 나를 세상에 존재케 한 놈에게 저주가 내리기를 얼마나 많이 빌었나이까?

내 안의 따뜻함은 사라지고 차갑고 쓰라린 것만 남게 되었지. 자네가 살고 있던 곳으로 더 가까이 갈수록 내 마음속에 타오르던 복수심은 더욱 깊어 갔어. 눈이 내리고 물도 얼어붙었지만 나는 멈추지 않았어. 이따금씩 일어난 몇몇 우연한 사건들 덕분에 제대로 된 길을 찾아갈 수도 있었고, 스위스의 지도도 손에 넣을 수 있었어. 하지만 종종 길을 잃고 빙 돌아가야 했던 적도 있었지. 나는 너무 괴로워서 잠시도 쉴 수 없었어. 좋지 않은 일들만 계속되었기에 내 분노와 고통은 단 한순간노 허기진 적이 없었지. 하지만 스위스 국경 지대에 도착했을 때 해는 따사로움을 되찾고 대지도 다시 푸른빛을 띠더군. 그리고 그 무렵, 나는 아주 묘한 방식으로 내 쓰라림과 공포를 확고하게 해줄 사건을 만났지.

나는 주로 낮에는 쉬고 사람들의 눈을 피할 수 있는 밤에만 움직였어. 하지만 어느 날 아침, 나는 숲 깊숙한 곳으로 이어진 길을 찾았고 해가 뜬 뒤에도 위험을 감수하며 여행을 계속했어. 봄을 맞은 지 얼마 되지 않아서일까 따뜻한 햇살과 그윽한 향기에 기분이 좋아졌어. 나는 오래전에 잃었던 다정함과 기쁨이라는 감정이 내 안에서 움트는 걸 느꼈어. 이런 새삼스러운 감정들에 경이로움을 느끼며, 나 자신을 그 감정들에 맡겨 버렸어. 고독과 괴이한 몰골은 잊은 채 나는 주제넘게도 행복감에 젖어 들려고 했지. 부드러운 눈물이 내 두 뺨을 적셨고, 젖은 두 눈을 들어 하늘을 바라보며 기쁨을 선사해 준 신성한 태양에 감사를 전했어.

나는 숲길을 따라 계속 걸었고, 마침내 깊고 세차게 흐르는 강줄기에 둘러싸인 곳에 도착했어. 많은 나뭇가지는 강가로 고개를 떨어뜨리고 있었고, 산뜻한 봄볕을 받아 새싹을 피우고 있었지. 이곳에서 정확히 어디로 가야 할지를 알 수 없어서 나는 잠시 걸음을 멈추었어. 바로 그때 어떤 목소리가 들렸고, 나는 사이프러스 나무 아래 그늘진 곳에 몸을 숨겼지. 간신히 몸을 숨기던 찰나에 한 어린 소녀가 누군가와 술래잡기를 하는 것처럼 웃으면서 내가 숨은 곳으로 뛰어오더군. 소녀는 계속 강둑을 따라가다가 갑자기 미끄러지더니 물에 빠진 거야. 그녀가 급류에 휩쓸리려 하자 나는 숨어 있던 곳에서 뛰쳐나가서 열심히 물살을 헤치고 소녀를 구한 뒤 물가로 올라왔어. 소녀가 정신을 잃어서 깨워 보려고 온갖 노력을 다했지. 그때, 한 농부가 다가오는 것이 보였고, 나는 하던 일을 멈추었어. 그는 소녀와 술래잡기 놀이를 하던 농부였어. 그는 나를 보자마자 달려오더니 내 팔에서 소녀를 낚아채고는 깊은 숲속으로 도망쳤어. 왜 그랬는지는 알 수 없지만 나는 재빨리 뒤를 쫓았어. 농부는 내가 가까이 다가오는 것을 보더니 가지고 있던 총을 내게 겨누었어. 그는 방아쇠를 당겼고 나는 땅에 주저앉고 말았지. 내게 상처를 입힌 그놈은 더욱 날쌔게 숲속으로 도망쳐 버렸어.

내 자비로운 행동의 대가는 고작 그런 거였어! 목숨을 구해 주었지만 상처만 입고 쥐어짜는 듯한 고통을 감수해야 했어. 뼈와 살이 마구 뒤틀리는 것 같았지. 조금 전에 느꼈던 따뜻함과 다정함은 지옥에서 뿜어져 나오는 듯한 분노와 이가 갈리는 화에 자리를 내주고 말았어. 고통은 활활 타올랐고, 나는 모든 인간에게 영원한 증오와 복수를 되갚아 주기로 맹세했어. 하지만 상처로 인한 고통이 온몸을 감쌌어. 급기야 나는 맥박을 잃고 쓰러지고 말았어.

몇 주간 나는 숲에서 힘들게 지냈어. 상처를 치료하려고 안간힘을 썼어. 총알은 내 어깨를 뚫었는데 그 총알이 아직 어깨에 남아 있는지, 아니면 어깨를 관통했는지 알 수 없었어. 어쨌든 내게는 총알을 빼낼 도구도 없었어. 또 인간이 가한 부당함과 배은망덕에 억울한 나머지 내 고통은 더욱 커져만 갔지. 나는 매일 복수심에 불타올라 맹세를 거듭했어. 깊고 치명적인 복수를 하겠다고. 오직 그런 복수만이 내가 견뎌야 했던 분노와 고통을 보상할 수 있었지.

몇 주 후에 상처는 아물었고 나는 다시 여행길에 올랐어. 밝은 햇살이나 잔잔한 봄바람도 내가 견뎌야 했던 고역을 덜어 주지 못했어. 모든 기쁨도 내 피폐한 영혼을 모욕하는 조롱에 불과했어. 그런 환희와 기쁨은 날 위한 것이 아니라고 생각하니 더욱 고통스러웠지.

하지만 내 고역은 이제 그 대단원의 막을 내리고 있었어. 그 후 두 달이 지났고 나는 드디어 제네바 근교에 도착했지.

도착하자마자 날이 저무는 바람에 그곳을 둘러싸고 있던 들판에 은신처를 마련했어. 쉬면서 어떻게 당신에게 접근할지 곰곰이 생각했지. 무척 피곤하고 허기가 진 상태라서 저녁의 산들바람도, 숨 막힐 듯 거대한 쥐라산맥 뒤로 해가 저무는 광경도 전혀 만끽할 수가 없을 만큼 나는 무척 비참했어.

그런 상태에서 선잠을 좀 잤더니 괴로운 마음이 좀 가라앉더군. 그런데 그런 안도감도 잠시, 한 어여쁜 아이가 짓궂은 표정을 지은 채 내가 마련한 은신처로 달려오는 거야. 그렇게 그 아이를 쳐다보고 있는데, 갑자기 저 아이는 아직 어려서 편견도 없고 흉측한 형체를 보더라도 공포를 느끼지 못할 거라는 생각이 스쳤어. 만약 그렇다면, 아이를 붙잡아서 동료이자 친구로 지낼 수 있도록 가르친다면, 인간들이 가득한 이 땅 위에서 그렇게 외롭지 않을 것이라고 생각했지.

이런 충동에, 나는 아이가 지나갈 때, 붙잡아서 내 쪽으로 끌어당겼어. 하지만 아이는 나를 보자마자 두 손으로 눈을 가리더니 비명을 질렀어. 나는 손을 거칠게 떼어 내면서 말했지.

'애야, 대체 왜 그러니? 난 너를 해칠 생각이 없단다. 내 말을 들어 보겠니?'

아이는 심하게 몸부림치면서 소리쳤지.

'날 놔 줘, 이 악마야! 흉측한 악마야! 넌 나를 갈가리 찢어서 먹으려는 거지? 넌 사람을 잡아먹는 괴물이야. 날 놔 줘. 안 그러면, 아빠한테 일러바칠 거야.'

'애야, 넌 아빠를 다시는 만나지 못할 거야. 넌 나와 함께 가야 한단다.'

'이 흉측한 악마야! 날 놔 줘. 우리 아빠는 지방 행정 장관이야. 프랑켄슈타인이라고. 아빠가 널 혼내 줄 거야. 감히 날 붙들어 두려 하다니.'

'프랑켄슈타인이라고! 그렇다면 내 원수구나. 나는 프랑켄슈타인에게 영원한 복수를 맹세했으니까. 넌 내 첫 번째 희생자가 되겠구나.'

아이는 여전히 버둥거리면서 내게 욕을 잔뜩 늘어놓았어. 절망감이 밀려왔지. 나는 그의 입을 다물게 하려고 그의 목을 졸랐고 아이는 곧 죽은 채 내 발 앞에 쓰러졌어.

그 희생자를 쳐다보고 있자니 내 가슴은 기쁨과 섬뜩한 승리감으로 부풀어 오르더군. 박수를 치면서 나는 외쳤어.

'나도 슬픔을 낳을 수 있다. 내 원수도 무너뜨릴 수 있단 말이다! 이 죽음이 그를 도탄에 빠뜨리길. 그리고 앞으로도 수많은 불행이 그를 고문하고 파괴할지어다.'

나는 아이를 뚫어져라 쳐다보다가 뭔가 가슴에서 반짝이는 것을 발견했어. 난 그걸 낚아챘어. 그것은 가장 사랑스러운 여인의 작은 초상화더군. 원한에 사무친 나였지만, 그것이 나를 부드럽게 어루만졌고 내 마음을 끌어당겼지. 잠시 동안 나는 기쁨에 젖어 든 채 긴 눈썹으로 둘러싸인 그녀의 검은 두 눈과 아름다운 입술을 응시했어. 그런데 얼마 안 되어 또다시 화가 치밀더군. 그런 아름다운 생명체가 주는 기쁨을 나는 얻을 수 없다는 생각이 들었기 때문이야. 그리고 내가 보고 있는 그 초상화 속의 여인을 실제로 만나기라도 한다면, 그 신성하고 자비로운 모습은 온데간데없이 사라지고 혐오와 공포에 찌든 모습만 보게 되리라는 생각이 들더군.

그런 생각들이 나를 분노하게 했다는 걸 당신은 이해할까? 그 순간 절규와 고통의 감정을 터뜨리지 않고, 인간들이 있는 곳으로 당장 쳐들어가서 죽음을 각오하고 그들을 없애려 하지 않은 게 내겐 더 신기할 따름이야.

나는 그런 감정들에 휩싸인 채, 살인을 저지른 그곳을 벗어나서 더욱 외진 은신처를 찾고 있었지. 그때 한 여자가 내 옆을 지나갔어. 그녀는 내가 손에 들고 있는 여자만큼 아름답지는 않았지만, 젊고 상냥했으며 젊음과 생기가 흘러넘치는 사랑스러움이 피어나는 여자였지. 그러면서도 나를 제외한 모든 이에게만 주어진 미소가 여기에 또 있구나 하는 생각이 들었지. 나는 그녀를 꼼짝 못하게 할 속셈이었어. 펠릭스의 가르침도 받고 피비린내 나는 인간들의 법을 배운 덕분에 나는 악을 행하는 방법도 익혔지. 나는 몰래 그녀에게 다가가서는 그녀의 한 쪽 호주머니에 펜던트를 넣었어.

며칠 동안 나는 그 일이 일어났던 장소를 서성거렸어. 때론 당신을 만나고 싶기도 했고, 세상과 불행을 영원히 끝내 버리고 싶기도 했어. 마침내 나는 이곳의 산악 지대로 오게 되었고, 오직 당신만이 꺼뜨릴 수 있는 타오르는 격정에 사로잡혀 온갖 후미진 곳은 다 돌아다녔어. 당신이 내 요구를 받아들일 때까지 우리는 떨어지지 않을 기야. 나는 홀로 남았고 그래서 불행해. 인간들은 나와 어울리려 하지 않을 거야. 하지만 나처럼 무섭고 끔찍하게 생긴 여자는 나를 거부하지 않겠지. 나의 동반자는 나와 같은 종인 데다가 나와 똑같은 결함을 지니고 있어야 해. 너는 그런 존재를 만들어야 해."

9

　괴물은 말을 마치고 대답을 기다리는 표정으로 나를 보았다. 하지만 나는 당황한 데다 혼란스러워서 그의 제안을 완전히 이해할 정도로 내 생각을 충분히 정리할 수 없었다. 그는 말을 이었다.

　"당신은 내게 여자를 하나 만들어 줘야 해. 내 삶에 필요한 동정을 주고받으며 함께 살아갈 여자를 말이다. 당신만이 이일을 할 수 있어. 나는 당신이 이 일을 거부해서는 안 될 권리를 가지고 요구하는 것이다. 나는 네가 절대 거부해서는 안 될 내 권리를 주장하는 것뿐이다."

　그가 오두막집에 사는 사람들과 함께 행복하게 살았던 시절에 대해 이야기했을 때는 분노가 사그라졌지만, 그의 얘기가 막바지에 이르자 사그라졌던 분노가 다시 일기 시작했다. 급기야 권리라는 말을 들으니 내 안의 분노가 더욱 활활 타올라 주체할 수 없는 지경에 이르렀다. 나는 대답했다.

"거절하겠어. 나를 고문한다고 해도 내게서 동의를 얻기는 어려울 거다. 네놈이 나를 가장 불행한 인간으로는 만들 수 있지만, 내 스스로에게 떳떳치 못한 인간으로는 만들지 못할게다. 너와 같은 존재를 하나 더 만들라고? 너와 그녀 둘 때문에 세상이 적막해질지도 모르는데 말이냐? 꺼져 버려! 난 이미 답을 주었다. 나를 괴롭힌다 해도 절대로 동의하지 않겠다."

괴물은 대답했다.

"당신은 잘못 알고 있어. 협박하는 게 아니라 설득하고 있는 거야. 나는 고통받고 있기에 악의에 차 있을 수밖에 없어. 모든 사람이 나를 피하고 증오했거든. 나를 창조한 당신조차도 나를 산산조각 내고 승리를 거두려 하잖아. 생각해 봐. 인간들은 내게 동정을 느끼지 않는데, 내가 왜 그들에게 동정을 느껴야 하지? 당신이 나를 갈라진 빙하의 틈 안으로 밀어 넣으려 하거나, 당신의 그 두 손으로 직접 만든 이 몸뚱이를 파괴한다고 해도 사람들은 그것을 살인이라 부르지는 않잖아. 나를 경멸하는 사람들을 내가 왜 존경해야 하나 말이야. 상처 대신 친절을 주고받으며 나와 공존한다면, 나를 받아 준 인간에게 눈물 어린 감사로 도와줄 수 있는 것은 다 도와줄 텐데. 하지만 그런 일은 없겠지. 인간의 감각은 우리의 결합을 넘어설 수 없는 벽일 뿐이야. 하지만 나는 인간들을 위해 비참하게 노예 노릇은 하지 않겠다. 나는 내가 받았던 상처를 복수할 거야. 사랑을 낳지 못하게 했다면 그 대신 공포를 안겨 줄 거라고. 특히 나의 원수인 당신을, 나의 조물주인 당신을 영원히 증오할 것을 맹세한다. 조심해라. 당신을 완전히 파괴해 버리겠어. 당신 마음이 황폐해져서 이 세상에 태어난 것을 저주하게 될 때까지 멈추지 않겠다."

이 말을 할 때 마치 사악한 분노가 그를 조종하는 것 같았다. 그의 얼굴은 온통 주름이 져서 인간의 눈으로는 도저히 쳐다볼 수 없을 만큼 끔찍해졌다. 하지만 그는 곧 마음을 가라앉히더니 말을 이었다.

"나는 논리적으로 설명하려고 했어. 이런 격정은 내게 해로울 뿐이지. 이런 극한 상황까지 올 수밖에 없었던 건 모두 당신 때문인데, 당사자인 당신은 정작 그렇게 생각하지 않잖아. 만약 어떤 존재가 내게 자비심을 느낀다면, 나는 그에게 수백 배의 자비심을 돌려 줄 거야. 그 한 사람을 위해서 나는 전 인류와 평화를 맺을 수도 있어! 하지만 이제 그런 건 이룰 수 없는 단꿈이겠지. 당신에게 무리한 부탁을 하는 게 아니야. 나와 성(性)이 다르지만 나처럼 끔찍한 모습을 가진 존재를 만들어 달라는 거야. 완전히 만족할 수는 없겠지만, 그것이 내가 받을 수 있는 전부겠지. 그녀 또한 나를 만족스러워할 거야. 물론 나와 새로 만들어질 괴물이 세상과 동떨어져서 살아야 하는 것은 사실이야. 바로 그렇기 때문에 우리는 서로에게 중요한 존재가 될 수 있을 거야. 우리의 삶은 행복하지는 않겠지만, 다른 사람들에게 해는 끼치지는 않을 테고, 지금 내가 느끼는 불행도 더 이상 없겠지. 아! 나의 창조자여, 나를 행복하게 만들어 줘. 단 한 가지 이유로 당신에게 감사하는 마음을 갖게 해 달란 말이야. 내가 누군가로부터 동정을 받게 해 보란 말이야. 내 부탁을 들어줘!"

순간 내 마음이 움직였고 나는 내가 괴물의 요구에 동의했을 때 일어날 수 있는 결과들을 생각하면서 온몸을 떨었다. 나는 그의 주장이 정당하다는 생각이 들었다. 그의 이야기, 그가 표현하는 생각들은 그가 더욱 뛰어난 감각을 지닌 생명체라는 사실을 입증했다. 그는 내 마음이 변하는 것을 알아챘고 말을 이었다.

"당신이 동의하면, 당신뿐만 아니라 그 누구도 나와 그녀를 보지 못할 거야. 나는 남미의 드넓은 미개척지로 갈 작정이니까. 나는 사람들과는 다른 음식을 먹거든. 내 식욕을 채우려고 양이나 아이를 죽이지도 않아. 도토리와 산딸기만으로도 충분해. 나의 동료도 나처럼 그런 음식에 충분히 만족할 거야. 우리는 마른 낙엽으로 잠자리를 마련할 거야. 태양이 사람들을 비추듯이, 우리 머리 위를 비출 것이고 우리의 식량을 여물게 하겠지. 내가 당신에게 제시하는 그림은 평화롭고 인간적이야. 당신이 이 요구를 거부할 수 있는 건, 오직 그 힘과 잔인함을 아무렇게나 사용할 때에만 가능한 거라고. 그렇게도 냉정했던 당신의 두 눈에서 이젠 동정이 느껴지는군. 그 호의가 가시지 않도록 꼭 붙든 채로 내가 열렬히 갈구하는 것을 들어주겠다고 약속해 줘."

나는 대답했다.

"그러니까, 너는 사람들이 사는 곳에서 벗어나 저 야생의 들판에서 지내겠다는 것이지? 인간의 사랑과 동정을 바라는 자가 어떻게 그런 유배 생활을 견디겠다는 것이지? 너는 돌아와서 다시 사람들에게서 친절을 구할 수도 있잖아. 그리되면 너를 싫어하는 사람들의 모습을 대면하고, 결국에는 넌 더욱 악해지겠지. 일이 그리되면, 파괴를 일삼을 너를 도울 동료만 생기는 셈이지. 물론 그리되지 않을 수도 있지만. 그래도 난 동의할 수 없어. 그러니 그 일을 두고 논쟁할 필요가 없어."

"당신은 정말 변덕이 심하군! 조금 전까지만 해도 내 말을 듣고 마음이 움직이더니, 내 불평을 듣고 왜 다시 냉담한 태도를 취하지? 내가 살고 있는 이 세상을 두고, 또 나를 만든 당신을 두고 맹세하건대, 짝만 만들어 준다면 나는 인간이 살고 있는 곳을 떠날 것이고, 기회가 된다면 가장 미개한 곳에서 살아가겠어. 동정을 받을 수 있다면 나의 지독한 격정들은 사라질 테고, 내 삶도 조용히 흘러갈 거야. 죽는 순간에도 나를 만든 사람을 저주하지 않을 거야."

그의 말은 묘하게도 내 마음을 움직였다. 나는 그에게 동정심을 느꼈지만 그를 다시 보기만 해도, 그 끔찍한 덩어리가 움직이고 말하는 모습만 보아도, 역겨움과 공포 그리고 증오가 밀려왔다. 나는 이런 감정을 억누르려고 노력했다. 그리고 내가 그를 동정할 수 없다면, 적어도 내가 줄 수 있는 작은 행복마저 앗아 갈 권리는 없다는 생각도 들었다.

나는 말했다.

"다른 사람들에게 해를 주지 않겠다고 맹세했지만 넌 이미 많은 악을 행했고 나는 너를 믿지 못하게 되었지. 더 큰 복수를 위한 터를 닦아 승리를 굳히려는 속셈이 아니냐?"

"어떻게 그럴 수 있지? 나는 당신의 마음을 움직였다고 생각했어. 그런데도 당신은 내 마음을 보듬어서 이 세상에 해를 끼치지 않는 존재로 살게 해줄 유일한 친절을 베풀지 않겠다니, 인연을 맺거나 사랑을 나눌 사람이 없다면 증오와 악행만이 내 몫이 되겠지. 누군가의 사랑을 받는다면, 죄짓지 않고 모두가 모르는 존재 중 하나가 되고 말 것을. 나의 악행은 그토록 혐오스러운 고독을 내게 강요했기 때문에 생겨난 거야. 나를 꼭 닮은 존재와 함께할 수만 있다면 내 미덕도 되살아날 거야. 지금은 그 어떤 일에도 참여할 수 없지만, 나중에는 세심한 누군가의 사랑도 느끼고, 계속 이어지는 삶과 사건들에도 관여하게 되겠지."

나는 잠시 시간을 두고, 그가 말했던 모든 것과 다양한 주장을 곰곰이 생각해 보았다. 그가 세상에 처음 존재하면서부터 실천해 왔던 미덕의 가능성과, 그의 보호자들이 노골적으로 드러낸 혐오와 조롱 때문에 식어 버린 그 모든 선한 마음에 대해 생각해 보았다. 그의 힘과 협박에 대해서도 빼놓지 않고 고민했다. 그는 빙하로 이루어진 얼음 동굴에서 살아남을 수 있으며 추적을 피해 접근할 수 없는 산마루 한 자락에서도 자신을 숨길 수 있는 생명체였다. 대적해 봐야 소용없는, 엄청난 능력을 가진 존재였다. 오랜 고민 끝에 나는 결심했다. 그의 요구는 그에게도, 나의 동족인 인간들에게도 정의로운 일이니, 그 부탁을 들어줘야겠다고. 그를 향해 고개를 돌리며 나는 말했다.

"네 요구에 동의하지. 내가 자네와 함께 추방될 배우자를 만들어 주는 순간, 영원히 유럽을 떠난다고, 사람들이 있는 모든 곳을 떠나겠다고 엄숙히 맹세만 한다면."

"약속하지."

그는 소리를 질렀다.

"저 태양과 푸른 하늘에 펼쳐진 천국에 대고 맹세하지. 내 기도를 들어준다면 인간들이 살아 있는 동안 나를 다시는 보지 못할 것이라고. 당장 집으로 가서 일을 시작해 줘. 내가 극도의 초조함에 시달리더라도, 당신의 작업을 지켜보겠어. 그리고 완성될 즈음에 내가 나타나더라도 놀라지 마."

이 말을 하면서 그는 황급히 떠나 버렸다. 내가 마음이 변할까 봐 두려웠던 것이다. 그는 독수리보다도 빠른 속도로 산을 내려가더니, 곧 빙하로 된 울퉁불퉁한 바다 한가운데로 사라졌다.

그가 했던 얘기가 온종일 귓가를 떠나지 않았다. 그가 떠날 무렵, 해는 지평선 바로 위에 있었다. 곧 어둠이 깔리기 전에, 계곡 쪽으로 서둘러 내려가야 했다. 내 마음도, 발걸음도 모두 무겁기만 했다. 그닐 일어났던 일들로 마음이 온통 복잡해서, 좁고 구불구불한 산길에 발을 디딜 때마다 힘들고 괴로웠다. 한밤중이 될 무렵, 나는 산중턱에 있는 휴식처에 도착해서 연못가에 자리를 잡고 앉았다. 지나가는 구름 사이로 별들이 간간이 보였다. 짙은 소나무들이 내 앞에 서 있었고, 부러진 나무들도 여기저기에 널브러져 있었다. 신비롭고도 엄숙한 풍경을 보니 묘한 생각이 나서 마음이 흔들렸다. 나는 비통하게 흐느껴 울었고, 두 손을 꼭 움켜쥐고선 괴로워하며 소리쳤다.

"오! 별과 구름과 바람, 너희도 전부 나를 조롱하는구나. 나를 정말 안쓰럽게 여긴다면, 내 감각과 기억을 모두 짓뭉개서 없애다오. 나를 파멸시켜다오. 그리하지 못하겠다면 꺼져 버려, 가 버리라고. 이 어둠 속에 혼자 있게 내버려 두란 말이다!"

나는 몹시 화가 나면서도 침울한 생각이 들었다. 별들이 끊임없이 반짝이며 내 마음을 얼마나 짓눌렀는지, 나를 삼키려고 덤벼드는 돌풍이 음산하고 사나운 열풍의 기세로 몰아치는 순간마다 그 소리가 어떻게 내 귓가에 맴돌았는지 이루 말로 표현할 수가 없다.

날이 밝을 때쯤 나는 샤모니 마을에 도착했다. 초췌하고 이상한 내 모습을 본 식구들은 안심은커녕 더욱 걱정스러워했다. 그들은 몹시 초조해하며 내가 돌아오기만을 밤새 기다렸던 것이다.

다음 날 우리는 제네바로 돌아갔다. 아버지는 집에 돌아오면 내가 마음을 풀고 잃었던 평정심을 되찾을 것이라고 생각했다. 하지만 이는 내게 약이 아니라, 오히려 독이었다. 그런데도 내가 몹시 고통스러워하는 이유를 알 수 없었던 아버지는 더욱 서둘러 집으로 돌아가려고 하셨다. 그 이유가 무엇이든, 내가 집에서 조용한 일상을 보내면 고통도 차츰 잦아들 거라 기대하신 모양이다.

식구들의 손길에도 나는 별 반응을 하지 못했다. 사랑하는 엘리자베스는 내게 조심스레 애정을 표현했지만 나를 좌절감 속에서 끌어내기에는 역부족이었다. 괴물과 했던 약속이 내 마음을 짓눌렀다. 마치 단테의 지옥에서 위선자들이 썼던 철로 만들어진 두건 같았다.* 지상과 하늘에서의 모든 즐거움도 꿈처

---

* 단테의 《신곡》에서 인용했다.

럼 스쳐 지나갔다. 내게 현실을 일깨워 준 건 오직 그 생각뿐이었다. 믿을 수 없겠지만, 나는 가끔 광기에 사로잡혀, 더러운 동물들이 떼로 덤벼 나를 둘러싼 채 끊임없이 고문을 가하는 환영을 보았고, 이에 비명을 지르거나 큰 소리를 내며 끙끙 앓기도 했다.

하지만 이런 감정들은 차츰 사그라졌다. 나는 다시 일상으로 돌아왔지만 만사에 무관심했다. 그러나 적어도 마음만큼은 평온해졌다.

제 3 권

1

제네바에 돌아온 뒤 하루 또 하루가 지나서 어느덧 몇 주가 흘러가 버렸지만, 나는 선뜻 작업을 다시 시작할 용기가 나지 않았다. 나는 절망에 빠진 악마의 복수가 두려웠다. 그렇지만 괴물이 내게 시킨 작업에서 느껴지는 혐오감을 떨쳐 낼 수 없었다. 여자를 만들어 내려면 깊이 연구하고 고생스럽게 논문을 쓰면서 몇 달은 보내야 한다는 사실을 깨달았다. 나는 어느 영국 과학자가 몇 가지 발견을 했다는 소식을 들었다. 그 발견은 내 작업이 성공하기 위해서 꼭 필요한 지식이었기 때문에 나는 아버지에게 허락을 받고 영국을 방문하는 것을 생각해보기도 했다. 하지만 온갖 핑계를 대면서 일을 질질 끌고 있었고, 다시 찾은 평온을 쉽게 포기할 수 없었다. 쇠약했던 몸은 많이 회복

되었고 그놈과의 불쾌한 약속이 떠오를 때를 제외하면 내 마음의 건강도 많이 되찾은 상태였다. 아버지는 이런 나의 변화를 보고 기뻐하면서 남은 우울함을 완전히 없애 버릴 최선의 방법을 찾는 데 관심을 기울였다. 우울함은 먹구름이 슬며시 고개를 내미는 햇살을 탐욕스럽게 덮쳐 버리듯 이따금씩 갑작스럽게 되살아났다. 이럴 때면 나는 완벽한 고독 속으로 숨었다. 호수에서 작은 배를 타고, 구름을 보고, 물결이 뱃전에 부딪히는 소리를 들으면서 온종일 홀로 조용하면서도 나른한 시간을 보냈다. 이렇게 신선한 공기와 밝은 햇살을 받으면 나는 어느 정도 안정을 되찾을 수 있었다. 집으로 돌아가면 미소를 보내며, 유쾌한 마음으로 친구들의 인사를 받았다.

여느 때처럼 산책을 하고 돌아오던 날, 아버지는 나를 따로 부르시더니 이렇게 말했다.

"사랑하는 아들아, 네가 예전처럼 즐거워하고 본래의 네 모습을 되찾아서 무척 기쁘구나. 그러면서도 여전히 슬퍼하거나 가족들을 피할 때가 있어. 한동안 네가 왜 그러는 것인지 생각해 보았는데, 어제 문득 이런 생각이 들더구나. 혹시 내 추측이 맞는다면 그렇다고 말해 주렴. 이 일을 유보하면 별 도움이 되지 않을 뿐 아니라 우리 모두가 무척 괴로워질 거야."

아버지가 그런 말을 꺼내자 나는 온몸이 심하게 떨렸다. 아버지는 말을 이었다.

"아들아, 나는 솔직히 네가 사촌과 결혼해서 우리 가정에 안녕을 가져오고 내 노후도 책임져 주면 좋겠구나. 너희 둘은 아주 어렸을 때부터 붙어 다녔지. 공부도 함께하고 성격과 취향도 서로 잘 맞았지. 하지만 인간의 경험이란 한 치 앞을 내다볼 수 없잖니? 내 계획에 가장 도움이 되리라 생각한 것이 오히려 일을 완전히 그르친 게 아닌가 싶구나. 너는 사촌을 그저 동생으로만 여기고 아내로 맞이할 바람은 없을지도 모르겠다. 그래, 네가 사랑하는 다른 사람과 만나도 좋다. 도리 때문에 사촌과 결혼해야 한다고 생각해서, 네가 지금 그토록 괴로움을 느끼는 게 아니냐."

"아버지, 염려 놓으세요. 저는 사촌을 진심으로 사랑해요. 엘리자베스보다 사랑스러운 여인은 본 적이 없어요. 제가 아주 높이 사고 사랑해 마지않는 여인이에요. 앞날에 대한 희망과 가능성은 전적으로 우리 두 사람의 결합에 달려 있어요."

"사랑하는 빅터야, 엘리자베스와의 결혼에 대해서 네 감정을 말해 주니 무척 기쁘구나. 이렇게 기쁜 것도 오랜만이다. 네가 결혼을 그렇게 생각하고 있다면 당장 눈앞에 벌어진 일들 때문에 아무리 힘들어도 우리는 분명히 다시 행복해질 수 있을 거야. 하지만 네 마음 깊숙이 자리 잡은 그 어둠을 내가 덜어 주고 싶구나. 한번 말해 보아라. 결혼식을 바로 올리는 것은 어떤지 궁금하구나. 그 사이에 우리는 불행한 일을 겪었고 최근에도 일어난 사건들 때문에 평온할 날이 없었지. 노쇠해진 나는 안정이 필요했지만, 편히 쉬지도 못했단다. 너는 젊지만 꽤 재산이 있으니까 일찍 결혼한다고 해도 혹시 명예롭거나 세상에 도움이 되는 일을 하겠다는 네 장래 계획을 방해하지는 않을 것이다. 그렇다고 네게 행복을 강요한다거나 네가 결혼을 미뤄서 내가 몹시 불안해하리라고는 생각지 마라. 내 말은 있는 그대로 받아들이고, 부탁하건대 자신 있게 솔직한 대답을 해다오."

나는 말없이 아버지의 말을 들었고, 얼마간 아무 대답도 할 수 없었다. 머릿속에서는 온갖 생각이 스쳐 지나갔고, 결론을 내리려고 애도 써 보았다. 아아! 사촌과 바로 결혼하는 것은 내게 공포와 경악을 금치 못하게 하는 일이었다. 내게는 아직 지키지 못한, 깨뜨릴 수 없는 엄숙한 약속이 있었다. 약속을 저버린다면 나와 내 소중한 가족들에게 얼마나 많은 불행이 드리워지겠는가! 땅에 납작 엎드리게 될 만큼 무거운 이 짐을 목에 인 채로 축제를 시작해도 될까? 내가 약속을 이행하고 악마가 자신의 짝과 함께 떠난 후에야 나는 혼인의 기쁨을 누리고 그로부터 평화를 얻을 텐데.

나는 영국으로 떠나든지, 영국의 과학자들과 긴 서신으로 연락을 주고받든지 둘 중 한 가지를 해야 한다는 사실도 떠올랐다. 그들의 지식과 발견은 현재 내가 맡은 일에 꼭 필요했다. 서신으로 원하는 정보를 얻는 것은 느려서 마음에 들지 않았다.

그 어떤 변화도 좋았다. 한두 해 동안 가족과 떨어져 다른 환경에서 여러 다양한 일을 하면서 보낼 거라고 생각하니 기뻤다. 그렇게 떨어져 지내는 동안, 그들에게 평화와 행복을 되찾게 해줄 일이 생길지도 몰랐다. 내가 약속을 마무리 지으면 괴물은 떠나고 없을 것이다. 아니, 무슨 일이 생겨서 그놈은 파멸하고 이 노예 생활에 영원한 종지부를 찍을 수도 있으리라.

그런 생각 끝에 나는 아버지에게 말했다. 하지만 영국을 방문하고 싶다고 하면서도 가고 싶은 신짜 속내는 밝히지 않았다. 나는 여행도 하고 세상 구경도 한 뒤에 고향 땅에 정착하고 싶다는 말로 속내를 잘 포장했다.

내가 간절히 애원하자 아버지는 흔쾌히 승낙했다. 이렇게 관대하고 권위적이지 않은 부모가 세상에 또 있으랴. 우리는 곧 계획을 짰다. 내가 스트라스부르까지 가면 클레르발이 합류하기로 했다. 네덜란드에서는 여러 마을을 다니며 단기간만 여행하고 대부분은 영국에서 보내기로 했다. 그런 다음 프랑스를 경유해서 돌아오기로 했다. 여행 기간은 2년 정도로 잡았다.

아버지는 내가 제네바로 돌아오자마자 곧바로 엘리자베스와 결혼식을 올릴 거란 생각에 기뻐하며 말했다.

"2년이라는 시간은 금방 지나갈 거야. 이번 2년의 유예 기간이 네 행복을 가로막는 마지막이 되게 하렴. 정말 그날이 빨리 오면 좋겠구나. 그때 우리 모두는 하나가 되겠지. 평온한 가정을 뒤흔들 가능성이나 공포 따위 없으면 좋겠구나."

나는 대답했다.

"이런 기회를 마련해 주셔서 마음이 한결 편해졌어요. 그때쯤 모두가 지금보다 더욱 현명하고 행복했으면 좋겠어요."

나는 한숨을 쉬었지만 아버지는 사려 깊게도 내가 왜 침울해하는지를 묻지 않으셨다. 아버지는 새로운 풍경과 여행의 즐거움으로 내 마음이 다시 평온해지기만을 바라셨다.

나는 곧 여행을 떠날 준비를 마쳤다. 하지만 나를 공포와 불안에 떨게 하는 느낌이 내 주위를 맴돌았다. 내가 없는 사이에 내 친구들은 적의 존재도 전혀 모른 채, 그의 공격에 무방비 상태로 남겨지겠지. 내가 떠나면 그놈은 더욱 분노할 텐데……. 하지만 그놈은 내가 가는 곳은 어디든 따라오겠다고 약속했다. 그러니 나를 따라 영국에 오지 않을까? 그렇게 생각하니 끔찍했지만 그만큼 내 친구들은 안전하다는 뜻이니 마음이 놓이기도 했다. 나는 오히려 반대가 될 수 있다는 생각을 하니 괴로웠다. 하지만 괴물의 노예로 지내는 동안 나는 순간순간의 충동에 나를 맡기기로 했다. 그리고 그때에는 그 악마가 나를 따라올 것이라고 강하게 예감했다. 그렇게 되면 내 가족은 그의 계략에서 벗어날 수 있으리라.

나는 2년을 외국에서 보낼 계획으로 8월 말에 고향을 떠났다. 엘리자베스는 내가 떠나는 이유를 받아들였지만 자신도 경험을 넓히고 지력을 기를 수 있는 기회를 가지지 못해 아쉬워했다. 하지만 그녀는 눈물을 흘리며 내게 작별 인사를 했고, 부디 행복과 평정을 되찾은 모습으로 돌아오기를 간청했다.

"우리는 모두 네게 의지하고 있어. 그러니 네가 불행하면 우리 기분이 어떻겠어?"

저 머나먼 곳으로 나를 데려다줄 마차 안으로 몸을 던졌다. 어디로 향하는지도 몰랐고, 주위에 무엇을 스쳐 지나가는지도 신경 쓰지 않았다. 화학 도구를 꼭 챙기라고 시킨 것 밖에 생각나지 않았다. 그 생각을 하면 몹시 괴로웠다. 외국에서 약속을 지키고 되도록 자유의 몸으로 돌아오기로 결심했다. 장엄하고 아름다운 풍경들을 수도 없이 스쳐 가는 동안 내 머릿속은 온통 무시무시한 상상으로 가득했다. 그저 두 눈을 멍하니 뜨고만 있었을 뿐 아무것도 보고 있지 않았다. 오로지 목적지와 여행이 진행되는 동안 내가 해야 할 일에 대한 생각뿐이었다.

나른하고 무기력하게 보낸 며칠 사이에 나는 먼 거리를 가로질러 갔다. 나는 프랑스 스트라스부르에 도착했고, 그곳에서 클레르발을 기다리며 이틀을 보냈다. 마침내 그가 왔다. 아아, 우리 두 사람은 얼마나 대조적이었던가! 그는 새로운 풍경을 볼 때마다 활기가 넘쳤다. 석양의 아름다움을 보며 즐거워했고, 일출의 절경을 볼 때는 더욱 기뻐하며 하루를 시작했다. 그는 달라지는 바깥 풍경의 색채와 하늘 모양을 가리키며 소리쳤다.

"이런 걸 보고 산다고 하는 거지. 이제 정말 살맛이 나네! 그런데 이봐, 프랑켄슈타인. 자네는 왜 그렇게 실의에 빠져서 슬퍼하고 있나?"

내가 우울한 생각에 빠져 있는 것은 사실이었다. 샛별이 지는 것도, 라인강에 황금 햇살이 비치는 것도 내 눈에는 보이지 않았다. 그런데 내 얘기를 듣고 있는 당신이 클레르발의 일기를 읽어 본다면 내가 회상하며 들려주는 얘기보다 훨씬 더 재미있어할 것이다. 그는 감각적이고 기쁨 어린 눈빛으로 풍경을 관찰했다. 반면, 당시에 지독히도 불행했던 나는 즐거움에 이르는 길이 모두 닫히는 저주에 사로잡혀 있었다.

우리는 스트라스부르에서 로테르담까지 라인강을 따라 배를 타고 가기로 했고, 로테르담에서 런던으로 가는 배를 탈 생각이었다. 이 항해를 하는 동안에 우리는 버드나무로 덮인 섬들을 지났고 몇몇 아름다운 마을들도 보았다. 우리는 만하임에서 하루를 머물렀고, 스트라스부르에서 떠난 지 닷새 되던 날에는 마인츠에 도착했다. 마인츠 아래로 흐르는 라인강을 따라가니 훨씬 그림같이 아름다운 풍경이 펼쳐졌다. 강물이 세차게 흐르면서 언덕 사이로 구불구불 흘러갔다. 언덕은 높지는 않았지만 가파르고 아름다웠다. 벼랑 끝에 선 폐허가 된 성들이 보였다. 그곳은 검은 숲으로 둘러싸인 데다 높기까지 해서 사람이 쉽게 다가갈 수 없었다. 라인강의 이 부분은 실로 독특하면서도 다

채로운 풍경을 제공한다. 한쪽에서는 바위투성이의 언덕을 볼 수 있고, 폐허가 된 성들이 거대한 절벽을 내려다보고 있었으며 그 아래로는 검은빛 라인강이 흐르고 있다. 곶을 돌면 굽이굽이 흐르는 강과 비탈진 초록빛 강둑을 따라 울창한 포도 과수원들과 사람들이 북적북적한 마을 풍경이 펼쳐졌다.

우리가 여행하던 때는 포도 수확기여서 강을 따라 내려가다 보면 일꾼들이 부르는 노랫소리도 들을 수 있었다. 그러면 우울했던 니도, 우울한 생각들로 뒤흔들렸던 내 영혼도 덩달이 기분이 좋아졌다. 나는 보트 바닥에 누워서 구름이 없는 푸른 하늘을 보며 오랫동안 느끼지 못했던 평온에 취했다. 이것이 내가 느낀 것이었다면 클레르발이 느낀 것은 과연 누가 묘사할 수 있을까? 그는 무릉도원에 온 사람처럼 이제껏 인간이 맛보지 못한 행복을 만끽하는 것 같다고 했다.

"나는 우리나라에서 가장 아름다운 풍경을 본 적이 있네. 루체른과 우리(Uri) 지방의 호수들을 여행했지. 눈 덮인 산들은 호수와 거의 직각으로 뻗어 있을 만큼 깎아지르는 경사를 이루고 있었어. 생기 넘치는 풍경으로 우리의 눈을 달래 주는 파릇파릇한 삼림 지대가 없었다면 그 산들은 침울하고 음침하게 보이는 칠흑 같은 그늘만 드리우고 있을 뻔했네. 예전에 호수가 폭풍우에 요동치는 모습을 본 적이 있는데, 바람이 수면을 갈기갈기 찢어 물회오리를 이루더군. 이를 보면 광활한 대양에서

용오름이 어떻게 일어나는지 알 수 있을 정도일세. 물결은 분노로 이글거리며 산기슭을 세차게 내려쳤고 그곳에 숨어 있던 한 사제와 그의 정부는 눈사태에 파묻혔지. 밤바람이 멈추기라도 하면 그곳에서는 아직도 그들이 죽어 가는 목소리가 들린다고들 해. 나는 스위스의 발레주(州) 산악 지대와 보 지방도 둘러보았어. 하지만 빅터, 이 나라는 그 모든 경이로운 풍경보다 나를 더 기쁘게 하는군. 스위스의 산맥은 더욱 웅장하고 괴이하더군. 이 신성한 강기슭을 보면 어느 곳에서도 보지 못한 매력이 느껴지네. 저 절벽 위에 걸려 있는 성벽 좀 보게나. 저 삼림 지대에도 있군그래. 아름다운 나뭇잎사귀 틈에 보일 듯 말듯 감춰져 있구먼. 벌써 일꾼들이 포도 과수원에서 오는 길인가 보네. 후미진 산속에 반쯤 가려진 저 마을도 보게나. 오, 이곳에 머무르며 마을을 지키는 정령들은 인간과 조화롭게 지내려는 마음이 있는 듯하네. 빙하를 쌓거나, 오르기도 어려운 고국의 산 정상에 숨어드는 정령들에 비하면 말일세."

클레르발! 내 소중한 벗! 자네가 했던 말들을 기록하고 자네에 대한 찬사를 길게 늘어놓는 지금 이 순간이 정말 기쁘구나. 자네는 마땅히 그런 찬사를 받을 만하지. 클레르발은 바로 "자연을 노래하는 시"* 그 자체였다. 가슴에서 우러나온 감성으로 그는 기상천외하고 열정적인 상상력을 갈고 다듬었다. 그의 영혼은 뜨거운 애정으로 넘쳐 났고, 그의 헌신적이고 경이로운 우정은 세속에 물든 사람이라면 상상 속에서나 있다고 생각할 만한 것이었다. 그 어떤 사람도 클레르발만큼 뜨겁고 열정적인 감수성을 가지기는 힘들 것이다. 사람들은 자연 경관을 보고 그저 감탄하는 데 그쳤지만 클레르발은 그것에서 강렬한 사랑을 느꼈다.

> ……세차게 울려 퍼지는 폭포 소리에
> 넋을 잃은 한 남자, 그리고 높이 솟아오른 바위와
> 저 산, 그리고 짙은 어둠이 깔린 깊은 숲,
> 그 빛깔과 형상들은 그때 그에게
> 갈망이었지. 격정이자, 사랑이었지.
> 멀리 가지 않아도
> 눈으로 보지 않아도
> 마음에 그릴 수 있고 푹 젖어 들 수 있는
> 그런 아름다움이었지.**

하지만 이제 그는 어디에 있는가? 이처럼 다정하고 사랑스러운 존재를 영영 잃게 되었단 말인가? 그의 정신은 새로운 생

---

* 영국 시인 리 헌트의 시 〈리미니〉에서 인용했다.
** 영국 시인 윌리엄 워즈워스의 시 〈틴턴 수도원〉에서 인용했다. 클레르발은 윌리엄 워즈워스를 모델로 했다.

각들과 진기하고 탁월한 상상으로 가득해서 하나의 세계를 만들었지. 생명력 있는 창조자만이 그런 세계를 만들어 낼 수 있었지. 하지만 그런 정신은 영영 사라진 것일까? 이제는 내 기억 속에서만 존재한단 말인가? 아니, 그렇지 않다. 그토록 훌륭하게 빚어졌고, 아름다움으로 빛나던 자네의 육체는 썩어 문드러졌지만, 자네의 영혼은 아직도 이 불운한 친구를 찾아와 달래고 있구나.

이렇게 슬픔을 쏟아 내는 것에 양해를 구하겠다. 이런 헛된 말들은 둘도 없는 클레르발에게 바치는 하찮은 헌사에 불과하지만, 그에 대한 추억 때문에 몹시 괴로운 내 마음을 이렇게라도 달랠 수 있으니 말이다. 이제 다시 하던 얘기를 계속해야겠다.

우리는 퀼른을 넘어 네덜란드의 평원으로 내려갔다. 그리고 남은 길을 역마로 여행하기로 했다. 역풍이 부는 데다 유속이 너무 느려서 이동하는 데 도움이 되질 않았기 때문이다.

여기서부터 우리는 아름다운 풍경을 볼 때 느끼던 감흥을 잃었다. 며칠 뒤, 우리는 로테르담에 도착했고 해협을 건너 영국으로 이동했다. 영국에 처음 당도해서 세븐 시스터즈라 불리는 하얀 절벽을 본 것은 12월 말의 어느 아침이었다. 템스강의 기슭은 새로운 풍경을 선사했다. 그곳은 평평하면서도 비옥했고, 거의 모든 마을마다 그만의 이야기를 담은 기념물이 있었다. 틸버리 요새를 보니 스페인 함대가 떠올랐다. 그레이브젠드, 울리치, 그리니치와 같은 명소들은 고국에서도 익히 들어 본 적이 있었다.

마침내 런던의 수많은 첨탑들이 보였다. 세인트폴 대성당의 탑이 제일 높이 우뚝 서 있었고, 역사적으로 유명한 런던 탑도 보였다.

2

우리는 런던에서 쉬어 가기로 했다. 탄성이 절로 나오는 이 유명한 도시에서 우리는 몇 달간 머무르기로 했다. 클레르발은 당대에 이름을 떨친 천재와 인재들을 만나 대화를 나누고 싶어 했지만 나에게는 부차적인 일이었다. 나는 주로 약속을 마무리 짓기 위한 정보를 구하는 데 몰두했고, 가장 저명한 자연 철학 자들에게 가져온 소개서를 서둘러 이용했다.

행복하게 연구하면서 지내던 시절에 이런 여행을 할 수 있었다면, 좋아서 어쩔 줄 몰랐을 것이다. 하지만 당시 내게는 어두운 그림자가 한 줄기 드리워져 있었다. 나는 깊이 빠져 있던 주제와 관련된 정보를 얻을 수 있을 만한 학자들만 찾아다녔다. 누군가를 만나는 일도 귀찮았다. 대신 고독을 즐길 때면 눈앞에 펼쳐진 하늘과 대지의 풍경으로 내 마음을 채웠다. 클레르발의 목소리를 들을 땐 마음이 한결 편안해졌다. 나는 그렇게라도 잠시나마 마음의 평화를 얻었다는 착각에 빠져 들 수 있었다. 그러다가도 괜히 수선을 떨거나, 지루해하거나, 기뻐하는 표정들을 마주할 때면 나는 또다시 스멀스멀 절망에 빠져들었다. 나와 인간들 사이에는 넘을 수 없는 벽이 존재했다. 바로 윌리엄과 저스틴의 피로 봉인된 벽이었다. 그들과 관련된 사건들을 떠올릴 때면 내 영혼은 고통 속에서 허덕였다.

하지만 나는 클레르발에게서 예전의 내 모습을 보는 것 같았다. 그는 호기심이 많았고, 경험을 쌓고 배우는 일에 매우 열정적이었다. 다른 나라의 관습을 관찰하면서 끊임없이 배우는 게 그에게는 커다란 즐거움이었다. 그런 분주한 모습은 영원히 사그라지지 않을 것만 같았다. 그의 즐거움을 막는 것이라고는 애처롭고 시무룩한 내 표정뿐이었다. 그래서 나는 침울해진 내 모습을 보여 주지 않으려 최선을 다했다. 그가 걱정이나 가슴 아픈 기억으로 방해받지 않고 삶의 새로운 풍경에 첫발을 내딛는 사람이 당연히 누려야 될 기쁨을 만끽하기만을 바랐다. 나는 혼자 있고 싶은 마음에 그에게 다른 약속이 있다고 변명을 하며 동행을 거절하곤 했다. 그러면서 나는 새로운 창조물에 필요한 재료를 모으러 다니기 시작했는데, 그때마다 내 머리 위로 끊임없이 물방울이 한 방울씩 뚝뚝 떨어지는 고문을 받는 기분이었다. 그 작업에 빠져들며 떠오르는 모든 생각은 나를 극심하게 괴롭혔고, 그 일과 조금이라도 관련된 얘기가 나오면 입술이 떨리고 심장이 두근거렸다.

런던에서 그렇게 몇 달을 보내던 중 우리는 전에 제네바에 머문 적이 있는 스코틀랜드의 한 지인으로부터 편지를 받았다. 그는 스코틀랜드가 얼마나 아름다운지 자랑하더니 아주 매력적이지 않느냐고 하면서, 우리 여정을 조금 늦추고 자기가 살고 있는 북쪽의 퍼스로 와 볼 의향이 있는지를 물었다. 클레르발은 기꺼이 그의 초대에 응하고 싶어 했고, 나는 사교 활동보다는 산과 강, 대자연이 기거하는 공간에 꾸며 놓은 신비로운 창조물을 다시 보고 싶었다.

우리는 10월 초에 잉글랜드에 도착했고, 어느덧 2월이 되었다. 그래서 3월 말에 북쪽으로 여행을 떠나기로 했다. 우리는 이 원정에서 에든버러로 이어진 큰 길을 그대로 따라가지 않고, 윈저, 옥스퍼드, 매틀록과 컴벌랜드 호수를 들러서 7월 말경에 모든 여정을 마치기로 했다. 나는 스코틀랜드 북부 고산지대의 어느 외딴 곳에서 그 작업을 마무리하기로 하고 내 화학 장치들과 수집한 재료를 챙겼다.

우리는 3월 27일에 런던을 떠나 윈저의 아름다운 숲을 거닐며 며칠을 묵었다. 산을 잘 아는 우리에게 그곳은 새로운 풍경이었다. 거대한 참나무 숲과 넘쳐 나는 사냥감, 우아한 사슴 떼는 우리에게는 신선한 충격이었다.

　다음 목적지는 옥스퍼드였다. 도시로 들어서자 한 세기 하고도 반세기가 더 지난 옛날에 이곳에서 일들이 우리의 마음을 가득 채웠다. 찰스 1세가 군대를 소집한 곳이 바로 이곳이었다. 찰스 1세가 제시한 대의명분을 버리고 모두가 의회와 자유의 깃발 편에 섰을 때에도 이 도시만이 끝까지 그의 편에 섰다. 불운했던 왕과 그의 동지들, 인정 많은 포클런드와 오만한 가워, 왕비와 왕세자에 대한 기억이 그들이 기거했을지도 모를 옥스퍼드 곳곳에 특유의 볼거리를 마련해 주었다. 옛 정신이 고스란히 머물러 있었고, 우리는 그 발자취를 기쁘게 따라갔다. 그렇게 역사의 면면을 그리며 희열을 느끼지 않더라도, 도시의 모습 자체는 저절로 탄성이 터져 나올 만큼 매우 아름다웠다. 대학들은 고풍스럽고 그림처럼 아름다웠다. 거리는 장관을 이루었다. 무성한 목초지 옆으로 흐르는 아름다운 아이시스강은 잔잔하면서도 넓은 호수로 흘러들었다. 옥스퍼드의 많은 요새와 첨탑과 돔과 주위의 고목들이 호수에 비쳤다.

　그런 풍경을 보니 즐거워졌다. 그렇지만 과거의 기억과 불안한 미래를 생각하니 다시 화가 밀려왔다. 나는 원래 평화와 행복을 누릴 운명이었다. 어릴 적에도 불만으로 마음을 어지럽힌 적이 없었다. 권태로워질 때에도 자연의 아름다움을 감상하거나 인간이 만든 미덕과 숭고함에 흥미를 갖고 꾸준히 연구하면

피폐해진 내 영혼에 다시금 생기가 불어나곤 했다. 하지만 나는 벼락을 맞은 고목이 되어 버렸다. 순간 나는 곧 세상에서 사라질 한심한 구경거리와도 같은 나의 인간성을 살아남아서 꼭 보여 주겠노라고 생각했다. 다른 사람들은 불쌍하게 여기지만 나 스스로 치를 떠는 내 모습을 말이다.

우리는 옥스퍼드에서 한가롭게 거닐기도 하고, 영국 역사에서 가장 활발했던 시대와 관련된 모든 유적지를 찾아다니며 꽤 오랜 시간을 보냈다. 연달아 시야에 들어오는 풍경들 때문에 우리의 작은 탐험은 늦어지곤 했다. 그 유명한 햄던의 묘에도 가보고, 그 우국지사가 쓰러졌던 전장에도 가 보았다. 내 영혼은 잠시나마 나를 나약하고 보잘것없는 인간으로 만드는 두려움에서 벗어나 자유와 자기희생이라는 신성한 정신에 고취되었다. 시야에 들어오는 것들은 그런 정신을 기리고 기억하기 위해 지어진 것이었다. 그렇게 잠시 동안 내 안의 쇠사슬을 벗어던지고, 자유롭고 고결한 기운을 얻어 주변을 둘러볼 수 있었다. 그러나 쇠사슬은 곧 내 살을 파고들었고, 다시 두려움과 좌절 속에서 비참했던 내 본모습에 굴복하고 말았다.

우리는 아쉬워하면서 옥스퍼드를 떠나 다음 목적지인 매틀록으로 향했다. 매틀록 주위의 전원 풍경은 스위스와 매우 닮았다. 다만 모든 것이 규모가 좀 더 작았다. 고국에서는 소나무 숲을 굽어보는 하얀 알프스산맥의 꼭대기는 왕관처럼 만년설로 덮여 있었지만, 매틀록 주위는 초록 언덕뿐이었다. 우리는 신비로운 동굴과 자연사 박물관 내의 작은 전시실도 둘러보았다. 그곳에선 골동품들을 세르보와 샤모니의 소장품들처럼 전시해 놓았다. 클레르발이 '샤모니'라고 말하자 나는 온몸이 부들부들 떨렸다. 그 지명을 들으니 끔찍한 장면이 저절로 떠올라서 서둘러 매틀록을 떠나 버렸다.

우리는 더비를 기점으로 계속해서 북쪽으로 여정을 이어 갔고, 컴벌랜드와 웨스트모어랜드에서 두 달을 머물렀다. 그곳에서 나는 마치 스위스의 숲에 온 것 같은 착각이 들었다. 산맥의 북쪽 경사면과 호수 그리고 바위 틈 사이를 세차게 흐르는 개울물 주변에 남아 있는 작은 눈덩이들은 모두 내 눈에 낯익고 정감 있는 풍경이었다. 그곳에서 우리는 사람도 몇 명 사귈 수 있었는데, 그들 덕분에 나는 다시 행복한 사람이 된 것만 같았다. 클레르발은 나보다 훨씬 기뻐했다. 재능이 뛰어난 사람들과 만나면서 클레르발의 식견은 더욱 넓어졌고, 그리 뛰어나지 않던 학우들과 지내던 시절에는 느끼지 못했던 탁월한 능력과 타고난 재능이 자신에게도 있다는 것을 알게 되었다. 그는 내게 말했다.

"남은 생을 이곳에서 보내도 좋겠네. 이곳 산중에 있으니 스위스와 라인강도 그립지 않아."

그러나 그는 여행자의 삶에는 즐거움 가운데 많은 고통이 따를 수밖에 없다는 사실을 깨달았다. 그는 늘 긴장했다. 슬슬 쉬어 가려다가도 그럴 수 없었다. 그는 새로운 뭔가를 마주할 때 즐거움을 느꼈고, 계속해서 다른 무언가에 관심을 가졌으며 또 다시 다른 진기한 것들을 좇았다.

우리는 컴벌랜드와 웨스트모어랜드에서는 호수를 거의 돌아보지 않았고, 그곳 주민들과 어울리지도 않았다. 마침 스코틀랜드인 친구와의 약속을 지켜야 할 때가 다가오던 터라 다시 여행길에 올랐다. 내 입장에서는 그리 섭섭하지 않았다. 그동안 그놈과 한 약속을 방치해 둔 상태였고, 그 괴물이 실망한 나머지 무슨 일이라도 저지르지나 않을까 두려웠다. 그놈은 스위스에 남아서 가족들에게 복수를 할지도 몰랐다. 그런 생각이 내 머릿속에 계속 맴돌았고 휴식과 안정을 취하려고만 하면 나를 괴롭혔다. 나는 극도로 조바심을 내면서 편지만을 기다렸다. 편지가 조금이라도 늦게 도착하면, 괴로움과 극심한 공포감에 휩싸여 벌벌 떨곤 했다. 편지를 받더라도 봉투에 쓰인 엘리자베스와 아버지의 이름만 쳐다볼 뿐 감히 읽고 내 운명을 확인하지는 못했다. 이따금씩 그 악마가 뒤쫓아서 나의 태만을 더 빨리 응징하기 위해 클레르발을 살해할지도 모른다는 생각도 들었다. 그런 생각에 빠지기 시작하면 그 파괴자가 분개하는 모습을 머릿속으로 그리며, 클레르발을 지키기 위해 그의 옆에서 그림자처럼 꼭 붙어 다니기도 했다. 마치 내가 그 끔찍한 범죄를 저지른 것만 같았고, 뭔가에 홀린 듯 죄책감에 시달렸다. 나에게는 죄가 없는데도 살인죄만큼 치명적인 저주에 걸린 사람처럼 잔뜩 움츠러들었다.

에든버러에 머무는 동안 내 눈과 마음은 흥미를 모두 잃은 상태였다. 그러나 세상에서 가장 불운한 존재도 흥미를 느낄 만큼 그 도시는 흥미로웠다. 클레르발은 옥스퍼드보다 그곳을 더 좋아하진 않았지만 에든버러가 풍기는 고풍스러운 느낌만큼은 마음에 들이 했다. 에든버리에 새롭게 들어선 마을의 질묘하고 가지런한 풍경과 낭만적인 성, 자연 환경은 그 어느 곳보다 기분 좋은 풍경을 선사했다. 아서즈 시트와 성 버나드의 우물, 펜틀랜드 힐스는 그에게 또 다른 새로움을 선사했고, 생기로 충만해진 클레르발은 계속해서 탄성을 질렀다. 나는 그 모든 여정을 서둘러 끝내고 싶어 초조해하기만 했다.

우리는 일주일 뒤에 에든버러를 떠났다. 그러고는 쿠퍼와 세인트앤드루스를 가로질러 테이 강둑을 따라 친구가 기다리고 있는 퍼스로 갔다. 하지만 낯선 이들과 웃고 떠들 기분이 아니었다. 방문객이라면 으레 할 만한 농담을 주고받으며 그들의 기분과 계획을 맞춰 주고 싶지도 않았다. 그래서 클레르발에게 스코틀랜드 여행은 혼자 하고 싶다고 말했다.

"혼자서 즐겁게 보내고 다시 만나세. 난 한두 달 자리를 비우려고 하네. 부탁이니 말릴 생각일랑은 말게나. 잠깐이라도 조용히 혼자 보내고 싶네. 내 마음이 한결 가벼워진 상태로 돌아와서 자네를 좀 더 다정하게 대해 주고 싶네."

클레르발은 내 마음을 돌려 보려 했지만 내가 그 계획에 혈안이 되어 있다는 것을 감지하고 불평을 멈췄다. 그는 대신 편지만은 자주 보내 달라고 부탁했다.

"낯선 스코틀랜드 사람들과 지내느니 자네가 고독을 즐기는 동안 그저 옆에라도 있고 싶네. 그러니 부디 빨리 돌아오게. 그래야 내가 편히 지내지. 자네가 없으면 내 마음이 편치 않아."

클레르발과 헤어진 뒤 나는 스코틀랜드의 어느 외딴 곳으로 가서 홀로 일을 마무리 짓기로 했다. 나는 그 괴물이 나를 뒤쫓아 와서 내가 작업을 완성할 때쯤 돌연히 나타나 자신의 파트너를 건네받게 될 거라고 확신했다.

그렇게 다짐하면서 나는 북부 고지대를 가로질러 오크니 제도의 섬들 중 가장 멀리 떨어진 곳을 작업 장소로 잡았다. 그 섬은 높은 경사면에 파도가 쉴 새 없이 때리는 바위 덩어리에 불과했기에 그런 작업에 적당한 곳이었다. 땅은 척박했다. 볼품없는 암소 몇 마리와 다섯 명 밖에 안 되는 섬 주민들만 겨우 먹고살 수 있을 목초 그리고 귀리밖에 없었다. 심하게 여위어 앙상하게 뼈만 남아 있는 주민들의 모습은 그들이 끼니도 제대로 못 먹었다는 사실을 알려 주었다. 채소와 빵, 심지어 신선한 물을 마음껏 먹으려면 8킬로미터가량 떨어진 본토에서 구해 와야 했기 때문이다.

그 섬에는 초라한 오두막이라고 해 봐야 세 채밖에 없었다. 내가 도착했을 때는 그중 하나가 비어 있어서 그곳에 자리를 잡았다. 오두막에는 방이 두 칸밖에 없었고, 찌들어지게 가난한 집에서나 볼 수 있는 더러움이란 더러움은 다 볼 수 있었다. 초가지붕은 집 안으로 무너져 내린 데다, 벽에는 회반죽조차 바르지 않았고, 경첩은 떨어져 나가 있었다. 나는 사람들을 시켜 집을 수리하고 가구를 사들이고 난 뒤에 그 집에서 살기 시작했다. 그곳 사람들은 빈곤과 찌든 가난에 무감각해져 그런 내 행동에 그다지 놀라지 않았다. 그런 분위기 덕분에 누가 나를 뚫어지게 쳐다보거나 방해하지도 않았다. 그들은 내가 나누어 주는 얼마 안 되는 음식과 옷을 받고도 거의 고마운 내색도 하지 않았다. 가난의 고통이 너무 가혹하다 보니 인간이 지닌 그 흔한 감정조차 무뎌진 것이었다.

그렇게 은신하며 나는 오전에는 내내 작업에 열중했다. 하지만 저녁에는 날씨만 괜찮으면 자갈이 깔린 해변을 걸었고, 내 발치로 밀려오는 파도 소리를 들었다. 단조로우면서도 다채로운 풍경이었다. 그렇게 황량하면서도 섬뜩한 풍경과는 사뭇 다른 스위스의 풍경이 떠올랐다. 스위스의 언덕 곳곳에는 포도나무들이 자랐고, 오두막은 평원에 빼곡히 늘어서 있었다. 맑은 호수는 푸르면서도 잔잔한 하늘을 비추었고, 바람이 매섭게 부는 날에도 광활한 바다가 으르렁거리는 모습에 비하면 활기 넘치는 아기들 장난에 불과한 동요만 일었다.

처음 도착해서는 그렇게 하루하루를 보냈다. 하지만 매일매일 일을 진행할수록 작업은 점점 소름 끼치고 번거롭기만 했다. 며칠 동안 실험실에 발도 들여놓지 못할 때가 있는가 하면, 일을 마치기 위해 밤낮없이 작업에 몰두할 때도 있었다. 내가 했던 일은 정말 추악한 과정을 거쳐야 했다. 처음에 실험을 시도했을 때에는 광기 어린 열정에 눈이 멀어서 내가 하는 작업이 얼마나 끔찍한 것인지를 알지 못했다. 그저 넋이 나간 사람처럼 작업을 하나하나 끝내는 것에 혈안이 되어 있었고, 내 눈은 그런 과정에서 일어나는 참상에 굳게 닫혀 있었다. 그러나 이제는 냉정하게 일을 하고 있었고, 내 손이 하고 있는 일을 보니 가슴 깊숙한 곳에서 구역질이 올라왔다.

그런 상태에서 견딜 수 없이 혐오스러운 일에 매달린 채 나는 고독에 젖어 들었다. 그 어떤 것도 내가 임하고 있는 이 생생한 작업 하나하나에서 눈을 떼게 할 순 없었다. 내 정신력으로는 무척 버티기 힘든 일이었다. 나는 갈수록 안절부절못하고 예민해졌다. 매순간 그 박해자를 만날까 봐 두려웠다. 눈조차 마주치기 무서운 그놈을 만날까 봐 두려워서 고개를 들지 못하고 바닥만 쳐다보며 앉아 있을 때도 있었다. 혼자 있으면 그놈이 찾아와서 자기 동반자를 내놓으라고 할까 봐 사람들의 눈에 띄지 않는 곳을 돌아다니지도 못했다.

그사이에 나는 계속해서 일했고, 작업은 이미 상당히 진행되었다. 온몸이 떨리는 열정적인 희망과 함께 나는 정말로 간절히 일을 끝내고 싶었고, 그 점은 조금도 의심의 여지가 없었다. 하지만 어딘가 불길한 예감이 들어서, 가슴이 아파 왔다.

3

어느 날 저녁, 나는 실험실에 앉아 있었다. 해는 저물어 바다에서는 달이 막 떠오르던 참이었다. 작업하기에 실내가 충분히 밝지 않아서, 그날 밤은 쉬지 않고 집중해서 일을 마무리 지을까 고민하며 시간만 흘려보내고 있었다. 그렇게 앉아 있다 보니 지금의 이곳으로 나를 인도한 일련의 일들이 스쳐 지나갔다. 3년 전에도 똑같은 일에 매달렸고, 나는 악마를 만들어 냈다. 그리고 그놈의 비할 데 없는 잔인한 짓은 내게서 희망을 앗아갔고, 말할 수 없을 정도로 고통스러운 죄책감에 시달리게 했다. 그리고 다시 한번 다른 괴물을 만들려고 한다. 두 번째 놈이 어떤 기질을 지니게 될 것인지를 나는 그때처럼 알지 못했다. 이번에 만들어진 괴물은 그놈보다 수천 배는 더 악독해서 살인과 극악무도함 자체를 즐길 수도 있었다. 그놈은 인간들과 떨어져 적막한 곳에서 은신하겠다고 약속했지만, 그녀는 아니었다. 조만간 완성될 괴물도 십중팔구 사고하고 추론하는 능력을 지닌 짐승이 될 터, 자신이 세상에 태어나기도 전에 규정된 계약을 따르지 않겠다고 할 수도 있지 않은가? 이 괴물들은 서로를 싫어할 수도 있겠지. 이미 세상을 살아 본 놈은 자신의 몰골이 마음에 들지 않는다고 했는데, 자신의 몰골과 똑같은 여자가 눈앞에 나타나면 훨씬 싫어할 수도 있겠지. 여자도 그놈이 싫어서 더 아름다운 형상의 남자에게 돌아설지도 모른다. 그녀가 떠나면 다시 혼자 남게 된 그놈은 동족에게 버림받았다는 이유로 분노할 것이다.

유럽을 떠나 아메리카 대륙의 불모지에서 산다 해도 두 악마가 함께 갈망하여 처음으로 낳을 결과물 중 하나가 바로 아이들이겠지. 그러면 악마의 종족은 세상에 널리 퍼질 것이고, 인류의 삶은 무시무시한 위협과 공포로 가득해지겠지. 과연 내게, 나 자신의 영위만을 위해, 인류의 먼 자손들에게까지 저주를 내릴 만한 권한이 있던가? 내가 만든 그 괴물이 늘어놓은 궤변을 듣고 감복한 적도 있었다. 그의 교묘한 협박에 심한 충격을 받은 적도 있었다. 하지만 이제 처음으로 내가 얼마나 위험한 약속을 했던가를 깨달았다. 먼 훗날에 사람들이 나를 기생충만도 못한 놈이라 저주를 퍼붓겠지. 전 인류의 존속을 담보로 자신의 평화를 사들이는 짓을 주저 없이 저지르고 만 내게 말이야. 생각만 해도 소름이 끼쳤다.

나는 벌벌 떨다가 심장이 멎는 것을 느꼈다. 위를 올려다보자 창문 너머로 달빛에 비친 괴물이 보였다. 나는 그가 맡긴 일을 앉아서 완성하고 있었고 그는 섬뜩한 미소를 지으며 입술이 쭈글쭈글해져서는 나를 쳐다보고 있었다. 그렇다. 그는 내 여정을 줄곧 뒤쫓고 있었던 것이다. 숲을 전전하고, 동굴에 몸을 숨기고, 광활하고 적막한 히스 황야에서 피신하다가, 마침내 내 작업이 어느 정도 진전된 것을 확인하고 약속한 결과물을 요구하러 온 것이다.

그의 얼굴을 봤더니 표정은 교활하고 악의에 가득 차 있었다. 그런 놈에게 동족을 만들어 주겠다고 약속했다고 생각하자 나는 순간적으로 광기에 사로잡혔고, 분노가 치밀어 올라서 작업하던 것을 갈기갈기 찢어 버렸다. 자신을 행복하게 해 주리라 믿었던 존재를 파괴하는 모습을 본 그 몹쓸 놈은, 극도의 절망과 원한에 차서 울부짖으면서 물러났다.

나는 방을 나와서 문을 잠그고는 다시는 작업을 하지 않겠다고 엄숙한 마음으로 맹세했다. 그런 후 떨리는 발걸음으로 내 방으로 갔다. 혼자였다. 침울한 기분을 가시게 해 주거나, 생각만 해도 치가 떨리는 그 기억에 짓눌리는 나를 달래 줄 사람은 아무도 없었다.

그렇게 몇 시간이 흘렀고, 나는 창문 너머로 멍하니 바다를 바라보고 있었다. 바다는 매우 잔잔했다. 바람도 멎고, 조용한 달빛 아래 대자연도 잠든 것 같았다. 어선 몇 척만이 수면을 가르며 지나갔고, 이따금씩 부드러운 미풍에 어부들의 목소리가 퍼져 귓가를 간질였다. 나는 고요하다고 느끼기는 했지만, 그토록 깊은 정적을 의식하지는 못했다. 그런데 갑자기 해변에서 노 젓는 소리가 들려왔다. 어떤 사람이 우리 집 근처에 배를 댔다.

몇 분 뒤, 누군가가 문을 살살 열려고 하는 듯 삐거덕하는 소리가 났다. 머리에서 발끝까지 바들바들 떨렸다. 그놈이라는 불길한 예감이 들어서 그리 멀지 않은 오두막에 사는 사람을 깨우러 가고 싶었다. 하지만 곧 닥칠 위험에서 도망치려 해도 헛발질만 해 댈 뿐 그 자리에서 꼼짝 못하는 사람처럼 나는 가위에 눌리는 것 같은 무력감에 휩싸이고 말았다.

곧 통로를 따라 걸어 들어오는 소리가 들렸다. 문이 열리자 내가 그토록 무서워했던 그 몹쓸 놈이 서 있었다. 그는 문을 닫고 내게 다가오더니 잠긴 목소리로 말했다.

"네가 시작한 작업을 네 스스로 망쳐 버리다니 도대체 속셈이 무엇이냐? 진정 약속을 깨려 하는가? 나는 온갖 고역과 고통을 견뎌 왔다. 너와 함께 스위스를 떠나 라인강을 따라 버드나무섬과 작은 언덕들을 기어서 넘어오다시피 했어. 잉글랜드의 히스 황야에서, 스코틀랜드의 불모지에서 수개월 동안 은신했고, 온갖 노역과 추위, 배고픔을 견뎠다. 그런데 네놈이 내 희망을 망쳐 놔?"

"꺼져 버려! 내 기꺼이 약속을 깨겠다. 네놈처럼 추하고 악하게 생긴 존재를 절대 다시 만들진 않겠어."

"이 노예 녀석, 난 네게 이미 타당한 이유를 설명했다. 하지만 너 따위에게 그런 친절 따윈 필요 없는 것 같구나. 기억해라. 힘을 가진 건 나야. 지금까지 네 자신이 그저 비참하다고만 생각했다면, 이제부터는 한낮의 태양마저 너를 혐오할 정도로 불행한 인간이라 생각하게 해 주마. 나를 만든 것도 너지만 내 말에 복종할 사람도 너다. 그러니 내 말대로 해."

"내 나약함으로 얼룩진 세월은 지났고, 이제 네 놈의 힘도 다할 때가 되었지. 내가 네 협박에 넘어가 악행을 저지르리라 기대치 마라. 네놈이 그럴수록 악에 물든 네 동반자를 창조하지 않겠다는 내 다짐은 더욱 굳건해질 뿐이다. 살인과 비열함에 환희를 느끼는 너 같은 악마를 이 세상에 풀어놓을 정도로 내가 냉혹한 인간인 줄 아느냐? 썩 물러가라! 나는 결심을 굳혔다. 이제는 네놈이 입을 놀릴수록 내 화만 더 돋우는 셈일 뿐이다."

괴물은 내 표정에서 단호함을 읽었고 분노를 참지 못해 이를 갈았다.

"모든 남자에게는 품을 아내가 있으며 짐승도 짝이 있는데, 왜 나는 혼자란 말이냐? 내게도 사랑의 감정이 있었지만 되돌아오는 것은 혐오와 조롱뿐이었다. 그래, 듣기 싫겠지만 조심해라! 이제 네 여생에는 공포와 불행만이 남았을 뿐이다. 곧 벼락이 떨어져 네게 남은 행복을 앗아 갈 게다. 나는 땅에 머리를 조아리며 이리도 비루한 삶을 사는데 네놈은 행복하길 바랐더냐? 내게 남아 있는 꿈을 네놈이 짓밟을 수는 있겠지만, 아직 복수가 남아 있다. 지금부터 복수는 내겐 빛과 양식보다 더 소중한 것이다. 나는 죽을지도 모른다. 그러나 폭군에, 고문만 일삼는 지독한 너! 가장 먼저 네놈의 참담한 고통을 따깁게 비추는 태양을 네 스스로 저주하게 만들어 주겠다. 나는 두려울 게 없기 때문에 강하다는 것을 명심해라. 뱀과 같은 교활함으로 너를 지켜보다가 독니로 물어 버릴 것이다. 쏘인 상처로 고통에 시달리며 후회하게 만들어 주겠다."

"그만! 이 악마 같은 놈. 그런 원한 섞인 말로 이곳 기운을 해치지 마라. 내 굳은 결심은 이미 확실히 전했다. 한번 뱉은 말을 바꾸는 비열한 짓 따위는 하지 않아. 꺼져! 내 뜻을 굽히지 않겠다."

"좋아. 이만 가지. 하지만 잊지 마라! 네 신혼 첫날밤에 내가 반드시 함께 있어 주마."

난 뛰쳐나가 소리쳤다.

"이 악독한 놈! 내 사망 증명서에 서명하기 전에 네놈 목숨 줄부터 괜찮은지 확인하는 게 좋을 것이다."

그놈을 잡으려 했지만, 그는 나를 피해 황급히 집 밖으로 뛰쳐나갔다. 그는 곧 배를 타고 쏜살같이 바다 가운데까지 가더니 파도 너머로 금방 사라져 버렸다.

다시금 세상에 적막이 흘렀다. 그의 말만이 내 귓가를 맴돌 뿐이었다. 내 평화로운 삶을 파괴하는 그놈을 쫓아가서 바다에 풍덩 빠뜨리고 싶을 정도로 화가 치밀어 올랐다. 나는 극도로 초조해하며 방 안을 이리저리 돌아다녔고, 머릿속에서 떠오르는 수많은 생각이 나를 고문하고 아프게 했다. 죽기를 각오하고 그를 쫓아가서 접전을 벌여야 했건만 왜 그러지 않았을까? 하지만 나는 그놈이 제 발로 여기를 떠나 버릴 만한 고통을 안겨 주었고, 놈은 곧장 본토로 갔다. 그가 불타는 복수심으로 또 누구를 희생시킬지 생각만 해도 소름이 돋았다. 그 때 그의 말이 다시 떠올랐다.

"네 신혼 첫날밤에 내가 반드시 함께 있어 주마."

그렇다면 바로 그날이 내 운명이 다하는 날이구나. 그날, 그 시각에 내가 죽으면 한 번에 그놈의 원한과 악행을 멈출 수 있겠구나. 이런 생각을 하자 나는 두렵지 않았다. 하지만 사랑하는 엘리자베스를 생각하니―연인을 그토록 무참하게 빼앗긴 그녀의 눈물과 한없는 슬픔을 생각하니―눈물이, 수개월 동안 참았던 눈물이 사정없이 쏟아져 나왔다. 그리고 나는 사력을 다해 적에게 저항해 보지 않고는 쓰러지지 않겠다고 다짐했다.

밤이 지나고, 수평선 너머로 해가 떠올랐다. 나는 평온해졌다. 끓어오르는 분노가 절망의 구렁텅이로 가라앉는 것도 평온이라고 부를 수 있다면 말이다. 전날 밤 끔찍한 전쟁을 치렀던 집을 나와 해변을 따라 걸었다. 바다는 나와 다른 인간들 사이에 놓인 넘을 수 없는 벽처럼 느껴졌다. 아니, 정말로 그런 벽이 있었으면 좋겠다는 생각이 스쳤다. 나는 이 불모의 바위섬에서 여생을 보내고 싶었다. 싫증이 날 수도 있겠지만, 갑작스레 들려오는 불행한 소식에 충격을 받는 일은 없을 테니 말이다. 돌아가면 나는 대가를 치러야 했다. 아니면 내가 직접 창조한 그 악마의 손아귀에 사랑하는 이들이 죽는 모습을 지켜봐야 했다.

나는 사랑하는 이들과 이별한 후 비탄에 잠겨 잠을 이루지 못하는 영혼처럼 섬 주변을 떠돌아다녔다. 정오가 되자 해는 더 높이 떠올랐고, 나는 잔디에 누워 깊은 잠에 빠졌다. 전날 밤 한잠도 못 자고 온 신경을 곤두세우고 있었던 데다, 감시와 괴로움에 찌들어 두 눈은 충혈되어 있었다. 깊은 잠을 잔 덕분에 기분은 한결 나아졌다. 잠에서 깨니 나는 원래의 나, 즉 인간으로 돌아온 것 같았다. 보다 침착한 마음으로 무슨 일이 있었는지 돌이켜 보기 시작했다. 그러나 그 잔인무도한 놈의 말은 여전히 종말을 고하는 종소리처럼 귓가에 울렸다. 마치 현실처럼 생생하고 숨 막히는 악몽 같았다.

저 멀리 해가 저물었고, 나는 해변에 앉아 귀리 빵으로 허기진 배를 채우고 있었다. 마침 고깃배가 내 근처에 배를 대더니 한 남자가 내려와서는 소포 하나를 가져다주었다. 제네바에서 보낸 편지들이었는데, 그중 하나는 클레르발이 자신의 여정에 합류해 달라고 보낸 것이었다. 그는 우리가 스위스를 떠난 지 거의 일 년이 흘렀고, 프랑스에는 아직 가 보지 못했으니, 외딴 섬에서 나와 일주일 뒤에 퍼스에서 만나 앞으로의 일정을 짜 보자고 간절히 부탁했다. 그의 편지를 읽자 힘이 났고, 이틀 후에 섬을 떠나기로 마음먹었다.

그러나 떠나기 전에 생각만 해도 소름 끼치는 일을 해야 했다. 나는 화학 장치들을 챙겨야 했고, 그러려면 그 끔찍한 일이 벌어지던 방으로 들어가서 보기만 해도 역겨운 그 장치들을 정리해야만 했다. 다음 날 아침 동틀 무렵에 나는 애써 용기를 내서 실험실 문을 열었다. 내가 망가뜨린 반쯤 완성된 괴물의 찌꺼기들이 바닥에 널브러져 있었다. 마치 내가 살아 있는 인간의 몸을 난도질한 것 같았다. 나는 마음을 가다듬기 위해 잠시 멈춰 섰다가 방 안으로 들어갔다. 떨리는 손으로 장치들을 방 밖으로 날랐다. 그리고 농민들의 두려움과 의혹을 사지 않도록 작업한 흔적을 남기지 말아야겠다는 생각에 바구니에다 작업한 찌꺼기와 수많은 양의 돌을 잔뜩 담았다. 그렇게 모아 두었다가 그날 밤 바다에 던져 버리기로 했다. 나는 해가 저물기를 기다리며 바닷가에 앉아, 내 화학 도구들을 세척하고 정리하면서 시간을 보냈다.

악마가 나타난 그날 밤 이후로 내 감정은 완전히 새로워졌다. 전에는 우울한 절망감에만 휩싸여 결과야 어찌 되든 그와의 약속을 반드시 지켜야겠다고 생각했다. 하지만 그날 이후, 내 시야를 흐리게 했던 옅은 안개가 걷히면서 처음으로 또렷하게 앞을 볼 수 있게 된 것 같았다. 그 고역을 다시 시작하겠다는 생각은 눈곱만큼도 들지 않았다. 그놈이 내게 가한 위협은 나를 짓눌렀지만 그렇다고 피할 수 있는 게 아니라는 생각이 들었다. 나는 이미 결심을 굳힌 상태였다. 그 몹쓸 놈과 똑같은 놈을 다시 만든다면 그보다 더 비천하고 이기적인 행위는 없을 것이었다. 나는 다른 결론을 내릴 만한 생각의 꼬리도 죄다 잘라 버려야겠다고 다짐했다.

새벽 2시에서 3시 사이에 달이 떠올랐다. 나는 작은 배에 바구니를 넣고 해안가에서 6킬로미터쯤 떨어진 바다로 나갔다. 그야말로 고독한 풍경이었다. 배 몇 척이 육지 쪽으로 돌아가고 있었지만 나는 그들과 떨어져서 항해했다. 마치 누군가의 청탁을 받고 무서운 범죄를 저지르는 사람처럼 나는 주민들과 마주칠까 봐 두려워하며 극도로 불안해하고 있었다. 바로 그때 두터운 구름이 밝게 빛나던 달을 감추더니 세상은 깜깜해졌고, 나는 그 순간을 놓치지 않고 바구니를 바다에 던졌다. 바구니는 꾸르륵거리며 바닷속으로 가라앉았고, 나는 곧장 그곳을 벗어났다. 하늘에는 구름이 꼈지만 공기는 맑았다. 그러더니 북동풍이 불기 시작하면서 찬 공기가 밀려왔다. 쌀쌀하긴 했지만 덕분에 기분이 상쾌해지고 기운도 샘솟았다. 그래서 나는 배 위에서 좀 더 머물기로 마음먹고 키를 똑바로 고정시키고는 몸을 길게 뻗어 바닥에 누웠다. 달빛도 구름에 가려져 있어서 모든 게 잘 보이지 않았다. 그저 용골이 파도를 가르며 앞으로 움직이는 소리만 들릴 뿐이었다. 그 속삭임은 자장가가 되어 나를 곧 단잠에 빠뜨렸다.

그렇게 얼마나 오래 머물렀는지 알 수 없지만 눈을 떴을 때는 해가 이미 중천에 가 있었다. 바람은 세차고 파도는 쉴 새 없이 나의 작은 배를 위협했다. 바람이 북동쪽에서 불어오는 것으로 보아 나는 출항했던 해안에서 멀리 밀려난 게 분명했다. 방향을 바꾸려 애를 쓰다가 한 번 더 시도했다가는 배 안에 물이 차오르게 되리라는 것을 나는 재빨리 감지했다. 방법은 순풍을 받아 배를 모는 수밖에 없었다. 고백하건대, 그때 나는 무척 두려웠다. 수중에 나침반도 없고, 그곳 지리를 거의 몰랐던 터라 해가 있어도 별 도움이 되지 않았다. 광활한 대서양으로 밀려나고 있는지도 몰랐다. 심하게 허기진 탓에 온몸은 저려왔고, 엄청난 양의 바닷물이 포효하며 퍼부어 대는 바람에 나는 물속으로 빨려 들어갈 것만 같았다. 그렇게 너무 오랜 시간을 버티다 보니 목이 바짝바짝 탔다. 하지만 이는 단지 뒤이을 고통의 서곡에 불과했다. 하늘을 올려다보니 구름으로 뒤덮여 있었다. 구름이 바람을 타고 지나갔지만 그 자리에 또 다른 구름이 밀려왔다. 나는 바다를 바라보았다. 그곳이 바로 내 무덤이 될 것만 같았다.

"악마 네 이놈, 네가 원하던 일이 벌써 이루어졌구나!"

나는 엘리자베스와 아버지와 클레르발이 떠올랐고, 곧이어 암담하고 끔찍한 망상에 잠겼다. 이제 영원히 막을 내리려는 지금도 그 생각만 하면 몸서리가 쳐진다.

그렇게 몇 시간이 흘렀고 해는 뉘엿뉘엿 수평선 아래로 저물고 있었다. 바람은 점점 사그라지더니 잔잔한 미풍으로 바뀌었다. 거센 백파도 잦아들었다. 대신 높은 파도가 일기 시작했다. 몸이 많이 약해진 상태라서 키를 쥐기도 힘들었다. 바로 그때, 남쪽에 고산 지대가 늘어서 있는 것이 보였다.

여러 시간을 피로와 극도의 긴장감에 시달리면서 보냈던 터라 갑자기 살 수 있다는 강한 확신이 들자 가슴은 기쁨으로 벅찼고, 두 눈에서는 눈물이 쏟아졌다.

인간의 마음은 어찌나 변덕스러운지. 그토록 고통에 허덕이면서도 삶에 애착을 가지다니 이 또한 오묘하지 않은가? 나는 옷의 일부를 찢어서 새로운 돛을 만들고 온 힘을 다해 육지로 나아갔다. 육지는 험하고 울퉁불퉁한 바위로만 이루어진 것처럼 보였지만 가까워질수록 경작한 흔적이 뚜렷이 보였다. 해안 근처에 선박이 서 있는 것을 보고 문명인들이 사는 곳에 돌아왔다는 걸 알 수 있었다. 나는 구불구불한 강을 따라 열심히 배를 몰았다. 곧 작은 벼랑 너머로 첨탑이 그 모습을 드러냈고, 나는 환호성을 지르며 좋아했다. 몸이 무척 쇠한 상태였기 때문에 나는 곧장 영양을 보충할 만한 음식을 손쉽게 구할 수 있는 마을 중심가 쪽으로 배를 몰았다. 다행히 돈은 가지고 있었다. 벼랑을 끼고 배를 돌리자 작고 아늑한 마을과 잘 갖춰진 항구가 나타났다. 나는 그곳으로 들어섰다. 생각지도 못한 탈출에 내 마음은 기쁨으로 벅차올랐다.

배를 정박시키고 돛을 정리하는 일에 정신이 팔려 있던 찰나에 사람들이 우르르 몰려왔다. 내 행색을 보고 꽤 놀란 눈치였다. 그들은 도움의 손길을 건네기는커녕 여느 때라면 나를 당황스럽게 할 만큼 큰 손짓을 하며 수군거렸다. 나는 그저 그들이 영어로 말한다는 사실은 알 수 있었다. 그래서 나는 그들에게 영어로 말을 걸었다.

"혹시 제게 이곳이 어딘지, 이 마을의 이름이 무엇인지 알려주시겠습니까?"

한 남자가 걸걸한 목소리로 대꾸했다.

"조만간 알고도 남겠지요. 아마 이곳은 당신 취향과는 딴판일 게요. 하지만 당신이 머물 숙소는 찾지 못할 거요. 그 점은 장담하지."

나는 낯선 사람에게 그런 무례한 대접을 받아서 몹시 놀랐다. 그 남자의 주변에 있던 사람들의 화가 잔뜩 나서 찡그린 표정도 몹시 당황스러웠다.

나는 물었다.

"왜 그렇게 모질게 말씀하시오? 이방인 대접을 그리 적대적으로 하는 게 영국인들의 관습이란 말이오?"

그가 말했다.

"낸들 알겠소. 영국 놈들 관습이 어떻게 생겨 먹었는지. 허나 아일랜드인은 범죄자를 질색하는 관습이 있소만."

이 괴상한 대화가 오가는 사이에 더 많은 사람이 순식간에 몰려들었고 나는 몹시 당황했다. 여관으로 가는 길을 물었지만 아무도 답하지 않았다. 그래서 나는 그냥 앞을 향해 걸어갔다. 그러자 사람들은 나를 따라와서는 빙 둘러쌌고 웅성거렸다. 험상궂게 생긴 남자가 가까이 걸어오더니 내 어깨를 톡 치고는 말했다.

"이보시오. 커윈 씨를 보려면 나를 따라 오시오. 당신이 누군지는 그분께 말씀드리면 되니."

"커윈 씨라니요? 왜 그 사람에게 제가 누군지 얘기해야 합니까? 여기는 자유국가가 아니란 말이오?"

"물론이오, 선생. 정직한 사람들에게는 자유가 남아도는 나라지요. 커윈 씨는 치안판사요. 당신은 어젯밤 여기서 살해된 채 발견된 한 신사분의 죽음에 대해 해명해야 할 거요."

나는 이 대답을 듣고 무척 놀랐지만 곧 마음을 가라앉혔다. 내가 결백하다는 사실이 그리 어렵지 않게 밝혀지리라 생각했기 때문이다. 그래서 나는 안내해 주는 그 사람을 묵묵히 따라갔다. 그는 마을에서 가장 좋은 집으로 나를 데려갔다. 지치고 허기진 나는 맥없이 주저앉을 것만 같았다. 하지만 주변에 몰려든 군중 때문에 두 주먹을 불끈 쥐고 견뎌 내는 것이 내게 유리할 거란 생각이 들었다. 사람들이 내가 걱정이나 죄책감 때문에 많이 지쳤다고 생각할지도 몰랐다. 그때만 해도 나를 꼼짝 못하게 하고, 불명예나 죽음 따위에 대한 모든 두려움을 평정해 버릴 그 재앙이 불과 몇 분 후에 닥칠 거라고는 전혀 예상하지 못했다.

여기서 잠시 쉬어야겠다. 그 무서운 일을 다시 떠올려 구체적으로 전달하려면 내게 남은 용기란 용기는 죄다 필요할 테니.

4

나는 곧 치안판사가 있는 곳으로 안내받았다. 그는 관대하며 차분하고 점잖아 보이는 노인이었다. 하지만 나를 보는 시선은 매우 엄했다. 그는 곧 안내인에게 고개를 돌려 그 사건의 증인으로 나선 사람들이 누군지 물었다.

그러자 대여섯 명의 사람들이 앞으로 걸어 나왔다. 치안판사는 그중 한 명을 불렀고 그 사람이 증언을 시작했다. 그는 전날 밤 10시경 아들과 처남 대니얼 뉴전트와 함께 고기를 잡으러 나갔다가 북쪽에서 돌풍이 불어오자 항구로 배를 돌렸다. 그날 밤은 달이 뜨지 않아 매우 캄캄했기 때문에 그들은 항구에 배를 대지 않고 늘 그래 왔듯 항구에서 3킬로미터가량 내려가면 보이는 작은 만에다 배를 댔다. 그는 낚시 도구 몇 개를 들고 앞장서서 걸어갔고, 남은 일행은 약간의 거리를 두고 그의 뒤를 따르고 있었다. 그렇게 모래사장을 따라 쭉 걸어가다가 그는 뭔가에 걸려 아주 세게 넘어졌다. 일행이 와서 그를 일으켜 주는데 전등으로 불을 비춰 보니 발에 걸린 건 어떤 남자의 몸뚱이었다. 그는 완전히 죽은 것처럼 보였다. 처음에는 그저 익사해서 떠내려 온 시체려니 생각했지만 잘 살펴보니 옷도 젖지 않았고 체온도 완전 떨어지지 않은 상태였다. 그들은 즉시 근처 한 노파의 오두막으로 그를 데려갔고, 살려 보려고 애써 보았지만 소용없었다. 죽은 남자는 스물다섯 살 정도 되어 보였고 용모가 단정한 젊은이였다. 그는 목이 졸려 죽은 게 틀림없었다. 목에 찍힌 검은 손가락 자국 말고는 다른 폭력을 가한 흔적이 없었기 때문이었다.

증언의 첫 부분은 내게 전혀 흥미롭지 않았다. 하지만 손가락 자국에 대한 언급을 하자 나는 내 동생의 살인 사건이 생각나서 몹시 초조해했다. 사지가 떨리고 눈앞이 뿌옇게 흐려지면서 기댈 수 있는 의자가 필요했다. 치안판사는 매서운 눈으로 나를 관찰했고, 내게서 좋지 않은 조짐을 느꼈다.

첫 번째 증인의 아들은 자신의 아버지가 한 말을 확인 진술했다. 다음에는 대니얼 뉴전트가 증인으로 나섰다. 그에 따르면 매형이 넘어지기 전, 해변에서 얼마 떨어지지 않은 곳에서 남자 한 명이 타고 있는 배 한 척을 확실히 보았다고 증언했다. 그리고 얼마 안 되는 별빛을 빌려 배를 보긴 했지만 그 배는 내가 방금 내린 배와 똑같이 생긴 배 같다고 말했다.

다음에는 한 여인이 증언했다. 그 여자는 자신이 해안 근처에 살며 시신이 발견되기 한 시간 전쯤 자기 집 앞에 서서 어부들이 돌아오길 기다리고 있었다고 했다. 그리고 그때쯤 남자 한 명이 타고 있는 배 한 척이 시신이 발견된 해변 근처로부터 점점 멀어지는 것을 보았다고 했다.

또 다른 여인은 어부가 자신의 집으로 쓰러진 남자를 데려온 것을 확인 진술했다. 당시 그 남자의 몸에는 온기가 남아 있어서 그를 침대에 눕혀 어부와 함께 온몸을 문질러 주었지만, 대니얼이 약제사를 데리러 마을로 간 사이 남자는 그만 죽어 버렸다고 증언했다.

몇몇 다른 사람들은 내가 배에서 내리는 것을 목격한 일에 대해 심문받았다. 그들은 그날 밤 내내 북쪽에서 불어온 강풍으로 내가 오랜 시간 동안 바다를 이리저리 떠다녔을 가능성이 높으며, 내가 배를 띄웠던 바로 그 장소로 어쩔 수 없이 돌아와야 했을 거라고 답변했다. 게다가 그들은 내가 그 시신을 다른 장소에서 가져왔을 것이며, 내가 그 해변의 지리를 모른다는 점을 미루어 볼 때 시체를 두었던 곳에서부터 마을까지의 거리를 모르는 상태에서 항구로 왔을 수도 있다고 진술했다.

이 증언들을 듣자 커윈 판사는 시신을 묻기 전에 안치해 놓은 방으로 나를 데려갈 것을 요청했다. 시신을 보면 내가 어떻게 반응할지 알아보기 위해서였다. 판사는 살해당한 방식을 묘사할 때 내가 보인 극심한 동요를 보고 그런 생각을 한 것 같다. 그래서 판사와 몇몇 사람들은 나를 여관방으로 안내했다. 나는 이 다사다난한 밤 동안 이곳에서 발생한 기묘한 우연에 매우 당황할 수밖에 없었다. 하지만 시신이 발견되던 그 시각쯤 나는 체류 중이었던 외딴 섬의 몇몇 주민과 얘기하고 있었으므로, 그 사건의 결과에 대해서는 완전히 마음 편하게 있었다.

시신이 안치된 방으로 들어갔더니 사람들이 나를 관으로 안내해 주었다. 관 속을 들여다본 그 순간의 내 기분을 어찌 설명할 수 있으랴! 나는 지금도 공포로 입이 바싹 마르고, 그 끔찍한 순간을 떠올리면 아직도 몸이 부들부들 떨리고 고통이 밀려온다. 죽은 그를 알아본 순간에 느꼈던 극심한 괴로움도 어렴풋이 떠오른다. 클레르발이 차가운 시체로 변해 내 앞에 누워 있는 모습을 본 순간, 판사와 증인들 앞에서 치렀던 재판은 한낮 기억 속의 꿈처럼 스쳐 지나갔다. 나는 숨을 헐떡이며 시신 위에 쓰러지며 소리쳤다.

"살기 어린 내 교묘한 술책에 사랑하는 클레르발의 목숨마저도 잃고 말았구나. 벌써 두 명의 목숨을 망쳐 놓았으니 머지않아 다른 희생자도 운명의 순간을 맞겠구나. 그래도 클레르발 네가 이리되다니! 나의 벗, 나의 은인이……."

나는 그때 인간의 몸으로는 도저히 버틸 수 없는 뼈저린 고통을 느꼈다. 내가 극심한 발작을 일으키자 사람들은 나를 방 밖으로 데리고 나갔다.

그렇게 쓰러진 후 발열이 잇따랐다. 나는 몸져누워 두 달간 사경을 헤맸다. 나중에 들은 얘기지만 광란에 휩싸인 내 모습은 실로 끔찍했다고 한다. 윌리엄과 저스틴, 클레르발을 내가 죽였다고 떠들어 대기도 하고, 이따금씩 내게 시중을 드는 사람에게 나를 고문하는 아마를 죽일 수 있도록 도와 달라며 애원했다고도 한다. 어떤 때에는 고통과 두려움에 휩싸여 그 괴물이 내 목에 손가락을 휘어 감아 목을 조른다고 생각하며 비명을 질렀는데, 다행히도 내가 모국어를 사용한 덕분에 커윈 판사만이 그 말을 알아들었다. 하지만 내 몸짓과 격렬한 비명 소리를 보고 들은 사람들은 소스라치게 놀랐다고 했다.

왜 나는 죽지 않았던가? 세상 그 누구보다 비참한 내가 왜 진작 망각과 영면의 세계로 침몰하지 않은 것인가? 죽음은 부모들이 애지중지하며 유일한 희망이라고 여기는 아이들의 목숨을 앗아가기도 한다. 또한 죽음은 생기와 희망으로 피어나는 신부와 그의 연인을 하루아침에 무덤 속 거름과 벌레들의 먹잇감으로 전락시키기도 한다. 도대체 내 몸은 무엇으로 만들어졌기에 고문에 고문을 거듭하는 운명의 바퀴가 가하는 모든 충격을 견뎌 냈던 것일까?

나는 그저 살아야 할 운명을 타고났다. 그렇게 약 두 달간 악몽에 시달리다가 눈을 뜨니 나는 어느 감방의 초라한 침대에 누워 있었다. 주위엔 교도소장, 간수, 빗장, 지하 감옥의 온갖 처참한 도구들이 보였다. 내 기억으로는, 깨어나 의식이 돌아온 것은 그날 아침이었다. 그때 나는 구체적으로 무슨 일이 일어났는지 기억하지 못했다. 그저 엄청나게 불행한 사건이 갑자기 나를 덮쳤다는 느낌만 들었다. 주위를 둘러보니 창문의 창살이 보였고 내가 누워 있던 방은 무척 지저분했다. 그러다가 모든 일이 머릿속에서 번뜩 떠올랐고 나는 곧 괴로워서 신음했다.

내 옆에 있는 의자에서 꾸벅꾸벅 졸고 있던 한 노파가 신음 소리에 깼다. 그녀는 한 간수의 아내로 나를 간호하도록 고용된 사람이었다. 노파의 표정에는 대개 그 계층에서 주로 볼 수 있는 온갖 나쁜 특징이 드러나 보였다. 얼굴에 깊게 패인 주름은 마치 비참한 광경을 보고도 무감각하게 쳐다보는 일에 익숙한 사람에게서나 볼 수 있는 얼굴 같았다. 그런 무관심한 인상은 말투에서도 드러났다. 그녀는 영어로 말했는데, 목소리를 들어 보니 내가 고통에 허덕였을 때 들리던 그 목소리 같았다. 그녀가 말했다.

"선생, 이제 좀 괜찮아졌수?"

나는 영어로 힘없이 대답했다.

"그런 것 같군요. 하지만 이 모든 게 꿈이 아닌 사실인데도 이렇게 살아남아 고통과 공포를 느끼고 있다니 비참할 따름입니다."

노파가 말했다.

"선생이 죽인 그 신사 얘기라면, 그래 차라리 죽는 게 낫지. 그 일로 선생 입장이 난처해질 게 분명하니 말이우. 다음 재판에서 선생의 목이 매달려지겠지. 뭐 나랑 무슨 상관이야? 나야 선생이 낫도록 간호하러 온 거고. 그 일만 하면 양심에 거리낄 게 없으니까. 모든 사람이 나처럼민 일한다면 참 좋을 텐데 말이우."

나는 사경을 헤매다가 방금 깨어난 사람에게 그리도 냉정하게 말하는 그 노파가 보기 싫어서 돌아누웠다. 나는 기운이 빠져서 지난 일을 모두 되새김질할 수는 없었다. 그동안 살면서 겪은 일련의 사건들은 그저 꿈처럼 느껴졌다. 그때는 그간 겪은 일들이 전혀 현실처럼 느껴지지 않아서 이따금씩 그 일들이 정말 일어난 것일까 의심하기도 했다.

눈앞을 떠도는 영상들이 더욱 선명해지면서 열병은 더욱 심해졌다. 어둠이 내 주위를 짓눌렀고 내 곁에는 애정이 깃든 잔잔한 목소리로 달래 주는 사람 하나 없었다. 그 누구도 사랑스러운 손길로 나를 돌보아 주지 않았다. 의사는 와서 약만 처방했고, 그 노파는 약을 갖다줄 뿐이었다. 의사는 내게 전혀 관심이 없었고, 노파는 잔인할 정도로 냉정한 표정을 지었다. 삯을 받는 사형집행인 외에 살인마의 운명 따위에 누가 관심이 있겠는가?

나는 깨어난 후 줄곧 이런 생각에 잠겨 있었다. 하지만 곧 커윈 씨가 내게 극진한 친절을 베풀었다는 사실을 알게 되었다. 그는 내가 가장 좋은 감방에서(알고 보니 그토록 누추한 곳이 가장 좋은 방이었다) 지낼 수 있게 해 주었다. 의사와 간병인의 치료를 받도록 선처해 준 것도 커윈 씨였다. 사실 그가 나를 보러 오는 경우는 아주 드물었다. 그는 모든 인간이 겪는 고통을 보듬어 주고 싶은 마음이 간절했으나 살인범이 고통과 불행에 허덕이며 발광하는 모습을 보고 싶진 않았던 모양이다. 그래서 커윈 씨는 나를 방치하고 있는 건 아닌지 확인하러 아주 가끔 찾아왔다. 그는 그렇게 드문드문 와서는 잠깐 들렀다 가곤 했다.

서서히 건강을 되찾고 있던 어느 날, 나는 의자에 앉아서 눈을 반쯤 감고 있었다. 내 뺨은 죽은 사람처럼 시퍼런 빛을 띠고 있었고 극도로 침울하고 참담한 심정이었다. 비참하게 감옥에 갇혀 있다가 풀려나 세상 속으로 내동댕이쳐지느니 차라리 죽는 게 낫다고 생각하며 하루하루를 보내고 있었다. 그러다가도 가엾은 저스틴만큼 결백하지는 않지만, 스스로 유죄를 시인하고 법에 따른 처벌을 받아서는 안 된다는 생각이 들었다. 그런 생각을 하던 찰나에 방문이 열렸고 커윈 씨가 들어왔다. 그는 동정과 연민의 표정을 지은 채 나와 가깝게 의자를 당겨 앉더니 불어로 말했다.

"이곳에 와서 심하게 놀라진 않았습니까? 더 편히 지낼 수 있도록 뭐 도와 드릴 일은 없습니까?"

"말씀은 감사합니다만 모두 제게 소용이 없는 듯합니다. 이 세상에서 제가 받을 수 있는 위안은 더 이상 없습니다."

"그토록 괴이하고 불행한 사건으로 심한 충격을 받은 분의 시름을 더는 데 낯선 사람의 연민이 있으나 마나라는 걸 잘 알고 있습니다만, 하루빨리 이 우울한 곳에서 벗이나길 바랍니다. 당신이 받고 있는 혐의를 풀어 줄 증거가 틀림없이 나타날 거라 굳게 믿습니다."

"그런 일이라면 전혀 개의치 않습니다. 수많은 괴이한 사건에 휘말려 이제는 가장 비참한 인간이 되어 버린 저입니다. 그토록 박해받고 고통을 당하며 이제껏 견뎌 왔는데, 죽음이 제게 무슨 대수겠습니까?"

"최근 일어난 이상한 일만큼 불행하고 고통스러운 일은 없을 겁니다. 불의의 사고로 친절하기로 유명한 이 해안가로 밀려오자마자 살인 혐의로 고발당했으니 말입니다. 가장 먼저 보게 된 광경 또한 영문도 모른 채 살해된 친구 분의 시신이었고요. 마치 어떤 악질이 당신이 지나려던 길 위에 시신을 놓아둔 것 같습니다."

커윈 씨가 그런 얘기를 아무렇지 않게 하는 동안 나는 그간의 고통이 다시금 떠올라 마음이 어지러웠다. 얘기를 듣다 보니 그는 나에 대해 많은 것들을 알고 있었고 이는 상당히 뜻밖이었다. 꽤 놀라는 내 표정을 의식한 듯 커윈 씨는 다급한 기색을 보이며 말했다.

"당신이 앓아누운 지 하루 이틀이 지나고 나서야 옷을 뒤져 볼 생각을 했습니다. 뭔가 단서를 찾아내면 가족들에게 당신에게 일어난 불행한 일과 병세를 알릴 수 있을 것이라고 생각했죠. 저는 편지를 몇 통 찾아냈고, 그중 당신 아버지가 보낸 편지를 찾았죠. 그래서 곧바로 제네바로 편지를 보냈고, 그로부터 거의 두 달이 지났습니다. 하지만 당신은 아직 아픈 데다 이제는 부들부들 떨기까지 하니 그만 안정을 취하는 것이 좋겠습니다."

"지금과 같은 불안감이 제가 그간 겪었던 사건들보다 수천 배 더 끔찍합니다. 새로 발생한 또 다른 살해 사건이 있으면 말해 주십시오. 제가 다음으로 애도해야 할 사람이 있습니까?"

커윈 씨가 다정하게 대답했다.

"가족 분들은 모두 무사합니다. 그리고 어떤 분이, 친구 분인 듯한데, 당신을 만나러 오셨습니다."

나는 그때 무슨 일을 실마리 삼아 그런 지레짐작을 했는지 모르겠다. 하지만 나는 불현듯 그 살인마가 내 불행을 비웃으러 왔구나 하는 생각에 사로잡혔다. 클레르발의 죽음을 조롱하고 자신이 원하는 걸 만들겠다는 약속에 응하라고 또다시 날 부추기겠지. 나는 두 눈을 가리고 고통스러워하며 울부짖었다.

"오! 그를 데려가시오! 꼴도 보기 싫어. 부탁이오. 들여보내지 마시오!"

커윈 씨는 나를 보며 곤란한 표정을 지었다. 그는 고함을 질러 대는 내게 죄가 있을 거란 확신이 든 모양이었다. 그는 매우 근엄한 말투로 말했다.

"이보시오 젊은이, 아버지를 보면 반가워하리라 생각했지, 그렇게 격렬하게 혐오스러워할 줄은 몰랐소."

"아버지라 했습니까!"

나는 소리쳤다. 순간 괴로움으로 잔뜩 긴장했던 내 얼굴에 화색이 돌았고, 온몸에 힘이 풀렸다.

"아버지가 왔다니 사실입니까? 아! 정말 잘됐군요. 아주 다행입니다. 그런데 어디 계시는 겁니까? 어서 들어오지 않고요?"

내 태도가 돌변하자 치안판사는 약간 당황하면서도 기뻐했다. 그는 내가 잠깐 정신을 잃어서 고함을 질렀다고 생각했던 모양이었다. 그는 곧 원래대로 내게 호의를 보였다. 그러고는 그는 일어나 간병인과 함께 방을 나갔고 곧이어 아버지가 들어왔다.

그 순간 아버지의 방문보다 더욱 기뻤던 일은 없었을 것이다. 나는 아버지에게 손을 뻗어 울먹이며 물었다.

"괜찮으세요? 엘리자베스와 에르네스트도 모두?"

아버지는 그들 모두 잘 지낸다며 나를 안심시켰고, 그간 알고 싶어 애만 태우던 화제들에 대한 얘기를 넉넉히 들려주며 낙담한 내 기분을 풀어 주려고 노력했다. 그러시다가 아버지는 감방이 그리 쾌적하지 않다는 걸 알아챘다.

"아들아, 어째서 이런 곳에 있느냐!"

아버지는 애통한 표정으로 창살과 누추한 감방 내부를 훑어보더니 말을 이었다.

"행복해지려고 여행을 간 것이 아니었더냐? 그런데 오히려 불행이 너를 쫓아온 듯하구나. 게다가 불쌍한 클레르발이⋯⋯."

그 순간 비참하게 살해당한 내 벗의 이름을 듣고 나는 몹시 격분했고 병약한 내 몸은 이를 견디지 못했다. 나는 급기야 울음을 터뜨리면서 대답했다.

"아아! 맞아요, 아버지. 지독히도 끔찍한 운명이 제게 엉겨붙은 거예요. 그 운명이 제 몫을 다할 때까지 저는 살아가야만 하고요. 그게 아니라면 클레르발의 관 위에서 저도 죽었어야 했어요."

나는 아버지와 길게 대화를 나눌 수 없었다. 심신이 몹시 불안정해서 안정을 확보할 수 있는 모든 조치가 필요했기 때문이다. 커윈 씨는 들어와서 너무 많이 움직이면 체력을 소실할 수도 있다고 주의를 당부했다. 하지만 아버지는 내게 천사와도 같은 존재였고, 아버지 덕분에 나는 차차 건강을 되찾을 수 있었다.

몸은 정상으로 돌아왔지만 내 마음은 우울하고 깊은 비애감에 젖어 있었다. 그 무엇도 그런 내 기분을 사그라뜨릴 순 없었다. 참혹하게 살해당한 클레르발의 모습이 영영 잊히지 않을 것처럼 눈에 아른거렸다. 그런 모습을 다시 떠올릴 때마다 나는 몇 번이고 몹시 불안해하며 온몸을 떨었고, 그런 내 모습을 보고 지인들은 내 병이 재발할까 봐 몹시 걱정했다. 아아, 그들은 참혹하면서도 혐오스러운 내 목숨을 왜 지켜 준 것일까? 분명 내 운명은 제 몫을 다하리라. 이제 그 끝으로 향하는구나. 오, 조금만, 아주 조금만 기다리면 죽음이 내 붉게 타오르는 심장을 꺼뜨리고 나를 으스러뜨리던 육중한 고통을 덜어 주겠지. 그 정의의 심판이 내려질 때 나 또한 영원히 잠들겠지. 그때는 죽음이 그저 아득해 보이기만 했지만, 죽음을 향한 갈망은 내 머릿속에서 떠나지 않았다. 나는 꼼짝도 않고 실어증 환자처럼 몇 시간이고 앉아서, 나를 파괴한 놈과 함께 나를 폐허 더미에 묻을 만큼 엄청난 변혁이 일어나기를 바랐다.

순회재판이 열리는 시기가 되었다. 이미 내가 3개월간 감옥생활을 한 다음이었다. 여전히 몸이 약한 데다 재발의 위험도 있었지만 재판이 열리는 주도까지 약 160킬로미터를 이동해야 했다. 커윈 씨는 증인을 소환하고 내 변론을 준비하는 일에 온 정성을 쏟았다. 나는 범인으로서 사람들 앞에 서야 하는 수모를 당하지는 않았다. 사건이 생사를 결정짓는 재판까지 가지 않았기 때문이다. 대배심은 기소를 기각했다. 클레르발의 시신이 발견된 시각에 내가 오크니 제도에 있었다는 사실이 증명되었기 때문이었다. 혐의를 벗은 지 2주 뒤에 나는 감옥에서 풀려날 수 있었다.

혐의로 말미암아 휘말렸던 성가신 일들에서 자유로워졌다는 사실을 알게 된 아버지는 날아갈 듯이 기뻐하셨다. 내가 예전처럼 상쾌한 공기도 마시고 고국으로 돌아갈 수 있게 되었기 때문이었다. 하지만 나는 그리 기쁘지 않았다. 지하 감옥에서 지내든 궁전에서 지내든 내게는 다 지긋지긋한 곳이었다. 내게 삶이란 영원한 독배일 뿐이었다. 태양이 행복하고 활기찬 사람들뿐만 아니라 내게도 내리쬐었지만, 내 주위를 둘러싼 건 오직 소름 끼치고 짙은 어둠, 나를 감시하는 깜박이는 두 눈 외에는 그 어떤 빛줄기도 통과하지 못하는 어둠뿐이었다. 때때로 어둠은 죽음으로 생기를 모조리 빼앗긴 클레르발의 의미심장한 눈빛 같았다. 시커먼 눈은 눈꺼풀에 거의 짓눌려 있었고, 길고 새까만 속눈썹은 술 장식처럼 축 늘어져 있었다. 어떤 때에는 어둠이 잉골슈타트의 내 방에서 처음으로 마주쳤던 축축하고 흐릿한 괴물의 눈처럼 보였다.

아버지는 내 안에 남아 있던 애정을 다시금 일깨워 주려 하셨다. 곧 돌아가게 될 제네바 이야기도, 엘리자베스와 에르네스트에 관한 이야기도 들려주었다. 하지만 그런 얘기들은 심연에서 꿈틀대던 묵은 고통을 다시 느끼게 할 뿐이었다. 가끔 행복을 붙잡고 싶은 마음이 일기도 했고, 우울함과 기쁨이 묘하게 뒤섞인 상태에서 사랑하는 사촌을 떠올리기도 했다. 향수병에 흠뻑 젖어 들어 어릴 적 무척 좋아하던 푸른 호수와 론강의 세찬 물줄기가 보고 싶기도 했다. 하지만 평소에는 그저 무기력할 뿐이었다. 그런 상태일 때는 감방에서 지내건, 웅장한 자연 경관이 보이는 곳에서 지내건 매한가지 기분이었다. 무기력증은 급작스레 괴로워하거나 절망에 빠지는 일을 제외하고는 지속적으로 이어졌다. 그런 상태에서 나는 틈만 나면 지긋지긋한 내 삶에 종지부를 찍으려 했다. 스스로에게 끔찍한 짓을 저지르려는 나를 막으려면 지속적인 간호와 철저한 감시가 필요했다.

내가 감옥 밖으로 나가던 날 누군가가 이런 말을 했다.

"저 사람은 살인을 저지르지 않았어도 분명 지독한 죄책감에 시달리고 있어."

이 말을 듣고 나는 무척 놀랐다. 지독한 죄책감이라고! 그렇다. 나는 죄책감을 느끼고 있었다. 윌리엄과 저스틴 그리고 클레르발. 그들은 모두 내가 파 놓은 지옥에 빠져 죽었다. 나는 외쳤다.

"그렇다면 누가 죽어야만 이 비극이 끝난단 말인가? 오, 아버지. 이 끔찍한 나라에는 더 이상 있고 싶지 않아요. 제 자신과 존재, 이 세상, 그 모두를 잊을 수 있는 곳으로 저를 데려가 주세요."

아버지는 두말없이 내 부탁을 들어주셨다. 우리는 커윈 씨에게 작별을 고하고 서둘러 더블린으로 갔다. 기선이 아일랜드를 떠나 순풍을 가르며 항해를 시작했고, 내게 끔찍한 고통을 안겨 준 그 나라를 영원히 떠나게 되어 나는 큰 짐을 내려놓은 것 같은 해방감을 맛보았다.

자정 무렵이었다. 아버지는 객실에서 주무셨고, 나는 별도 보고 파도 소리도 들으며 갑판에 누워 있었다. 수면에 어둠이 깔리고 아일랜드 땅이 보이지 않자 나는 환호했다. 곧 제네바를 보게 될 거라 생각하니 기쁨이 뜨겁게 벅차올라 심장이 고동쳤다. 지난 일을 돌이켜 보니 모두 소름 끼치는 악몽 같았다. 하지만 내가 타고 있던 배도, 지긋지긋한 아일랜드 해변에서 불어오는 바람도, 나를 둘러싼 바다도, 모두가 사실이라고 집요하게 말하는 것 같았다. 나의 벗, 사랑하는 나의 동반자인 클레르발이 희생된 것도, 내가 창조한 괴물도 모두 사실이라고. 나는 내가 살아온 일생을 되돌아보았다. 제네바에서 가족들과 함께 평화롭고 행복하게 지냈던 시절, 어머니의 죽음, 잉골슈타트로 떠났던 그날을. 소름 끼치는 그놈을 만들도록 나를 미친 듯이 몰아붙이던 그 광기 어린 열정으로 전율을 느끼던 일을. 그놈이 처음 살아 움직이던 그날 밤. 옛일에 대한 기억들은 그렇게 급류처럼 걷잡을 수 없이 밀려왔고 수많은 감정들이 뒤엉켜 나를 짓눌렀다. 나는 결국 목 놓아 서럽게 울었다.

열병에서 회복한 후로 나는 매일 밤 약간의 아편을 복용했다. 목숨을 부지하는 데 필요한 휴식을 취하려면 그 약을 복용할 수밖에 없었다. 수많은 불행한 사건이 떠올랐고 그에 짓눌리게 되자 두 배로 아편을 복용해야 숙면을 취할 수 있었다. 하지만 잠을 잔다고 해서 온갖 번민과 고통에서 벗어날 수 있는 건 아니었다. 꿈에서 나를 무섭게 하는 것들을 수없이 많이 보았다. 새벽에는 계속 악몽에 시달렸다. 악마가 내 목을 졸랐고 나는 움직일 수 없었다. 신음하거나 고함을 지르는 소리도 귓가에 맴돌았다. 내 곁을 지키던 아버지는 가위에 눌린 모습을 보고 나를 깨우며 홀리헤드 항구*를 가리켰다. 배는 항구에 막 들어서고 있었다.

---

* 영국 웨일스 서북부에 있는 항구다.

5

우리는 런던으로 가지 않고, 대신 국토를 횡단해서 포츠머스까지 간 뒤에 그곳에서 배를 타고 르아브르*로 가기로 했다. 나는 무엇보다 그런 여정이 마음에 들었다. 하지만 사랑하는 클레르발과 함께 짧게나마 평화로운 순간들을 즐겼던 장소를 다시 보기가 두려웠다. 함께 방문했던 사람들을 다시 만나면 혹시 누군가 물어보기라도 할까 봐 두려웠다. 그 일을 생각만 해도 나는 고통스러워졌다. 여관에서 숨이 끊어진 클레르발의 모습을 처음으로 보았을 때 견뎌야 했던 고통이…….

아버지는 내가 예전처럼 건강과 평온을 되찾는 모습을 다시

---

* 프랑스 북부 센강 어귀에 있는 항구 도시다.

볼 수 있기를 바랄 뿐이었다. 아버지는 내게 끝없는 애정과 관심을 기울였다. 나의 슬픔과 우울은 좀처럼 사라지지 않았지만, 그래도 아버지는 실망하지 않았다. 이따금씩 아버지는 내가 살인 혐의에 답변을 해야 할 때 굴욕을 느낀다고 생각하셨는지 내게 자존심을 갖는 것이 아무 소용없다는 것을 보이려고 애쓰셨다. 나는 말했다.

"아! 아버지. 아버지는 저에 대해 아무것도 모르세요. 저와 같은 놈이 자존심을 느낀다면, 인간과, 인간의 감정과, 열정에게 치욕적인 일일 것입니다. 저스틴은, 가엾고 불행한 저스틴은 저처럼 아무 죄가 없었지만 살인 혐의를 받았고 죽었습니다. 저스틴이 죽은 것은 저 때문입니다. 제가 저스틴을 죽인 셈이란 말입니다. 윌리엄과 저스틴과 클레르발 모두 제 손에 죽고 말았어요."

감옥에 있을 때, 아버지는 내가 같은 주장을 하는 것을 여러 번 들었다. 그렇게 내가 범인이라고 할 때마다 아버지는 때로 설명을 듣고 싶어 하는 것 같았다. 어떤 때에는 나의 답변이 망상에서 나온 것이라고 생각하는 것 같았다. 그러니까, 아플 때 내가 상상 속에서 이런 생각을 지어 냈고, 몸이 나아진 뒤에도 여전히 그렇게 생각하는 것이라고 말이다. 나는 설명하기를 거부했고, 내가 만들어 낸 악마와 관련해서 계속 침묵을 고집했다. 나는 미친 사람 취급을 받는 기분이 들었고, 그래서 온 세상에 치명적인 비밀을 털어놓으려 할 때마다 내 혀를 사슬로 영원히 꽁꽁 묶어 버렸다.

세 사람이 모두 내 손에 죽었다고 주장할 때, 아버지는 정말 이상하다는 표정으로 말했다.

"빅터? 대체 무슨 말을 하는 게냐? 미친 게냐? 애야, 다시는 그런 말 하지 마라."

나는 흥분해서 외쳤다.

"저는 미치지 않았습니다. 하늘과 태양이 제 행동을 내려다보았고, 제 말이 진실하다는 것을 증명할 것입니다. 제가 바로 가장 죄 없는 이들을 죽인 살인자입니다. 그들은 제가 비밀스럽게 만든 것 때문에 죽었습니다. 그들을 살릴 수만 있다면, 제 피를 마지막 한 방울까지 기꺼이 흘리겠습니다. 하지만 아버지, 저는 도저히 그럴 수가 없었습니다. 인류 전체를 희생시킬 수는 없었으니까요."

내가 말을 그렇게 끝내자 아버지는 내 생각이 망상이라는 생각을 더욱 굳혔다. 아버지는 곧바로 대화 주제를 바꿔서 내 생각을 다른 것으로 돌리려고 애쓰셨다. 아버지는 아일랜드에서 일어났던 일들을 기억에서 지워 버리기를 바랐다. 아버지는 그 일을 절대로 입 밖에 꺼내지 않았고, 내가 겪은 불행을 나도 말하지 못하게 했다.

시간이 지날수록 나는 더욱 조용해졌다. 고통은 내 마음속에 자리를 잡았지만, 나는 더 이상 내가 저지른 일을 횡설수설하며 말하지 않았다. 내가 지은 죄를 의식하는 것만으로도 충분했다. 자해를 하는 심정으로 세상에 알리고 싶어 하는 도도한 목소리를 억눌렀다. 빙하가 떠 있는 바다를 여행한 이후로, 나는 그 어느 때보다 조용하고 차분해졌다.

우리는 5월 8일에 르아브르에 도착했고, 곧바로 파리로 갔다. 아버지가 볼일이 있어서 우리는 그곳에 몇 주 머물렀다. 파리에서 나는 엘리자베스가 보낸 편지를 받았다.

빅터 프랑켄슈타인에게

내 소중한 친구,

파리 소인이 찍힌 삼촌의 편지를 받아서 정말 기뻐. 이제는 너도 엄청나게 멀리 떨어져 있지 않고, 아무리 늦어도 2주 뒤에는 우리가 만날 수 있으니까. 가엾은 빅터, 그사이에 얼마나 힘들었을까! 제네바를 떠났을 때보다 더 아픈 네 모습을 보게 되겠지. 이번 겨울은 가장 비참하게 지나갔고, 나는 불안과 긴장 속에서 너무나 고통스러웠어. 하지만 평온한 네 얼굴을 보고, 네 심장이 위로와 평온을 완전히 잃지 않았다는 걸 알게 되면 좋겠어.

하지만 일 년 전에 널 그토록 불행하게 만들 생각이 지금도 남아 있을까 봐 걱정돼. 시간이 지나면서 더 심해졌을지도 모르니까. 그토록 많은 불행이 네 어깨를 짓누르는 이런 시기에 널 힘들게 하고 싶지는 않아. 하지만 네가 떠나기 전에 나는 삼촌과 대화를 나눴는데, 우리가 다시 만나기 전에 설명하는 게 좋겠어.

설명할 이야기라고! 너는 그렇게 말할지도 모르지. 엘리자베스가 설명해야 할 이야기라는 게 도대체 뭘까? 네가 정말로 이렇게 말한다면, 내 의문은 풀렸으니 나는 그저 편지 끝에 "너를 사랑하는 사촌으로부터"라고 서명하면 끝이겠지. 하지만 너는 내게서 멀리 떨어져 있는 데다 혹시 몹시 걱정하고 있을지도 모르지. 하지만 내 이야기를 듣고 기뻐할지도 몰라. 만약 그렇다면, 네가 곁에 없는 지금이라도 편지 쓰는 일을 더 이상 미루고 싶지 않아. 자주 네게 말하고 싶었지만, 어떻게 말을 꺼내야 할지 용기가 나지 않았어.

빅터, 너도 잘 알겠지만 우리가 어렸을 때부터 부모님이 흐뭇해하실 만한 계획은 우리의 결합이었어. 어렸을 때부터 그 얘기를 들으며 장차 결혼하게 될 것이라고 교육을 받았지. 우리는 어린 시절에 친하게 지냈고, 자라면서 서로에게 소중한 친구가 되었지. 하지만 오빠 동생 하면서 가깝게 지내면서도 더욱 가까운 사이가 되는 것을 바라지 않을 수도 있는데, 우리가 바로 그런 것이 아닐까? 사랑하는 빅터, 말해 줘.

한 가지만 물어볼게. 부디 둘 다 행복하기 위해서 말이야. 혹시 사랑하는 다른 사람이 있는 것은 아니니?

넌 여행을 떠났고, 잉골슈타트에서 몇 년을 보냈지. 친구야, 고백하는데 지난가을 네가 그토록 불행해하고, 모든 사람들로부터 벗어나 혼자 고독 속으로 도망치는 모습을 보면서 나는 네가 우리의 결혼을 후회할지도 모르겠다는 생각이 들었어. 비록 네가 원하지 않더라도 부모의 바람을 따라야 한다는 의무가 있다고 믿으면서 말이지. 하지만 그것은 잘못 생각한 거야. 빅터, 네게 고백하는데, 난 너를 사랑해. 앞날을 그리는 내 꿈속에서 너는 언제나 내 친구이자 동반자야. 하지만 나뿐만 아니라 너도 행복하기를 바라. 그래서 네게 분명히 말해 둘게. 네가 스스로의 선택을 따르지 않는다면, 우리의 결혼은 나를 영원히 불행하게 만들 거야. 심지어 지금도 나는 울면서 생각해. 네가 가장 잔인한 불행에 시달린 나머지, 사랑과 행복에 대한 모든 희망이 너를 원래대로 회복시킬 수 있음에도 네가 '자식의 도리'라는 이름으로 그것을 저버릴 수 있다고 말이지. 너에 대한 깊은 애정을 가지고 있는 내가 오히려 네가 원하는 것을 가로막아서 너를 훨씬 더 불행하게 만들지도 몰라. 아, 빅터. 사촌이자 소꿉친구인 너를 진심으로 사랑하기에 내가 이런 고민을 한다고 해서 불행할 거라고 생각하지 않아도 좋아. 친구야, 부디 행복해야 돼. 네가 이 부탁만 들어준다면, 나는 만족스러울 것이고, 세상 그 무엇도 내 평온한 마음을 어지럽히지 못할 거야.

이 편지를 읽고, 네 마음이 불편하지 않았으면 좋겠어. 이 편지가 네게 고통을 준다면, 내일도, 모레도, 아니면 네가 올 때까지 답장하지 마. 삼촌이 네 건강에 관한 소식을 전해 줄 테니까. 네가 이 편지를 읽거나, 아니면 다른 나의 노력 때문에 우리가 다시 만났을 때, 네 입가에서 미소를 본다면, 다른 행복은 필요하지 않을 거야.

엘리자베스 라벤자

17×× 5월 18일, 제네바에서

이 편지를 다 읽고 나자, 한동안 잊고 있던 악마의 협박이 문득 생각났다.

"네 신혼 첫날밤에 내가 반드시 함께 있어 주마!"

이것이 내가 받은 선고였다. 그날 밤이 되면 악마는 나를 해칠 것이고, 잠시나마 내 고통을 덜어 줄 행복에서 나를 떼어 놓기 위해 온갖 방법을 동원할 것이다. 결혼식 날 밤, 그는 나를 죽임으로써 자신의 범죄를 완성할 것이다. 뭐, 그럴 테면 그러라고 해라. 목숨을 건 결투가 벌어질 것이고, 그가 승리한다면 나는 평화롭게 죽음을 맞이할 것이고, 내게 미치는 그의 힘도 거기까지일 것이다. 만에 하나 내가 그를 이긴다면, 나는 자유를 얻을 것이다. 아, 그렇지만 도대체 무슨 자유란 말인가? 가족들은 눈앞에서 떼죽음을 당하고, 집은 불타고, 땅바닥에는 쓰레기가 널브러진 채, 정처 없이 떠돌아다니는 농부들이 누릴 만한 자유겠지. 집도 없고, 돈도 없고, 홀로 자유롭게 말이지. 자유란 내게 그런 것이지. 다만 나는 엘리자베스라는 보물을 지녔지. 아아! 이런 회한과 죄책감의 공포가 균형을 이루면서 내가 숙는 날까지 나를 따라올 것이나.

상냥하고, 사랑스러운 엘리자베스! 나는 그녀의 편지를 읽고 또 읽었다. 부드러운 감정들이 슬그머니 내 마음을 채웠고, 사랑과 기쁨 같은 천국에서의 꿈을 감히 속삭였다. 하지만 나는 이미 선악과를 먹어 버린 뒤였고, 그래서 천사는 팔을 걷어붙이고 나를 모든 희망에서 내몰았다. 하지만 그녀가 행복할 수 있다면, 나는 기꺼이 죽음을 택하겠다. 악마가 협박을 정말로 실천한다면, 죽음은 피할 수 없을 것이다. 나는 결혼이 이런 나의 운명을 재촉하는 것인지를 생각해 보았다. 나의 죽음이 몇 개월 일찍 찾아올지도 모른다. 하지만 나를 괴롭히는 그놈이 내가 협박에 겁을 집어먹고 결혼을 늦춘다고 의심한다면, 그는 틀림없이 다른 방법으로 복수할 것이다. 아마 더욱 끔찍한 방법으로 복수할지도 모른다. 그는 결혼식 첫날밤에 나와 함께 있겠다고 선언했지만, 그때까지 평온하게 지내겠다고 하지는 않았다. 마치 자신이 아직 피를 흘리는 것에 만족하지 않았다는 것을 보여주기라도 하듯이 그는 협박을 선언한 뒤 곧바로 클레르발을 죽였다. 엘리자베스와 아버지가 행복할 수 있다면 바로 결혼식을 올려서 내 목숨을 빼앗으려는 그놈의 계획이 조금도 늦춰져서는 안 된다고 생각했다.

이런 마음속에서 나는 엘리자베스에게 편지를 썼다. 편지에서 나의 어조는 차분하고 애정이 담겨 있었다.

"사랑하는 나의 여인에게. 이 세상에 우리의 행복이 조금밖에 남아 있지 않은 것 같아 두렵구나. 하지만 어느 날 내가 즐기는 모든 것은 네게로 모이겠지. 괜한 걱정은 쫓아 버려. 오직 네게만 내 삶을 바치고 만족하기 위해서 노력하고 있어. 엘리자베스, 내게는 한 가지 끔찍한 비밀이 있어. 네게 털어놓으면, 너는 공포로 온몸을 떨게 될 것이고, 나의 고통에 놀라기보다는 지금까지 내가 도대체 어떻게 살아왔을지 의아해하겠지. 사랑하는 사촌, 우리 사이에 비밀이 있어서는 안 되니까 이 불행하고 무서운 이야기는 결혼식 다음 날 털어놓을게. 부탁하건대, 그때까지는 조금도 이 얘기를 꺼내지 말아 줘. 이렇게 빌게. 네가 내 말에 동의할 걸 알아."

엘리자베스의 편지를 받고, 일주일 후에 우리는 제네바에 도착했다. 사촌은 나를 따뜻하게 환영했다. 하지만 수척해진 내 몸과 열이 도는 뺨을 보더니, 그녀는 눈가에 눈물을 글썽였다.

나는 엘리자베스의 모습이 변한 것을 보았다. 더욱 야윈 모습에 나를 매료시켰던 쾌활한 모습은 많이 사라져 있었다. 하지만 그녀의 다정하고 부드러운 표정은 나처럼 불행하고 비참한 사람에게 더욱 어울리는 짝처럼 바뀌어 있었다.

그때 내가 누렸던 평온은 오래가지 않았다. 기억과 함께 광기도 찾아왔다. 지난 일을 생각하면, 진짜 광기가 나를 사로잡았던 것이다. 몹시 화가 나서 분노로 타오를 때도 있었고, 우울하고 실의에 빠져 있을 때노 있었나. 나는 믿도 하지 않고 보지도 않은 채, 나를 압도하는 수많은 불행에 놀란 채로 멍하니 앉아 있었다.

오직 엘리자베스만이 나를 이런 급격한 감정 기복에서 밖으로 끌어낼 수 있었다. 그녀의 다정한 목소리는 광기에 휩싸인 나를 달랬고, 무기력에 빠진 내게 인간적인 감정들을 불어넣어 주었다. 그녀는 나와 함께 울었고, 나를 위해 울었다. 이성이 돌아왔을 때 그녀는 내게 충고하려고 했고, 체념하면서 내게 힘을 불어넣어 주려 했다. 아! 불행한 자는 체념하는 편이 좋겠지만, 죄인에게 평화란 없다. 한없는 슬픔에 빠질 때 이따금 누릴 수 있던 감정의 사치도 고통스러운 회한이 독으로 바꾸어 놓았다.

내가 도착하자 아버지는 곧 있을 사촌과의 결혼에 대해서 말했다. 나는 말없이 있었다.

"혹시 좋아하는 사람이 따로 있는 거냐?"

"아니요, 전혀 없습니다. 저는 엘리자베스를 사랑하고, 그녀와 결혼하는 것이 기뻐요. 그러니 결혼식 날짜를 정하게 해주세요. 그러면 그날 저는 제가 살아서나, 죽어서나, 사촌이 행복할 수 있도록 저를 바치겠습니다."

"사랑하는 빅터야, 그런 식으로 말하지 마라. 우리에게는 심각한 불행이 일어났지만, 남은 가족들이나마 더욱 가깝게 지내서 잃은 가족들에 대한 사랑을 살아 있는 가족들에게 대신 전하자. 우리 식구는 몇 명 안 되지만, 애정과 서로의 불행으로 꼭꼭 묶여 있다. 시간이 지나면서 절망이 누그러지면, 우리가 그토록 가슴 아프게 잃어버린 가족들을 대신할 새롭고, 소중한 사람들을 만나게 될 것이다."

아버지는 내게 그렇게 충고하셨다. 하지만 나는 괴물의 협박이 다시 떠올랐다. 지금까지 그가 전능한 힘을 지니고, 잔인한 일을 벌였기 때문에 당연히 나는 그를 거의 이길 수 없다고 생각했다. 그가 "네 신혼 첫날밤에 내가 반드시 함께 있어 주마"라고 말했을 때, 나는 그런 위협을 피할 수 없는 운명으로 받아들여야 했다. 엘리자베스를 잃는 일과 비교하면 내가 죽는 일은 아무렇지도 않았다. 그래서 나는 만족스럽고 활기찬 얼굴로 아버지의 말에 동의하였고, 엘리자베스가 좋다면 열흘 후에 결혼식을 올리겠다고 했다. 이렇게 함으로써 나는 내 운명을 결정했다고 생각했다.

아, 이런! 내가 잠깐이라도 악마 같은 원수의 끔찍한 계획을 생각했더라면, 불행한 결혼을 하기로 동의하는 대신에 차라리 고국을 완전히 떠나서, 친구도 없이 이 세상을 떠돌아다녔을 텐데. 하지만 괴물은 마치 마력을 지닌 것처럼 내게 자신의 진짜 의도를 드러내 보이지 않았다. 나는 나 혼자만의 죽음을 준비한다고 생각하면서, 나보다 더욱 소중한 사람의 죽음을 앞당긴 것이다.

결혼식 날짜가 가까워질수록 겁을 먹어서인지, 아니면 예감 때문이었는지 나는 가슴이 철렁 내려앉는 느낌을 받았다. 하지만 나는 애써 즐거운 표정을 지으면서 불안감을 숨겼다. 이런 내 모습이 아버지에게는 미소와 즐거움을 가져다주었지만, 엘리자베스의 주의 깊고 예리한 눈은 조금도 속이지 못했다. 엘리자베스는 우리의 결혼식을 차분히 만족해하며 기다리고 있었지만, 과거의 불행이 가슴 깊이 남아 있어서 다소 두려워하고 있었다. 지금 확실하게, 눈앞에 보이는 행복도 공허한 꿈처럼 곧 사라질 수 있으며 영원하고 깊은 후회 말고는 아무런 흔적도 남기지 않을 수 있다는 걱정을 하고 있었던 것이다.

결혼식 준비가 진행되었다. 하객들을 맞았다. 다들 웃는 얼굴이었다. 나는 가슴속에 들어앉은 불안을 되도록 내비치지 않으면서, 겉으로는 적극적으로 아버지의 계획을 따르는 모습을 보였다. 비록 나의 이런 모습이 비극을 장식할 뿐이지만 말이다.

콜로니 근처에 우리가 살 집을 샀다. 시골의 즐거움을 누릴 수 있으면서도, 아버지를 매일 볼 수 있을 정도로 제네바에서 가까웠기 때문이다. 아버지는 에르네스트가 학교에 다니면서 열심히 공부할 수 있도록 성안에서 지내기를 바라셨다.

그동안 나는 그놈이 공격할 때를 대비해서 나를 지키기 위한 온갖 대비를 했다. 항상 권총과 단검을 지니고 다녔고, 모종의 계략을 막기 위해 감시를 소홀히 하지 않았다. 이렇게 하자 마음이 더욱 안정되었다. 실제로 결혼식이 다가올수록 악마의 위협은 더욱 망상과 같아 보였고, 나의 평온을 뒤흔들 가치도 없는 것처럼 여겨졌다. 반면에 내가 결혼식에서 바랐던 행복은 더욱 또렷한 윤곽을 드러내기 시작했다. 결혼식 날짜가 다가올수록 사람들이 우리의 결혼을 어떤 사고로도 막을 수 없는 일처럼 수군거리는 것만 같았다.

엘리자베스는 행복해 보였다. 나의 차분한 태도는 그녀를 크게 안심시키는 데 도움이 되었다. 하지만 나의 바람과 운명이 이루어질 바로 그날, 그녀는 우울해하며 불길한 일이 있을 것이라고 예감했고, 내가 결혼식 다음 날 알려 주기로 한 끔찍한 비밀을 생각하는 것 같았다. 그 사이에 아버지는 무척 기뻐하셨고, 바쁘게 결혼식을 준비하면서 조카의 우울한 표정을 단지 신부의 수줍음이라고만 생각했다.

예식을 치른 뒤에 성대한 잔치가 아버지의 집에서 열렸다.

하지만 엘리자베스와 나는 그날 오후와 밤을 에비앙에서 보내고, 다음 날 아침에 콜로니로 돌아가기로 했다. 날씨가 좋고 순풍이 불어서 우리는 배를 타고 가기로 했다.

그때가 내가 살면서 행복을 누렸던 마지막 순간들이다. 우리는 빠른 속도로 나아갔다. 태양은 뜨거웠지만, 캐노피 천막 아래서 햇살을 피할 수 있었다. 우리는 아름다운 풍경을 즐겼다. 때로는 호수 한쪽으로 몽트 살레브와 몽탈레그르의 아름다운 강둑과, 저 멀리 만물 위에 있는 이름다운 몽블랑이 보였다. 주위의 눈 덮인 산들은 헛되이 몽블랑의 모습을 흉내 낼 뿐이었다. 때로 반대편 강둑 기슭에 가까이 갈수록 장엄한 쥐라산의 그늘진 면이 드러났다. 고국을 떠나려는 야심을 꺾고, 속국으로 만들려는 침략자들은 도저히 넘을 수 없는 장벽인 셈이었다.

나는 엘리자베스의 손을 잡고 말했다.

"사랑하는 엘리자베스, 너는 슬퍼하는구나. 아! 내가 어떤 고통을 겪는지를 안다면, 내가 어떤 고통을 견뎌야 하는지를 안다면, 오늘 하루만 내게 허락된 고요와 절망으로부터의 자유를 즐기고 맛볼 수 있도록 해 줄 텐데."

그러자 엘리자베스가 대답했다.

"소중한 빅터, 행복해야 해. 아무것도 너를 괴롭히지 않으면 좋겠어. 활기차고 기쁜 표정이 아니어도, 내 마음은 만족스러우니 안심해. 우리 앞에 펼쳐진 미래에 너무 기대지 말라고 내게 속삭이는 목소리가 있어. 하지만 나는 그런 불길한 목소리는 듣지 않을 거야. 우리가 얼마나 빨리 움직이는지를 봐. 구름이 어느 때는 흐리게 하다가도, 몽블랑의 정상 위로 솟아오르면서 이곳의 아름다운 풍경을 얼마나 흥미롭게 만드는지를 봐. 바닥에 깔린 조약돌을 구분할 수 있을 정도로 맑은 물속을 헤엄치는 저 수많은 물고기를 봐. 오늘은 축복받은 날이야! 모든 자연이 행복하고, 고요해 보여!"

그렇게 말하면서 엘리자베스는 자신과 나의 생각을 우울한 문제들로부터 돌리려고 애썼다. 하지만 엘리자베스의 기분도 기복이 심했다. 잠깐 두 눈에서 기쁨이 비치다가도, 계속 다른 곳에 정신을 팔고 몽상에 빠졌다.

해는 더욱 기울었다. 우리는 드랑스강을 지나면서, 강줄기가 보다 높은 협곡에서 흘러나와서 낮은 산들 사이의 골짜기로 흘러가는 것을 보았다. 이곳에서는 알프스산맥이 호수에 더욱 가까웠다. 우리는 알프스산맥들이 원형극장처럼 빙 둘러싼 동쪽 경계로 다가갔다. 에비앙의 첨탑이 그 주변을 둘러싼 숲 가운데에서 빛나고 있었고, 그 위로 산맥들이 드리워져 있었다.

해가 질 무렵, 지금까지 우리를 놀라울 정도로 빠르게 실어나르던 바람은 잔잔해져서 가벼운 산들바람이 되었다. 부드러운 공기가 잔물결을 일으켰고, 우리가 호숫가에 다가갈 때에는 나뭇가지들이 춤추듯 흔들리고 있었다. 꽃과 건초의 기분 좋은 향기가 흘러왔다. 호숫가에 배를 댔을 때에는 해가 이미 수평선 아래로 진 뒤였다. 발을 땅에 디디자 내 안에서 걱정과 두려움이 되살아나는 게 느껴졌다. 곧 나를 사로잡고, 영원히 내게 매달릴 걱정과 두려움이.

6

우리가 배에서 내렸을 때는 8시였다. 우리는 잠시 호숫가를 거닐며 노을을 즐기다가 숙소에 쉬러 들어갔고, 어둠 속에서 희미했지만 아직 검은 윤곽선이 남아 있는 호수와 숲과 산의 아름다운 풍경을 바라보았다.

남쪽에서 불어오던 바람은 이제 서쪽에서 맹렬하게 불어오기 시작했다. 달은 하늘 꼭대기까지 올라갔다가 내려가기 시작했다. 구름은 독수리보다 빠르게 지나가며 달빛을 희미하게 했다. 그사이에 호수는 분주한 하늘을 비추고 있었고, 수면에 물결이 서서히 일기 시작하자 더욱 부산해졌다. 갑자기 폭우가 쏟아졌다.

낮에는 마음의 평온을 유지할 수 있었지만, 밤이 되어 온갖 사물들이 어둠 속에 모습을 감추자 내 마음속에는 천 가지 공포들이 떠오르기 시작했다. 나는 불안에 떨면서 주변을 경계했고, 오른손으로 품에 숨겨 놓은 권총을 쥐고 있었다. 무슨 소리가 날 때마다 나는 겁에 질렸지만 사소한 일에 목숨을 버리지 않기로 결심했고, 나와 원수 둘 중 하나가 목숨을 잃을 때까지 벌어질 결투를 대비해서 긴장을 늦추지 않기로 마음먹었다.

한동안 엘리자베스는 용기도 나지 않고 두렵기도 해서 말없이 나의 불안을 지켜보았다. 그러더니 마침내 말을 꺼냈다.

"사랑하는 빅터, 무엇이 널 그렇게 불안하게 해? 네가 무서워하는 게 뭐야?"

나는 대답했다.

"아! 내 사랑. 쉿! 아무 말도 하지 마. 오늘 밤만 지나면 모든 게 무사할 거야. 하지만 오늘 밤은 무서워. 너무 무서워."

나는 공포에 떨면서 한 시간을 보냈다. 문득 곧 일어날 결투를 아내가 본다면 얼마나 무서울까 하는 생각이 들었다. 그래서 나는 아내에게 들어가서 쉬고 있으라고 부탁했다. 원수의 상황에 대해서 어느 정도 파악이 될 때까지는 아내와 잠자리에 들지 않기로 결심했다.

아내는 내 곁을 떠났고, 나는 한동안 집 안 복도를 계속 왔다 갔다 하면서 나의 적이 숨을 만한 곳을 구석구석 모조리 살펴보았다. 그러나 나는 아무런 흔적도 발견할 수 없었고, 그래서 다행히도 그놈에게 무슨 일이 생겨서 협박을 실행에 옮길 수 없게 된 것은 아닌가 하는 생각이 들었다. 그때, 갑자기 무서운 비명 소리가 들렸다. 엘리자베스가 자고 있던 방에서 들려온 소리였다. 그 소리를 듣는 순간, 모든 진실이 내게로 달려왔다. 두 팔이 축 늘어졌고, 온몸의 근육과 신경이 멈춰 버린 것 같았다. 혈관에서 피가 뚝뚝 떨어지는 것 같았고, 사지가 따끔거리는 것 같았다. 이런 상태는 잠시뿐이었다. 비명은 반복되었고, 나는 곧 방 안으로 뛰어 들어갔다.

아, 맙소사! 왜 나는 그때 죽어 버리지 않았을까! 왜 나는 여기서 지상 최고의 희망이자, 가장 무고한 존재가 파괴된 이야기를 하고 있을까? 엘리자베스는 그곳에 있었다. 숨이 끊어진 채로. 침대 위에 내던져진 채 고개를 축 늘어뜨리고 있었고, 창백하고 일그러진 얼굴은 머리카락으로 반쯤 가려져 있었다. 시선을 두는 곳마다 똑같은 모습이 보인다. 살인자가 침대에, 아니, 관 위에 내던진 신부의 창백한 두 팔과 축 늘어진 몸이……. 이런 광경을 보고, 과연 나는 살아갈 수 있을까? 아아! 목숨은 정말 질기구나. 혐오스러울수록 더욱 모질게 달라붙는구나. 순간적으로 나는 정신을 잃었다. 기절한 것이었다.

정신을 차리고 보니, 숙소에 있는 사람들이 나를 둘러싸고 있었다. 그들의 얼굴에는 숨 막히는 공포가 서려 있었다. 하지만 그들이 느끼는 공포는 내게는 단지 조롱처럼, 나를 짓누르는 감정의 그림자처럼 보일 뿐이었다. 나는 그들에게서 벗어나서 엘리자베스의 시신이 누워 있는 방으로 갔다. 나의 사랑, 나의 아내, 불과 얼마 전까지만 해도 살아 있던, 너무나 소중한, 너무한 고귀한 그대. 그녀는 처음 내가 봤던 때와 달리 똑바로 누워 있었고, 얼굴부터 목까지 손수건으로 덮여 있었다. 잠들어 있는 것 같았다. 나는 그녀에게 달려가서 열정적으로 꺼안았다. 하지만 내 품에 안긴 축 늘어지고 차가운 몸은 그녀가 더 이상 내가 사랑하고, 소중히 여겼던 예선의 엘리사베스가 아니라는 사실을 알려 줄 뿐이었다. 그녀의 목에는 살인자가 남긴 손자국이 있었고, 그녀의 입술에서는 더 이상 숨소리가 흘러나오지 않았다.

절망에 빠진 채 고통 속에서 그녀를 내려다보고 있던 나는 우연히 위를 올려다보았다. 창문에는 이미 어둠이 내려앉았다. 방을 비추는 창백한 노란 달빛을 보면서 나는 공포를 느꼈다. 덧문이 열려 있었다. 형언할 수 없는 공포를 느끼면서 이 세상에서 가장 끔찍하고 무서운 한 형체가 창밖에 있는 것을 보았다. 괴물이 씩 웃었다. 사악한 손가락으로 내 아내의 시체를 가리킬 때는 나를 조롱하는 것 같았다. 나는 창문으로 달려가서 품에서 권총을 꺼내 악마를 향해 쏘았다. 하지만 그는 나를 피해 창가에서 훌쩍 뛰어내렸고, 번개처럼 빠른 속도로 달려가더니 호수에 풍덩 뛰어들었다.

총소리가 나자 사람들이 방 안으로 들어왔다. 나는 그가 사라진 곳을 손가락으로 가리켰고, 우리는 배를 타고 뒤쫓아 갔다. 그물을 던져 보았지만, 아무 소용이 없었다. 몇 시간이 지난 뒤에 우리는 아무런 희망 없이 돌아왔고, 대부분의 사람들은 내가 헛것을 본 것이라고 믿었다. 배에서 내린 뒤에 사람들은 무리를 지어서 숲과 포도밭으로 뿔뿔이 흩어져 온 마을을 수색했다.

　나는 그들과 동행하지 않았다. 이미 기운이 다 빠져 버렸다. 눈에는 흐릿한 엷은 막이 덮였고, 피부는 열기로 바싹 말라 갔다. 이런 상태로 침대에 누워 있었고, 무슨 일이 일어나는지 의식하지도 못했다. 잃었던 뭔가를 찾는 것처럼 내 두 눈은 방 안을 휘휘 둘러보았다.

　엘리자베스와 내가 돌아오기를 아버지가 애타게 기다리고 있지만, 나는 혼자 돌아갈 수밖에 없다는 사실이 문득 떠올랐다. 이런 생각을 하자 두 눈에서 눈물이 흘러내렸고, 나는 그렇게 한참 동안 울었다. 하지만 여러 가지 생각들이 떠오르면서 내게 일어난 불행과 그런 불행이 일어난 원인을 곰곰이 생각해 보았다. 나는 경악과 공포 속에서 혼란스러웠다. 윌리엄은 죽었고, 저스틴은 사형을 당했고, 거기에다가 클레르발에 이어서 결국은 아내까지 살해당했다. 그 순간에도 나는 살아남은 친구들이 과연 악마의 원한에 찬 손길에서 얼마나 자유로울 것인지를 알지 못했다. 어쩌면 아버지가 그의 손아귀에서 온몸이 비틀리며 절규할 수도 있으며 에르네스트는 그의 발치에서 죽임을 당할 수 있다. 이런 생각 끝에 나는 온몸을 떨며 정신을 차렸다. 나는 벌떡 일어나서 되도록 빨리 제네바로 돌아가기로 결심했다.

말을 구할 수 없어서 배를 타고 호수를 건너야 했다. 역풍이 불고, 비가 억수같이 쏟아졌다. 하지만 아침이 오려면 아직 멀었고, 나는 가능한 한 밤사이에 도착하고 싶었다. 나는 노를 지을 사람을 구했다. 나도 손수 노를 저었다. 몸을 움직이면 정신적인 고뇌에서 벗어날 수 있다는 것을 경험으로 터득했기 때문이다. 그러나 그때는 넘쳐흐르는 고통을 느꼈고, 극도의 불안감을 견딜 수 없어서 꼼짝도 할 수 없었다. 나는 노를 집어던지고, 두 손으로 머리를 감싸 안은 채 떠오르는 모든 우울한 생각에 젖어 들었다. 고개를 들자 보다 행복했던 때에 내게 익숙한 풍경이 눈에 들어왔다. 그저께까지만 해도 엘리자베스와 함께 저 풍경을 보았는데, 이제 그녀는 이 세상 사람이 아니고, 내 기억에만 남아 있을 뿐이었다. 두 눈에서 눈물이 흘러내렸다. 잠시비가 그쳤고, 몇 시간 전에도 그랬듯이 물고기가 물속에서 노니는 것을 보았다. 엘리자베스도 그 물고기들을 보았다. 갑자기 찾아오는 커다란 변화만큼 사람의 마음에 고통을 주는 것은 없다. 여느 때처럼 태양이 빛나고, 구름이 낮게 드리워졌지만, 내게는 모든 것이 전날과 달라 보였다. 한 악마가 내게서 모든 앞날의 희망을 앗아가 버렸다. 나보다 비참한 자는 없을 것이고, 역사상 이렇게 끔찍한 일도 없을 것이다.

그런데 나는 왜 이런 충격적인 사건 뒤에 일어난 일들을 곱씹고 있는 것일까? 내 이야기는 온통 공포로 물들어 있고, 이제 그 '끝'까지 왔다. 지금부터 내가 하는 이야기는 당신에게 지루할 수도 있다. 내 친구들이 한 사람씩 사라졌다는 것만 알아두기를 바란다. 혼자 살아남은 나는 너무나 고독했다. 이제 기력이 다했으니, 남은 내 끔찍한 이야기는 짧게 하겠다.

나는 제네바에 도착했다. 아버지와 에르네스트는 아직 살아 있었다. 하지만 아버지는 내가 전한 소식에 그만 쓰러지고 말았다. 뛰어나고 덕망 있던 아버지의 모습이 지금도 눈에 선하구나! 아버지의 두 눈은 매력과 기쁨을 잃은 채 허공을 헤매었다. 한 사람이 베풀 수 있는 모든 애정을 쏟아부어서 딸보다 더 애지중지했던 조카를 잃었기 때문이다. 사람이 나이가 들면서 애정을 쏟을 곳이 줄어들면, 그만큼 남아 있는 사람들에게 오히려 더 매달리는 법이다. 저주하리라! 아버지의 희끗희끗한 백발 위로 불행을 가져와 아버지를 비참하게 죽게 만든 악마에게 저주가 내리리라! 아버지는 주위에 계속 일어나는 참혹한 일들을 견디며 살아갈 수 없었다. 뇌졸중 발작이 일어난 며칠 후 아버지는 내 품에 안긴 채 돌아가셨다.

그다음에 내가 어떻게 되었냐고? 모르겠다. 나는 감각을 잃었고, 쇠사슬과 어둠만이 나를 짓눌렀다. 어린 시절의 친구들과 함께 꽃이 핀 들판과 쾌적한 계곡에서 뛰노는 꿈을 꾸기도 했다. 하지만 눈을 뜨면 지하 감옥이었다. 우울감이 밀려왔지만, 나의 불행과 상황을 어느 정도 자세하게 이해할 수 있게 되었다. 그런 뒤에야 나는 감옥에서 풀려났다. 알고 보니 사람들이 나를 미쳤다고 했고, 그래서 나는 몇 달 동안이나 독방에 갇혀 있었던 것이다.

하지만 내가 이성을 되찾게 되면서 동시에 복수에 눈을 뜨지 않았다면, 자유란 내게 쓸모없는 축복이었을 것이다. 과거의 불행했던 기억들이 나를 짓눌렀을 때, 그 원인을 곰곰이 생각하기 시작했다. 내가 창조한 괴물을, 그 끔찍한 괴물을 세상에 내보내 나는 자신을 파멸로 이끌었던 것이다. 그놈을 생각하자 분노로 미칠 것 같았고, 그의 빌어먹을 머리 위에 복수를 퍼붓겠다고 스스로에게 약속했다.

나의 증오가 헛된 바람에 그치지는 않았다. 나는 그를 잡을 수 있는 가장 좋은 방법을 생각하기 시작했고, 감옥에서 풀려나고 약 한 달이 지났을 즈음에 마을의 치안판사를 찾아갔다. 그리고 우리 가족을 파멸시킨 놈을 알고 있으니, 그의 모든 권한을 이용해서 그 살인범을 잡아 달라고 요구하는 고소장을 제출했다.

치안판사는 다정한 태도로 내 말을 주의 깊게 듣더니 말했다.

"걱정 마십시오. 범인을 잡기 위해 어떠한 노력도 아끼지 않을 것입니다."

나는 대답했다.

"고맙습니다. 그러니까 제 말을 들어 보세요. 실은 너무나 이상한 이야기라서, 판사님이 제 얘기를 믿지 않을 것 같아서 염려가 됩니다. 아무리 놀랍더라도 뭔가 증거가 있다면 판사님도 제 이야기를 믿겠지만 말입니다. 이 이야기는 꿈처럼 앞뒤가 너무나 잘 들어맞습니다만, 거짓말을 할 생각은 전혀 없습니다."

나는 판사에게 차분하고 인상적인 태도로 말했다. 나는 죽을 때까지 나를 파괴한 놈을 쫓겠다고 결심했다. 이런 목적은 나의 고통을 달래 주었고, 잠시나마 삶과 화해할 수 있게 해 주었다. 나는 과거를 간략하지만 단호한 태도로 정확하게 말했다. 정확한 날짜를 들어서 말했고, 중간에 욕설을 하거나 고함을 치지 않았다.

판사는 처음에는 내 말을 전혀 믿지 않는 것처럼 보였다. 하지만 내가 계속 얘기를 하자, 그는 더욱 주의를 기울였고 흥미를 보였다. 가끔씩 그가 공포에 벌벌 떠는 것을 보았다. 그의 얼굴에 나타난 무척 놀란 표정에는 불신이 조금도 섞여 있지 않았다.

나는 이렇게 말을 맺었다.

"바로 이자를 고발합니다. 판사님의 모든 힘을 이용해서 이자를 잡아서 벌주기를 요청합니다. 판사로서 당신의 의무이기도 하지요. 판사님이 한 인간으로서 느끼는 감정도 이런 일을 수행하는 것을 싫어하지 않으리라고 믿고 또 희망합니다."

내가 이렇게 말하자, 그는 표정이 확 바뀌었다. 그는 유령이나 초자연적인 사건들의 이야기를 들을 때처럼 내 말을 반만 믿으면서 듣고 있었지만, 공식적으로 행동에 옮겨 달라고 요구하자 그의 불신은 되돌아왔다. 하지만 그는 부드럽게 대답했다.

"선생님이 범인을 잡을 수 있도록 기꺼이 돕겠습니다. 하지만 선생님이 말씀하신 생명체는 저의 모든 노력을 허사로 만들 수 있는 힘을 지니고 있는 것처럼 보이는군요. 빙해를 횡단할 수 있고, 인간은 감히 접근할 수 없는 동굴에 사는 동물을 과연 누가 따라갈 수 있을까요? 게다가 범행이 일어난 지 몇 달이나 지났지만, 그가 어디를 배회하며 지금은 어디에 머무는지를 아무도 추측조차 못 하고 있습니다."

"그놈은 제가 사는 곳 근처를 서성이는 게 분명합니다. 혹시 그가 알프스 산속에 숨었다면, 섀미*를 잡는 것처럼 쫓아가서 죽일 수 있을 것입니다. 하지만 저는 판사님 생각을 알고 있습니다. 판사님은 제 말을 믿지 않으시고, 저의 적을 추적해서 그

---

* 산간 지방의 영양이다.

가 받아야 할 벌을 줄 생각이 없으신 것이지요."

이 말을 하면서, 내 두 눈에서 분노의 불꽃이 튀어 오르자 판사는 겁을 먹고 말했다.

"선생님은 제 말을 오해하고 계십니다. 저는 제가 할 수 있는 일을 다 할 것입니다. 괴물을 잡을 수 있는 힘이 제게 있다면, 그는 범행에 응당한 벌을 받아야 할 것입니다. 하지만 선생님이 그가 지닌 능력을 설명했듯이, 이런 노력들이 아무 소용이 없을까 봐 걱정됩니다. 가능한 모든 방법을 동원해 보겠지만, 결과에 실망하지 않도록 노력해야 할 것입니다."

"그런 일은 없을 것입니다. 하지만 제가 무슨 말을 해도 아무 소용이 없을 것 같군요. 제가 그놈에게 복수하는 것은 당신에게 중요하지 않겠지요. 하지만 복수가 설령 악이라고 해도, 지금 제 마음은 복수심밖에 남아 있지 않습니다. 그 살인자가 아직도 살아서 세상을 돌아다니고 있다고 생각하면, 저의 분노는 말로 표현할 수조차 없습니다. 판사님은 저의 정당한 요구를 거절했습니다. 하지만 이제 제게 남은 길은 하나밖에 없습니다. 제가 죽든 살든 상관없이 그를 파멸시키는 데 저를 바치겠습니다."

이 말을 할 때, 나는 감정이 격해져서 온몸을 떨었다. 나의 태도에는 광기가 번득였고, 과거의 순교자들이 지녔다던 오만함과 사나움도 분명 드러났을 것이다. 하지만 헌신이나 영웅주의라는 생각과 거리가 먼, 제네바 판사의 눈에는 나의 이런 격정적인 마음 상태가 광기와 다름없어 보일 것이다. 그는 유모가 애를 달래듯이 나를 달래려고 노력했고, 내 이야기를 단지 헛소리라고 생각했다. 나는 외쳤다.

"세상에! 그대가 지혜롭다고 자부하다니 얼마나 어리석은가! 그만두시오. 지금 당신은 자신이 무슨 말을 하는지 모르고 있소."

나는 화가 나고 심란한 마음으로 재판장을 뛰쳐나왔다. 그리고 뭔가 다른 조치를 생각하기로 마음먹었다.

7

그때는 마치 누군가가 내 의지로 생각할 수 있는 능력을 꿀
꺽 삼켜 없애 버린 것 같았다. 나를 독촉했던 것은 분노였다. 내
게 힘과 평정을 실어 주는 건 오직 복수뿐이었다. 복수심은 내
가 느끼고 신중해지고 침착할 수 있게 해 주었다. 그때 내게 복
수심마저 없었다면 오직 망상이나 죽음만이 남았을 것이다.

우선 나는 제네바를 영원히 떠나겠다고 결심했다. 내가 행복
해하고 사랑받는 동안에는 제네바를 무척 좋아했지만, 역경을
겪으면서는 지긋지긋해졌다. 나는 약간의 돈과 어머니가 가지
고 계셨던 보석 몇 점을 챙긴 뒤에 그곳을 떠났다.

그렇게 나의 방랑은 시작되었다. 내 목숨이 다하는 순간 그
방랑도 끝날 것이었다. 나는 엄청난 거리를 걸었고, 사막과 야

만인들의 국가에서 여행자들이 흔히 겪는 역경을 모두 견뎌 냈다. 어떻게 살아남았냐고? 나도 알 수 없다. 내 사지가 축 늘어져 모래 언덕 위에서 수없이 넘어졌고 죽기만을 빌었다. 하지만 나를 숨 쉬게 만든 건 복수였다. 적이 시퍼렇게 살아 있는데 어찌 죽겠는가?

제네바를 떠난 뒤, 나는 가장 먼저 내 원수의 행적을 추적할 수 있는 몇 가지 단서를 찾아 헤맸다. 하지만 뚜렷한 계획이 서질 않았다. 마을 주변을 오랫동안 배회했지만 어느 길로 가야 할지도 알 수 없었다. 날이 어두워진 사이, 나는 어느덧 윌리엄과 엘리자베스와 아버지가 잠들어 있는 묘지 입구에 서 있었다. 묘지 안으로 들어가서 가족들의 이름이 새겨진 무덤 앞으로 갔다. 사방이 고요한 가운데 바람에 흔들리는 나뭇잎 소리만 들렸다. 날은 저물어 거의 감감해졌다. 묘지를 지나가며 언뜻 보는 이들도 그 풍경에서 엄숙하면서도 깊은 슬픔을 느꼈으리라. 지상을 떠난 영혼들이 이리저리 뛰어다니며 문상객의 머리에 보이지 않는 그림자를 드리우는 것 같았다.

이런 광경을 보고 있으니 처음에 느껴졌던 깊은 슬픔은 재빨리 분노와 절망으로 바뀌었다. 가족들은 죽었지만 나는 살아 있고, 가족들을 죽인 살인마도 살아 있다. 그를 죽이기 위해 나는 힘들어도 하루하루 살아가야 한다. 나는 풀밭 위에 무릎을 꿇은 채 땅에 입을 맞추었고, 입술을 부들부들 떨며 외쳤다.

"내가 무릎을 꿇은 신성한 땅의 이름으로, 내 주위를 방황하는 그림자들의 이름으로, 내가 느끼는 깊고 영원한 슬픔의 이름으로 맹세하겠나이다. 오, 밤이여! 그대의 이름으로, 그대를 주관하는 정령들의 이름으로 맹세하겠나이다. 나는 불행을 낳은 그 악마를 쫓아가겠나이다. 누구든 죽을 때까지 사투를 벌이겠나이다. 그러기 위해서 죽지 않고 살겠나이다. 이 달콤한 복수를 몸소 행하기 위해서라면, 영영 보지 못했을 태양도, 대지의 푸른 잔디도 다시 마주하고 다시 밟겠나이다. 죽은 자의 정령들과 방황하는 원혼들이여, 내 복수를 돕고 이끌어 주소서. 저주받은 그 지독한 악마가 깊은 고통을 들이마시도록 해 주소서. 제가 느끼고 있는 절망감을 그도 느끼게 하소서."

나는 경건하게 기도하기 시작했다. 그렇게 비는 동안 나는, 어떤 경외감을 느끼며 살해당한 내 친구들의 넋이 내 기도를 듣고 고개를 끄덕여 주었다는 확신이 들었다. 그러나 기도 막바지에 이를수록 나는 분노에 사로잡혔고 결국은 목이 메여 더 이상 말을 잇지 못했다.

내 기도에 답이라도 하듯 크고 악마 같은 웃음소리가 한밤의 정적을 가르며 울려 퍼졌다. 웃음소리는 오랫동안 낮고 음침하게 울려 퍼졌다. 소리는 이 산, 저 산에 메아리쳤고 모든 지옥이 나를 둘러싼 채 조롱하고 비웃는 것 같았다. 분명 그 순간 나는 광기에 휩싸여 그 비참한 삶을 끝냈어야만 했다. 그러나 나는 이미 신에게 복수를 맹세했고, 그것은 내 운명이 되었다. 웃음소리가 서서히 사라질 쯤, 익숙하면서도 혐오스러운 속삭임이 내 귓가에 선명하게 들려왔다.

"만족스럽구나, 딱하고 가엾은 놈! 살기로 했다니 나로서는 아주 만족스러워."

나는 소리가 들리는 곳으로 쏜살같이 달려갔지만 그 악마는 나를 교묘히 피했다. 갑자기 거대한 원형의 달이 떠올라 아주 빠른 속도로 도망치는 그 섬뜩하면서도 흉측한 몸을 비추었다.

나는 그놈을 쫓아갔다. 그 후로도 몇 달을 계속 쫓기만 했다. 작은 단서에 의지해서 나는 구불구불한 론강을 따라갔지만 소용없었다. 푸른 지중해가 나타났다. 그러다 아주 우연히 그 악마가 흑해로 향하는 밤배 안에 몸을 숨기는 것을 보았다. 나도 같은 배에 올랐지만 그는 도망쳐 버렸다. 도대체 어떻게 도망칠 수 있었던 것일까?

그는 계속 나를 따돌렸지만 타타르 지방과 러시아의 황무지를 가로질러 나는 끝까지 그를 따라갔다. 괴물의 형상을 보고 잔뜩 겁에 질린 농부들이 그가 간 길을 알려 줄 때도 있었고, 내가 길을 잃고 절망에 빠져서 죽을까 봐 자신이 직접 단서를 남길 때도 있었다. 머리 위로 눈이 내렸고, 하얀 평원 위에 찍힌 그의 거대한 발자국이 보였다. 갓 인생의 시작점에 접어들어 걱정과 고통이 무엇인지도 모르는 당신이, 내가 무엇을 느껴 왔고 또 지금 무엇을 느끼고 있는지 어떻게 이해할 수 있을까? 내가 견뎌야 할 운명적인 고통에 비하면 추위와 궁핍과 피로는 아무것도 아니었다. 나는 한 악마에게 저주를 받아 영원한 지옥을 짊어지고 다녔다. 그러나 착한 정령들이 나를 따라와서 걸음을 인도했고, 내가 불만을 토해 낼 때에도 극복할 수 없을 것 같은 난관에서 나를 구해 주었다. 가끔씩 굶주려서 탈진한 채로 쓰러져 있으면, 사막 위에는 음식이 놓여 있었고 나는 그것을 먹고 기운을 차렸다. 그 음식들은 농부들이 먹는 것처럼 보잘것없었지만, 나는 내가 도와 달라고 기도했던 정령이 놓고 간 음식이라 굳게 믿었다. 타들어 가는 갈증이 느껴질 때면, 옅은 구름이 하늘을 덮어 내 목숨을 부지할 만큼의 빗방울을 뿌리고 사라지곤 했다.

나는 되도록 강줄기를 따라 갔다. 강 주변은 주민들이 주로 모여 사는 곳이었기 때문에 괴물은 강줄기를 피해 다녔다. 그 밖의 다른 곳에서는 사람의 모습을 거의 볼 수 없었다. 나는 길을 가다가 마주치는 야생동물을 먹고 근근이 살아갔다. 내겐 돈이 있었고 그 돈과 사냥으로 얻은 고기를 나눠주면서 마을 주민과 친목을 쌓았다. 사냥으로 얻은 식량은 항상 일부만 취했으며, 나머지는 요리에 필요한 불과 식기를 제공한 이들에게 선물했다.

나는 그렇게 흘러가는 내 인생에 진절머리가 났다. 내 유일한 낮은 잠뿐이었다. 오, 평화로운 잠이여! 가장 불행하고 비참한 순간에도 나는 자주 휴식을 취했고 꿈은 나를 달랬다. 나를 지키는 정령들은 내게 이런 찰나의 행복, 혹은 더 오랫동안 누릴 수 있는 행복을 선사해 주었다. 그렇게 나 자신의 순례를 마칠 힘을 얻을 수 있었다. 이처럼 잠깐씩 숨을 돌리지 못했다면 나는 지쳐서 주저앉았을 것이다. 낮 동안에 나는 밤이 올 것이라는 희망으로 견디고 기운을 얻었다. 잠을 자는 동안 나는 친구들과 아내와 사랑하는 조국을 보았다. 아버지의 지비로운 얼굴과 클레르발이 건강과 젊음을 만끽하는 모습도 다시 보았고, 엘리자베스의 낭랑한 목소리도 들었다. 고생스러운 행군으로 지칠 때면 나는 꿈을 꾸는 것일 뿐, 곧 밤이 되면 가장 친한 친구들의 품에서 현실을 즐길 수 있으리라 스스로를 다독였다. 나는 가슴이 저리도록 그들을 사랑했다! 그들의 사랑스러운 모습에 몹시 집착했다. 심지어 잠자고 있지 않을 때에도 그들의 모습이 어른거릴 때면 그들이 여전히 살아 있노라고 믿고 싶어 안달이 났었다. 그럴 때면 가슴속에서 타오르던 복수심은 꺼졌다. 그러나 괴물을 없애 버리기 위해 나는 계속 나아갔다. 이는 마치 내 영혼이 그 일을 진심으로 원했다기보다는, 내 의지에 상관없이 어떤 힘이 준 자극에 기계적으로 반응하는 것과 같았다.

내게 쫓기는 그의 기분이 어땠는지 나는 알지 못한다. 그는 이따금씩 나무껍질 위에나 돌 위에 글자를 새겨서, 나를 안내하거나 나의 분노에 불을 붙였다.

"나의 지배는 아직 끝나지 않았노라. (이 말들을 그가 새겨 놓은 글 중 하나에서 읽을 수 있다.) 네가 살아 있으면 나의 힘은 완벽해질 것이다. 나를 따라와라. 나는 북극의 영원한 빙하를 찾아갈 것이고, 내겐 아무것도 아닌 추위와 서리로 너는 그곳에서 고통 받겠지. 네가 그리 늦지 않게 쫓아오고 있다면 이 근처에서 죽은 토끼 한 마리를 찾을 수 있을 것이다. 먹고 기운을 내라. 어서 오거라, 나의 원수여! 우리는 아직 목숨을 걸고 싸워 보지 않았다. 하지만 네가 힘들고 비참한 세월을 견딘 후에야 그날이 올 것이다."

악마가 나를 비웃다니! 다시 한번, 복수를 맹세하겠다. 네놈을, 비열하고 악마 같은 네놈을 고문해서 목숨 줄을 끊어 놓고야 말겠다. 우리 둘 중 한 명이 죽을 때까지 나는 추적을 멈추지 않겠다. 그런 뒤에 나는 황홀해하며 엘리자베스와 함께하겠지. 그리고 이 지긋지긋한 고통과 끔찍한 순례에 대한 보상을 마련하고 있는 이들도 만나게 되겠지.

북쪽으로 나아갈수록 눈발도 굵어지고 추위도 견딜 수 없을 만큼 심해졌다. 농부들은 오두막에 머물렀는데 추위에 강한 몇몇 사람들은 극심한 배고픔을 견디지 못하고 은신처를 나와 먹이를 찾아 헤매는 짐승들을 사냥하러 밖으로 나갔다. 강물이 얼어붙어 물고기를 잡지 못하자 나는 생계에 필요한 물품들을 구할 수 없게 되었다.

내 힘든 고역으로 원수는 점점 더 큰 승리감을 맛보았다. 그가 남긴 글에는 이렇게 적혀 있었다.

"각오하라. 이제부터가 고난의 시작이다. 털로 몸을 두르고 식량을 준비해라. 곧, 나의 그칠 줄 모르는 증오심을 충족시킬 만큼 고통스러운 여정이 곧 시작될 것이다."

그의 조롱은 오히려 나의 용기와 불굴의 의지를 북돋웠다. 나는 목표를 이루겠다고 다짐했다. 하늘에 도와 달라고 빌며 저 멀리 바다와, 그 바다가 이루는 수평선이 보일 때까지 지칠 줄 모르는 열정으로 거대한 사막들을 걷고 또 걸었다. 아! 남쪽의 푸른 바다와는 그 얼마나 다른 풍경이었던가! 온통 빙하로 덮여 땅보다 훨씬 황량하고 울퉁불퉁한 바다가 눈에 띄었다. 아시아의 고원에서 지중해를 내려다보면서 그리스인들은 기쁨의 눈물을 흘리고 그간 견뎌 왔던 고역이 끝났다며 소리치며 손을 흔들었다고 한다. 나는 울지는 않았지만 벅찬 가슴으로 무릎을 꿇었다. 그리고 원수의 조롱에도 불구하고 그와 담판을 짓게 될 그곳으로 무사히 도착할 수 있게 해 준 것에 대해 감사드렸다. 그보다 몇 주 전에 나는 썰매와 개를 몇 마리 구했고, 이것을 타고 상상을 초월할 속도로 설원을 건넜다. 놈도 같은 장비를 가지고 있는지는 알지 못했다. 그러나 전에는 날이 갈수록 그놈에게서 멀어졌지만, 이제는 하루하루 가까워진다는 사실을 깨달았다. 이제 나는 그를 꽤 많이 따라잡을 수 있었다. 처음 바다가 보일쯤 그와의 거리가 하루로 좁혀지자, 그가 해변에 도착하기 전에 앞을 가로막아야겠다는 생각이 들었다. 나는 다시 마음을 다잡고 계속해서 빨리 뒤쫓아 갔고, 이틀 뒤에는 바닷가의 어느 초라하고 작은 마을에 도착했다. 나는 그지역의 주민에게 괴물에 관해 물어 정확한 정보를 얻었다. 그들의 말에 따르면, 한 개의 대포와 여러 개의 권총으로 무장한 어느 거대한 괴물이 전날 밤에 도착했는데, 주민들이 그의 무시무시한 모습을 보고 겁에 질려 도망쳤다고 했다. 괴물은 주민들의 창고에서 겨울 식량을 꺼내 썰매에 싣고 훈련받은 개들을 썰매에 연결한 뒤, 당도한 그날 밤 곧바로 바다를 가로질러 육지가 없는 곳으로 떠났다. 덕분에 공포에 질려 있던 마을 사람들도 곧 안심할 수 있었다. 마을 사람들의 추측으로는 얼음이 부서지거나 서리에 영영 얼어붙어서 괴물이 얼마 가지 못하고 분명 죽어 버렸을 것이라고 했다. 그 소식을 듣고 나는 잠시 절망에 빠졌다. 그가 내 시야를 벗어났으니 나는 산처럼 커다란 빙하의 바다를 가로질러 파괴적이고 끝이 없어 보이는 여정에 다시 올라야 한다. 원주민들도 오래 견디지 못하는 추위 속에서, 따뜻하고 온화한 지방에서 자란 내가 어찌 살아남는단 말인가? 그러나 그놈이 살아남아 승리한다고 생각하니 다시 분노와 복수심을 치솟아, 거센 물결처럼 다른 감정을 덮어 버렸다. 약간의 휴식을 취하는 사이, 죽은 자의 정령이 나를 감싸더니 내 마음을 움직였다. 나는 여행에 오를 채비를 했다.

나는 육지용 썰매를 얼어붙은 바다의 울퉁불퉁한 표면에 맞는 썰매로 바꿨고, 식량을 충분히 준비한 뒤에 대륙을 벗어났다.

그 후로 도대체 얼마나 많은 날이 흘렀는지는 모르지만, 나는 고통을 견뎌 냈다. 내 마음속에서 끊임없이 불타오르던 복수심 덕분이었다. 거대하고 울퉁불퉁한 얼음산들이 끊임없이 나의 앞길을 막았고, 얼어붙은 바다가 갈라지는 소리기 들리면서 나를 죽이려고 위협하기도 했다. 하지만 다시 서리가 내리면서 바닷길은 안전하게 얼어붙었다.

남은 식량을 보니 이 여행을 떠난 지 3주가 지난 것 같았다. 희망은 계속 지체되어 내 가슴에 사무치더니 내 눈에서 좌절과 슬픔에 찌든 눈물을 쥐어짜 냈다. 절망감이 가까스로 허기를 채우기 위해서 나를 먹잇감으로 삼아 꿀꺽 삼켜 버릴 것만 같았다. 한번은, 썰매를 끌던 가엾은 동물들이 상상을 초월하는 고통을 감내하며 가파른 얼음산 정상에 나를 데려다주었다. 그중 한 마리는 과로로 그만 죽어 버리고 말았다. 나는 괴로워하며 내 앞에 놓인 드넓은 광야를 바라보았다. 그때 어스름한 평원 위로 검은 점이 보였다. 나는 그게 뭔지 알아내려고 눈에 힘을 주고 보았는데, 썰매와 그 썰매를 타고 있는 그놈을 한눈에 알아볼 수 있었다. 나는 환희에 가득 차서 거친 비명을 질렀다. 아! 희망이 다시 내 마음속에서 활활 타올랐다. 뜨거운 눈물이 내 두 눈에 맺혔다. 나는 그 악마의 모습을 눈앞에서 놓치지 않기 위해 급히 눈물을 닦아 냈다. 하지만 여전히 내 시야는 끓어오르는 눈물 속에서 희미해졌고, 결국 나를 짓누르던 감정에 못 이겨 큰 소리로 흐느껴 울었다.

머뭇거릴 시간이 없었다. 나는 죽은 녀석과 함께 달렸던 다른 개들을 썰매에서 떼어 내 먹이를 충분히 주었다. 그리고 한 시간 쉬게 한 후 계속 나아갔다. 그들에게 한 시간의 휴식은 꼭 필요했지만 내게는 무척 애가 타는 일이었다. 여전히 눈앞엔 썰매가 보였고, 잠시 빙하 암석에 가려 보이지 않을 때를 제외하고는 썰매에서 눈을 떼지 않았다. 실제로 나는 눈에 띄게 썰매에 가까워졌고, 이틀 정도 여행을 계속하자 2킬로미터도 채 떨어지지 않은 거리에서 적을 볼 수 있었다. 심장이 쿵쿵 뛰었다.

하지만 적이 내 손아귀에 거의 들어오려던 찰나에 갑자기 희망의 불꽃이 꺼져 버렸다. 그 어느 때보다도 더욱 완벽하게 그에 대한 모든 흔적을 잃어버리는 순간이었다. 얼음이 갈라지는 소리가 들렸다. 우레와 같은 소리가 들렸고 내 발밑에 물이 밀려들고 차올랐다. 점점 불길해지고 두려워졌다. 나는 계속 밀어붙이면서 앞으로 나아가려고 애써 보았지만 아무 소용이 없었다. 바람이 불고 바다가 으르렁거렸다. 그리고 지진 같은 강한 충격과 함께 얼음이 갈라지더니 거대한 소리를 내면서 쪼개졌다. 상황은 곧 종료되었지만 잠시 후 시끄러운 파도가 나와 적 사이를 갈랐고, 나는 갈라진 유빙 조각 위에 실려서 떠내려갔 다. 빙하 조각은 점점 작아지고 있었고, 나는 끔찍한 죽음을 준 비하고 있었다.

이렇게 끔찍한 상황 속에서 많은 시간이 흘렀다. 개 몇 마리 가 죽고 나 역시 거듭되는 고통을 버티지 못해 가라앉을 지경 이었나. 바로 그때, 정박하고 있던 당신의 배가 보였고 구조되 어 목숨을 건질 수 있으리라는 희망을 가졌다. 이렇게 먼 북쪽 까지 배가 올 수 있으리라고는 생각지도 못했던 터라 무척 놀 랐다. 나는 재빨리 썰매를 부수어 노를 만들었고 발아래에 떠 있는 빙하 조각을 타고 사력을 다해 당신의 배가 있는 쪽으로 노를 저었다. 배가 남쪽으로 가는 중이라면 내 목표를 포기하지 않고 바다의 자비에 나 자신을 맡겨 보리라 결심했다. 당신에게 보트를 하나 달라고 해서 적을 쫓아가려 했다. 하지만 당신의 배는 북쪽으로 가고 있었다. 당신이 나를 배 위로 끌어올릴 때 쯤 나는 더 이상 버틸 힘이 없었다. 그때 날 끌어올리지 않았다 면, 나는 곧 여러 고난을 겪은 끝에 죽음을 맞이했겠지. 나는 아 직도 죽기가 두렵다. 아직 내가 할 일이 끝나지 않았으니까.

아! 나의 수호 정령은 언제쯤 나를 악마에게 데려다줘서 그 토록 갈망하는 휴식을 취하게 해 줄까? 내가 죽고 그놈이 살아 야 하는가? 만약 그렇다면 월튼, 내게 말해 주시오. 그가 도망치지 못하게 하겠다고. 그를 찾아내서 나 대신 복수하겠다고. 하지만 나는 감히 당신에게 나와 같은 길을 밟으라고, 내가 겪었던 고난을 견디라고 할 수 없소. 아니, 그럴 수는 없소. 나는 그렇게 이기적이지 않소. 하지만 내가 죽으면 그놈은 분명 나타날 것이오. 만약 복수의 여신들이 그놈을 당신 앞에 데려오면 그가 살아 있지 못하게 하겠다고 약속해 주시오. 사무쳐 버린 내 울분을 짓밟으며 그가 승리를 외치고 또다시 나와 같은 희생자를 만들도록 내버려두지 않겠다고 약속해 주시오. 그놈은 언변에 능하고 설득력이 있소. 예전에는 그놈의 말이 내 마음을 움직인 적도 있소. 하지만 그를 믿지 마시오. 그의 영혼은 그의 형상처럼 끔찍하고 기만과 지독한 적대감으로 가득 차 있소. 그의 말은 들으면 안 되오. 저 세상으로 가 버린 윌리엄과 저스틴과 클레르발과 엘리자베스와 아버지의 영혼을 부른 뒤에 당신의 칼을 그의 가슴에 꽂아 주시오. 나는 당신 근처를 맴돌다가 칼을 제대로 꽂게 해 주겠소.

월튼, 이어서 편지를 쓰다

17×× 8월 26일

마가렛, 이 이상하고, 끔찍한 얘기를 읽었겠지. 너도 나처럼 피가 얼어붙는 공포가 느껴지지 않니? 가끔 그는 갑작스러운 고뇌에 사로잡혀 말을 잇지 못하곤 했어. 어떤 때에는, 더듬더듬하면서도 찌르는 듯한 목소리로 괴로움에 흠뻑 젖은 말들을 아주 힘들게 내뱉었지. 그의 맑고 사랑스러운 두 눈은 끝없는 분노로 타오르다가도 깊은 슬픔에 빠져 눈을 아래로 떨어뜨렸지. 그는 때때로 표정과 목소리를 가다듬었고, 가장 끔찍한 사건에 대해 들려줄 때도 온갖 동요를 내색하지 않으려 애쓰며 흔들림 없는 목소리로 말했어. 그러다가도 그의 표정은 돌연, 화산이 폭발하는 것처럼 거친 분노로 흔들리고 자신을 핍박한 자를 큰 소리로 저주하기도 했지.

그의 이야기는 앞뒤가 맞았고, 가장 단순한 사실의 형태를 띠고 있었어. 하지만 고백하건대, 괴물이 내게 보여 준 펠릭스와 사피의 편지들 그리고 배에서 만난 그 괴물의 형상은 빅터의 진지한 말보다 더욱 믿음이 갔지. 그런 괴물은 정말 존재해. 그건 분명한 사실이야. 하지만 너무 놀랍고 경이로워서 정신을 잃을 지경이야. 가끔 나는 프랑켄슈타인에게서 괴물을 만드는 몇몇 자세한 정보를 얻으려고 애를 썼지만 그는 끝까지 털어놓지 않았어.

"이보시오, 당신 제정신이오?"

그는 말했지.

"당신의 무분별한 호기심이 당신을 어디로 이끄는지를 아시오? 당신은 자신과 세상을 위해서 악마 같은 원수를 만들 작정이오? 무엇 때문에 이런 질문들을 하는 것이오? 쉿! 쉿! 나의 고통에서 교훈을 얻으시오. 당신의 불행을 키우지는 마시오."

프랑켄슈타인은 내가 자신의 과거를 적는 것을 알게 되었어. 그는 내가 적은 것을 보고 싶어 했고, 그는 기록을 보며 여러 곳을 수정하거나 보충했어. 그는 주로 자신과 적이 나눈 대화를 더욱 생생하게 고쳤지. 그가 말했어.

"기왕에 당신이 내 이야기를 적었으니 말인데, 나는 내 이야기의 일부가 잘린 채로 후대에게 전달되지 않았으면 좋겠소."

그렇게 인간의 상상력으로 지어 낼 수 없는 괴이한 얘기를 들으면서 한 주가 지났단다. 나의 모든 생각과 감정은 오직 그 손님을 향했지. 그의 이야기와 고상하고 다정한 태도 때문이었지. 나는 그를 위로하고 싶어. 하지만 그토록 끝없는 절망에 빠진 사람에게, 위안도 모두 부질없다고 여기는 그에게 내가 충고를 해도 될까? 아니, 아니야! 그에게 남은 유일한 기쁨은 그의 망가진 감정들을 평화롭게 죽음으로 마무리하는 거야. 한 가지 위안이 있다면 그건 고독과 몽상이지. 그는 꿈속에서 친구들과 대화를 나눌 때 자신의 고통에 대한 위로나 복수를 위한 자극을 얻는다고 생각해. 그런 정령들은 자신이 만들어 낸 것이 아니라, 먼 곳에서 그를 방문하는 실제 존재들이라고 믿고 있어. 이런 믿음은 그의 몽상을 엄숙하게 했어. 나 또한 그의 몽상들을 거의 사실이라 믿고 흥미를 가지게 됐지.

내화를 나누면서 프랑켄슈타인의 과거와 불행만을 얘기하지는 않았어. 문학 일반의 모든 영역에 대해 그는 방대한 지식과 빠르고 통찰력 있는 이해력을 보여 주었지. 그는 감동적이고 강력한 언변을 구사한단다. 그가 어떤 애처로운 사건을 말할 때나 동정이나 사랑의 감정을 움직이려 할 때는 눈물이 절로 나더구나. 한창일 때의 그는 분명 어떤 영광스러운 존재였지만, 엉망이 된 그는 고귀하고 신과 같은 존재였어. 그는 자신의 가치도 알고 자신의 몰락이 고귀하다는 것도 아는 것 같았어. 그가 이렇게 말하더구나.

"젊었을 때는 내가 꽤 대단한 일을 해낼 운명이라고 생각했소. 나는 생각도 깊었고 냉철한 판단력도 지니고 있었소. 다른 이들은 짓눌릴 법한 상황에서 나는 타고난 감각으로 버텨 낼 수 있었소. 왜냐하면 아무런 쓸모없는 슬픔에 잠겨서, 내 동족인 인간에게 쓸모가 있을지도 모르는 재능을 썩히는 것은 범죄라고 생각했기 때문이오. 내가 완성했던 작업, 즉 세심하고 이성적인 동물에 못지않은 존재를 만들어 낸 일을 돌아보면 다른 흔한 과학자들과 내가 같은 위치에 있다고 생각하진 않소. 처음에 내가 일을 시작할 때 버팀목이 되어 주던 이런 생각들은 이제 나를 더 깊은 구렁텅이 속으로 내동댕이쳤소. 내가 예상하고 희망했던 모든 것은 사라졌고, 나는 영원한 지옥의 사슬에 묶여 버렸소. 나는 상상력도 활발했지만 분석력과 응용력도 아주 뛰어났소. 이런 능력들을 통합해서 뭔가를 생각해 냈고, 결국 한 인간을 창조해 낼 수 있었소. 심지어 지금도 한창 작업하던 때를 회상하면 그 열정을 느낄 수 있소. 나는 생각에 빠져든 채 천국에 발을 디뎠고, 새로운 아이디어와 그것이 가져올 결과로 머릿속이 가득했으며, 내 능력을 발휘하면서 마음껏 기뻐했소. 어렸을 때부터 고귀한 희망과 높은 열정에 물들어 있었소. 하지만, 지금 나는 얼마나 몰락했습니까! 아! 나의 친구여, 만약 당신이 예전의 나를 알았다면 이렇게 추락한 내 모습을 알아보지 못했을 텐데. 다시는 날아오르지 못할 만큼 깊숙한 나락으로 떨어져 버리기 전까지만 해도 좌절이 마음에 녹아들 겨를이 없었소. 어떤 고귀한 운명이 나를 기다리는 것만 같았소."

이렇게 존경스러운 존재를 잃어야만 하다니. 나는 그동안 너무나 간절히 친구를 원했어. 서로 공감하고 아껴 줄 벗을 찾아왔잖아. 잘 봐 둬. 이런 사막과도 같은 바다 위에서 나는 한 친구를 얻었어. 하지만 두려워. 그를 얻었고, 결국엔 그의 가치도 알게 되었지만, 곧 그를 잃게 될 거야. 나는 그를 삶과 화해시키려 했지만 그는 이런 내 뜻을 사양했어. 그는 이렇게 말했어.

"왈튼, 나처럼 비참한 사람에게 그렇게 따뜻한 관심을 가져 주다니 정말 고맙소. 당신은 새로운 인연과 새로운 애정에 대해 말하지만 한번 생각해 보시오. 누가 죽은 사람의 빈자리를 대신 채울 수 있겠소? 누가 내게 클레르발이 될 수 있으며, 내게 엘리자베스가 될 수 있겠소? 그 어떤 최고의 미덕에도 큰 감흥을 못 느끼다가도, 어린 시절을 함께 보낸 벗에게는 큰 힘을 얻을 수 있지 않소? 나중에 사귄 친구들에게서는 이런 것을 얻을 수 없소. 어릴적 친구들은 어린 시절부터 내가 어떤 사람이었는지 알고 있으니 말이오. 타고난 기질이 변할 수는 있어도 완전히 사라지지는 않소. 그들은 우리의 동기가 진실한지도 더욱 확신을 가지고 판단할 수 있답니다. 아무리 친한 친구라도 나를 의심할 여지는 있는 법이네만, 남매들은 이전에 의심의 징후를 보지 못했다면 형제자매들이 사기 행각을 했으리라고 절대 의심하지 않소. 나는 친구들과도 우정을 만끽했소. 그저 자주 만나 서로를 잘 알아서 그럴 수 있었던 것은 아니오. 그들이 지니고 있는 장점 덕분이었소. 어디에 가든지, 엘리자베스의 차분한 목소리와 클레르발과의 대화는 내 귀에서 영원히 속삭일 것이오. 그들은 모두 죽었지만 그런 고독 속에서 한 가지 감정이 계속 살아가도록 나를 사로잡았소. 만약 내가 널리 인간을 이롭게 하는 고귀한 일을 아주 많이 맡았다면, 어찌 그 일을 하지 않을 수 있겠소? 하지만 나는 그런 운명을 타고나진 못했소. 내가 만든 존재를 쫓아가서 파괴하는 것이 지상에서 내가 할 일이고, 그 일을 마치면 나는 죽음을 맞게 되겠지요."

9월 2일

사랑하는 누이에게

지금 나는 위기에 처해 있어서 사랑하는 잉글랜드와 그곳에 사는 친구들을 다시 볼 수 있을지 알 수 없는 상황에서 네게 글을 쓴단다. 나는 지금 빙산에 둘러싸여 빠져나갈 곳도 없고 매 순간 배가 부서질 위험에 처해 있어. 내가 함께하자고 설득했던 그 용감한 동료들은 내게 도움을 받고 싶어 하지만 내가 해줄 수 있는 것이 없어. 상황은 공포로 치닫고 있지만 그래도 나는 용기와 희망을 버리지 않고 있어. 우리는 살아남을 거야. 비록 살아남지 못하더라도 그 유명한 로마의 철학자 세네카의 말처럼 '기꺼이' 죽음을 맞이하려고 해.

하지만 마가렛, 네 마음은 어떻겠니? 내가 파멸했다는 소식을 듣지도 못하고 걱정하면서 내가 돌아오기만을 기다리겠지. 몇 해가 지나 너는 간간이 절망에 빠질 것이고, 희망도 완전히 버리지 못한 채 괴로워할 거야. 아! 사랑하는 누이, 네가 진심으로 바랐던 일이 좌절됐을 때 너에게 닥쳐올 아픔을 생각하니 내가 죽는 것보다 더욱 끔찍하구나. 하지만, 너는 남편도 있고 사랑스러운 아이들도 있지 않니. 너는 행복할 거야. 하늘의 축복을 받아서 행복하게 지낼 수 있을 거야!

이 불운한 이방인은 나를 애정 어린 마음으로 동정하며 감싸 주는구나. 그는 내게 희망을 심어 주려고 애썼고, 목숨을 몹시 아끼는 재산인 것처럼 말하더구나. 그는 북극해 탐험을 시도했던 다른 항해사들에게도 똑같은 사고가 자주 일어났다는 걸 상기시켜 주었어. 나도 모르게 기운이 나면서 좋은 예감도 들었지. 심지어 선원들도 그의 유창한 언변에 힘을 얻었어. 그가 말을 하면 선원들은 더 이상 절망하지 않았어. 그는 선원들의 힘을 북돋웠어. 선원들은 그의 말을 들으면서 거대한 빙산을 자신들의 의지 앞에서 사라질 두더지의 흙무더기쯤으로 여기더구나. 하지만 이런 기분도 잠시, 하루하루 기대가 무너지면서 선원들의 마음은 두려움으로 가득 찼어. 그런 좌절감으로 그들이 폭동을 일으킬까 봐 겁이 나기도 해.

9월 5일

너무나 놀라운 광경이 벌어져서, 이 편지들이 네게 닿지 않는다고 해도 도저히 적지 않을 수 없구나.

우리는 여전히 빙산에 둘러싸여 있고, 빙산과 충돌할 위험에 직면해 있어. 지독하게 추운 데다가, 벌써 여러 동료들이 운이 없게도 이런 적막한 풍경에 자신의 묫자리를 마련했어. 날이 갈수록 프랑켄슈타인의 건강도 악화되고 있어. 그의 두 눈은 여전히 이글거리고 있지. 하지만 기력이 다해서 갑자기 몸을 움직여 보다가도 급속도로 무기력해져 수그러들곤 했어.

지난번 편지에서 폭동이 일어날까 봐 걱정이라고 했었지. 오늘 아침, 나는 친구의 창백한 얼굴을 바라보며 앉아 있었어. 그의 두 눈은 반쯤 감겼고 팔다리는 힘없이 축 늘어져 있었지. 그때 선원 여섯 명이 선실로 들어오게 해 달라고 하는 바람에 정신을 차렸어. 그들이 들어왔고 그중 대표가 내게 말을 걸었지. 다른 선원들이 자신들을 대신해서 내게 요구 사항을 전해 달라고 했다더구나. 그들은 감히 거절할 수 없는 정당한 요구를 했어. 지금은 빙하에 갇혀 영영 빠져나가지 못할 것 같지만 빙하가 사라지고 뱃길이 새로 열리면 위기를 모면할 수도 있다며, 만약 그렇게 되더라도 내가 무모하게 항해를 재개해서 그들을 또다시 위험에 빠뜨릴까 봐 염려가 되니 배가 이곳을 벗어나면 곧 항로를 남쪽으로 돌리겠다고 굳게 맹세해 달라고 했어.

이 말을 듣고 나는 고민에 빠졌지. 절망에 빠진 적도 없는 데다 그곳을 벗어나더라도 돌아갈 생각은 아니었거든. 그런데 공정하게 생각해 보더라도, 이 요구를 거절할 수는 없는 노릇이지 않겠니? 선뜻 대답할 수 없더구나. 바로 그때, 그동안 침묵을 지키고 있던, 사실상 그런 대화에 참여할 힘조차 없어 보이던 프랑켄슈타인이 몸을 일으켰어. 그의 눈빛도 불타올랐고 두 볼도 잠시나마 붉은 기운을 띠었어. 그는 선원들을 돌아보며 말하더구나.

"그게 무슨 말이오? 당신들은 선장에게 무엇을 요구하는 것이오? 당신들은 원래 목표에서 그렇게 쉽게 방향을 바꿉니까? 그러고도 이를 영예로운 탐험이라고 부르는 겁니까? 무슨 이유로 영광스러운가요? 그 과정이 남쪽 바다처럼 순탄하고 잔잔해서가 아니라, 온갖 위험과 공포가 가득하기 때문이겠죠. 또 새로운 사건이 일어날 때마다 불굴의 정신을 앞세워 용기를 보여주어야 하고, 위험과 죽음이 도사리는 가운데 당신들이 용기를 내어 극복할 운명이기 때문이오. 이런 이유들이 이 일을 영예롭고 명예롭게 하는 것입니다! 장차 당신들은 인류에 헌신한 위인으로 후손들에게 칭송받을 것이오. 당신들의 이름은 인류의 명예와 공익을 위해 목숨을 바친 용감한 자들의 이름과 함께 기억될 것입니다. 그럼에도 그 용기를 시험해 볼 수 있는 엄청난 기회를 갖자마자 뒤로 물러난단 말이오? 추위와 위험을 견디지 못해서 이대로 포기해도 만족할 수 있단 말입니까? 딱한 사람들 같으니. '그래서 그들은 추워서 따뜻한 난롯가로 돌아왔군.' 다들 이렇게 생각하겠군요. 아니, 그럴 거면 그토록 많이 준비해서 이렇게 멀리 나올 필요도 없었겠지요. 결국 선장에게는 원치 않는 패배의 굴욕이나 안겨 주고, 자신들은 겁쟁이에 지나지 않는다는 사실을 증명하는 셈일 뿐이니까요. 아, 남자답게 구시오! 아니, 평범한 남자들을 넘어서는 존재가 되십시오! 목표를 이루기 위해 꾸준히 노력하고 확신을 갖고 밀고 나가세요. 빙하는 당신들의 심장과는 다른 물질로 만들어져 있소. 빙하는 변하기 마련이니 당신들이 의지만 보인다면 절대 당신들을 이길 수 없을 것이오. 당신들의 이마에 수치의 오명을 안은 채 가족에게 돌아가지는 말길 바라오. 적에게 등을 돌리는 것이 무엇인지를 모르는 영웅처럼, 싸워 정복하시오."

그는 목소리 톤을 조절하면서 여러 감정을 담아 말했지. 고귀한 계획과 영웅심으로 가득한 눈빛으로 말이야. 이 남자들의 마음이 움직이는 게 당연하지 않겠어? 그들은 서로 쳐다보며 뭐라 대꾸하지도 못했어. 나는 그들에게 말했어. 가서 나눴던 대화들을 생각해 보라고. 만약 그들이 강하게 반대한다면 난 그들을 더 북쪽으로 이끌지는 않겠노라고. 하지만 다시 생각해 보고 용기를 되찾길 바란다고 말이야.

그들은 물러났고 내 친구 쪽으로 고개를 돌렸지. 하지만 그는 지쳐서 맥없이 쓰러졌고 거의 생명을 잃은 것 같았어. 이 모든 일이 어떻게 될지 난 알 수 없어. 하지만 목표를 이루지 못한 채 수치스럽게 돌아가느니 차라리 죽음을 택하겠어. 목표를 이루지 못한 채 말이야. 그러나 그것이 내 운명이 될까 두렵기도 해. 영광과 명예라는 버팀목이 없다면 당장 마주한 고난을 끈질기게 견뎌 보려고 애쓰지 않을 거야.

9월 7일

주사위는 던져졌어. 나는 우리가 무사하면 돌아가자는 의견에 동의했어. 소심함과 우유부단함에 내 희망은 산산조각 나 버렸어. 나는 아무것도 알아내지 못하고 좌절한 채 돌아가겠지. 이 부당한 조치를 끈기 있게 참아 내려면, 내가 가진 철학 이상의 것이 필요해.

9월 12일

다 끝났어. 나는 영국으로 돌아가고 있어. 나는 인류에게 도움이 되고자 했던 희망을 잃었단다. 친구도 잃었어. 누이, 그래도 이 견디기 힘든 상황들을 너에게 자세히 들려주고 싶구나. 그리고 영국으로, 바로 누이가 있는 그곳으로 향하는 동안만큼은 절망에 찌들어 있진 않을 거란다.

9월 9일, 빙하가 움직이기 시작했고, 멀리서 천둥처럼 으르렁대는 소리가 들렸어. 사방에서 섬이 갈라지고 쪼개지는 것 같았어. 당장이라도 우리에게 큰 위험이 닥칠 것 같았지만, 그저 상황을 지켜볼 수밖에 없었기에 나는 병세가 악화되어 침대에서 꼼짝도 할 수 없던 그 불행한 손님에게 온 정신을 쏟고 있었단다. 그런데 그러고 있는 사이, 우리 뒤쪽에 있던 빙하가 부서지더니 북쪽으로 떠내려갔고 서쪽에서는 미풍이 불어오기 시작했어. 11일에는 남쪽으로 갈 수 있는 항로가 완전히 열린 거야. 선원들이 이 광경을 보고 고국으로 돌아갈 수 있다는 것을 확신했을 때 그들에게서 커다란 기쁨의 함성이 계속 터져 나왔지. 졸고 있던 프랑켄슈타인이 깨더니 그렇게 소란스러운 이유를 묻더구나. 나는 대답했어.

"선원들이 소리를 지르는 것이죠. 곧 영국으로 돌아갈 테니까요."

"정말 돌아갈 생각이오?"

"아아! 그렇습니다. 선원들의 요구를 받아들이지 않을 수 없으니까요. 원치 않는 위험에 그들을 끌어들일 수는 없죠. 그래서 돌아가야 합니다."

"당신이 그럴 생각이라면, 그렇게 하시오. 하지만 나는 돌아가지 않겠소. 당신은 목표를 포기할 수 있지만, 내 목표는 하늘이 정한 거라서 감히 바꿀 수 없소. 몸은 쇠약한 상태지만 내 복수를 지지하는 정령들이 분명 충분한 힘을 줄 것이오."

이렇게 말하면서 그는 침대에서 몸을 일으키려고 했어. 하지만 너무 무리였지. 그는 곧 뒤로 쓰러지며 기절하고 말았어.

한참이 지나고 나서야 그는 깨어났어. 나는 종종 그가 완전히 죽은 것은 아닐까 생각했지. 마침내 그가 눈을 떴고 힘겹게 숨을 쉬었지만 말은 하지 못했어. 의사는 그에게 액체로 된 진정제를 주었고, 절대 안정을 취해야 한다고 당부했어. 그사이에 의사는 내게 친구가 몇 시간 더 못 살 것이라고 말했지.

그에게 사형 선고가 내려진 거야. 나는 무척 슬펐지만 참을 수밖에 없었어. 그를 지켜보면서 침대 옆에 앉아 있었어. 그가 두 눈을 감고 있어서 잠들었다고 생각했는데, 곧 힘없는 목소리로 나를 불렀고 더욱 가까이 오라고 하더니 이렇게 말했어.

"아아! 내가 의지하던 힘이 사라졌구나. 나는 곧 죽을 것 같소. 하지만 나의 적이자 박해자인 그놈은 여전히 살아 있겠지. 하지만 월튼! 전에 한번 말했듯이, 내가 살아 있는 마지막 순간에 불타는 증오와 복수를 하고 싶은 열렬한 욕망을 느꼈다고는 생각지 마시오. 나는 적이 죽기를 바라며 나를 정당화했던

것 같소. 지난 며칠 동안 나는 과거의 행적을 되돌아보는 것에
몰두했습니다. 내가 비난받을 짓을 하지는 않았다고 생각하오.
열정적으로 광기에 빠져서 이성적인 생명체를 만들어 냈고, 내
힘이 닿는 데까지 그에게 행복과 복지를 주기로 약속했소. 나
의 의무였지. 하지만 내게는 그에 못지않은 의무가 하나 더 있
었소. 바로 동족에 대한 의무요. 나는 그 의무에 더욱 집중해야
했소. 왜냐하면 그들의 행복이나 불행이 괴물의 그것보다 훨씬
중요하기 때문이지요. 이런 생각으로 나의 첫 생명체가 동반자
를 만들어 달라는 요구를 거절했소. 거절하는 게 마땅하고말고.
그는 악마에 버금가는 악의와 이기심을 보여 주었소. 내 친구
들을 파멸시켰지. 섬세한 감성과 기쁨과 지혜를 가졌던 존재들
을 파괴하는 일에 헌신한 것이오. 복수를 향한 이 갈증은 과연
어디서 끝날지 모르겠소. 그놈이 불행하다고 해서 다른 이들도
비참하게 만든다면 죽어 마땅하오. 그를 파멸시키는 것이 내가
할 일이었지만 실패하고 말았소. 내가 당신에게 미처 끝내지
못한 일을 부탁한 적이 있었지요. 그때 내 동기는 이기적이고
악의적이었지만, 지금 그 부탁을 다시 한번 요청하는 바입니다.
이번에는 이성과 미덕에서 나온 것이라오.

　하지만 이 일을 마치기 위해 당신에게 국가와 친구들까지 포
기하라고는 요구할 수는 없소. 그리고 이제 당신은 영국으로
돌아갈 것이니 그를 만날 일은 거의 없겠지. 하지만 이런 점들

에 대해 곰곰이 생각해 보거나, 당신이 해야 할 일에 대한 가치를 묻고 그 균형을 따지는 일은 당신에게 맡기겠소. 죽음이 다가오고 있어서 나의 판단력과 사고력은 이미 흐려지고 있구려. 나는 감히 당신에게 내가 옳다고 생각하는 것을 요구할 수는 없소. 감정에 치우쳐서 잘못된 판단을 할 수도 있으니 말이오.

그가 악행을 저지르는 도구로 살아갈 것이라는 생각이 내 마음을 괴롭게 합니다. 달리 생각해 보면, 곧 해방의 순간을 기다리고 있는 이때야말로 지난 몇 년을 통틀어 내가 유일하게 행복을 만끽할 수 있는 시간인 것 같습니다. 사랑하는 고인들의 모습이 내 앞에 떠다니고 있으니 어서 그들의 품에 안겨야겠구려. 월튼, 잘 지내시오! 고요 속에서 행복을 구하되, 열정은 피하시오. 비록 그것이 과학 분야와 발견에 있어 당신의 두각을 드러내려는 순수한 의도라고 해도 말이오. 하지만 이런 말까지 할 필요는 없겠지요. 내가 꿈꾸던 이런 희망들은 산산조각 났어도 다른 누군가는 성공할지도 모르니까 말이오."

그는 목소리가 점점 약해졌다. 그리고 마침내, 자신의 노력에 지쳐서 침묵에 잠겼지. 30분쯤 뒤에 그는 다시 말을 하려고 애썼지만 말을 할 수 없었어. 그는 내 손을 힘없이 쥐더니 영영 두 눈을 감아 버렸어. 그의 입가에 맴돌았던 환하고 부드러운 미소도 곧 사라지고 말았어.

마가렛, 이렇게 고귀한 영혼이 결국 죽음을 맞이했으니 내가 뭐라 말해야 할까? 나의 깊은 슬픔을 어떻게 전할 수 있을까? 그 어떤 말로 표현해도 한없이 부족할 뿐이야. 두 눈에서는 눈물이 흐르고 내 마음에는 절망의 구름이 드리워지는구나. 하지만 나는 영국으로 가는 길이니 거기에서 위안을 찾게 되겠지.

갑자기 무슨 소리가 들려서 집중하기 힘들구나. 이 소리는 어떤 불길한 징조일까? 지금은 한밤중이야. 바람도 적당히 불고 갑판에 있는 불침번도 꿈쩍 않고 있는데 말이다. 아니, 뭔가 사람 목소리가 들리는데 그 소리가 좀 거칠구나. 프랑켄슈타인의 시신이 누워 있는 선실에서 들려오니 일어나서 확인해야겠어. 누이야, 잘 자렴.

이런! 무슨 일이 일어났던 것일까? 기억을 떠올리자니 아직도 아찔하구나. 내가 이 일을 자세히 설명할 수 있을까? 하지만 이 결정적이고 놀라운 파국만이 내가 기록해 온 이야기를 완성해 줄 수 있을 것 같구나.

나는 불운했지만 존경스러운 친구의 시신이 안치된 선실로 들어갔어. 그런데 뭐라고 말로 설명할 수 없는 형체가 친구의 시신 위에 덩그러니 붙어 있는 거야. 거인 같은 몸집에 기괴하게 생긴 데다 체구의 균형도 맞지 않더구나. 그는 관 위에 엎드려 있었고 얼굴은 거친 머리칼에 가려져 있었지. 하지만 아주 큼지막한 손 하나를 관에 뻗고 있었는데, 그 색깔과 감촉이 미라 같았어. 내가 다가오는 소리를 듣자, 그는 슬픔과 공포에 젖은 비명을 멈추더니 창가 쪽으로 펄쩍 뛰어올랐지. 그처럼 끔찍하고 혐오스럽고 소름 끼칠 만큼 흉측한 얼굴은 본 적이 없어. 나도 모르게 눈을 감고, 이 파괴자에 대한 나의 의무를 떠올리려고 해 보았어. 그러고는 그에게 가지 말라고 했어.

그는 멈추더니, 놀란 얼굴로 나를 보았어. 그러더니 다시 자신을 만든 창조자의 시체로 고개를 돌렸어. 내가 옆에 있다는 사실을 잊은 것처럼. 그리고 그의 표정과 몸짓은 주체할 수 없는 감정에 휩싸인 채 거친 분노를 내뿜었지.

그가 외쳤어.

"내가 또 다른 희생자를 낳았구나! 그의 죽음으로 인해 내 죄도 완성되나니. 불행했던 내 삶도 이제 끝을 맞이하는구나! 아! 프랑켄슈타인! 관대하고 자신을 아끼지 않았던 존재! 이제 와서 나를 용서해 달라고 한들 무슨 소용이 있을까? 그대가 사랑하는 모든 이들을 파멸에 이르게 해서, 그대를 무자비하고 철저하게 망가뜨린 나를. 그의 몸은 차갑게 식었구나. 그는 내게 아무 대답도 못하겠지."

그는 목이 메여 왔던 모양이야. 처음 그를 보았을 때에는 죽어 가던 내 친구의 부탁을 들어주어야 한다는 의무가 떠올랐지만, 문득 호기심과 동정심이 들어 그런 생각을 미루기로 했어. 나는 그 거대한 생명체에게 다가갔어. 고개를 들어 다시 그의 얼굴을 보려니 그럴 수가 없더구나. 그 흉측한 얼굴에는 무섭고 괴이하고 섬뜩한 느낌이 감돌았어. 뭔가 말하려 해도 입 밖으로 나오지 않더구나. 괴물은 계속 온통 알 수 없는 말들을 격렬하게 쏟아 내며 스스로를 비난했어. 사납게 몰아치던 그의 격정이 사그라지자, 나는 마음을 굳게 먹고 그에게 말을 걸어 보기로 했어.

"이제 와서 후회해 봤자 아무 소용없다. 사악한 복수심에 불타서 일을 이 지경으로 만들기 전에, 진작 너의 내면에서 울리는 양심을 따르고 가책으로 인한 쓰라림을 겪지 않기 위해 미리부터 조심했다면, 프랑켄슈타인은 지금까지 살아 있을 것이다."

악마가 말했어.

"그걸 말이라고 하는가? 당신은 내가 고통과 후회를 느끼지 못할 것이라고 생각하는가?"

그는 시체를 가리키면서 말을 이었어.

"그 모든 일을 행하고 끝내면서도 그는 나만큼 고통 받지 않았어. 오! 내가 복수를 하면서 시간을 들여 그 사소한 일들을 진행하는 동안 느꼈던 고통의 만분의 일도 되지 않아. 무시무시한 이기심이 나를 휘몰아쳤고 그러는 동안 내 가슴속도 회한이란 독으로 차올랐지. 클레르발의 신음 소리가 내 귀에 음악처럼 들렸을 거라고 생각하는가? 나의 마음도 사랑과 동정을 느끼도록 만들어졌어. 내 마음이 불행 탓에 악과 증오로 비틀려 폭력적인 변화가 일어났을 그때, 나는 자네가 상상도 못할 고통을 느꼈지.

클레르발을 죽인 후, 나는 스위스로 돌아왔다. 내 가슴은 무너져 내려 견딜 수 없었지. 나는 프랑켄슈타인을 동정했고, 그 동정은 곧 공포로 바뀌었지. 나 자신이 혐오스러웠어. 하지만 나를 만들어 이토록 말할 수 없이 괴롭게 했던 창조자는 감히 행복을 꿈꾸고 있었어. 그리고 내가 비참함과 절망에 파묻히는 동안, 그는 내가 영영 누릴 수 없는 것들을 탐닉하면서 온갖 애정과 열정 속에서 자신만의 즐거움만 추구하고 있었어. 어찌할 수 없는 시기심과 들끓는 분노로 인해 나는 복수에 한껏 목이 말라 있었지. 그 갈증은 가시지 않을 것만 같았어. 그에게 가했던 협박을 되돌아보고는 반드시 행동에 옮겨야겠다고 다짐했지. 그렇게 세운 계획이 죽을 만큼 힘든 고통 속으로 나를 밀어 넣으리란 것도 이미 알고 있었어. 하지만 나는 그저 충동의 노예일 뿐 주인이 될 순 없었어. 아무리 싫어도 솟구치는 충동만은 거스를 수 없었던 거야. 어찌됐든 그녀를 죽였고, 그땐 사실…… 사실 그리 괴롭진 않았어. 나는 그때 고통이란 고통은 죄다 억누르고 극도의 절망 속에 빠진 채, 모든 감각을 벗어던져 버렸거든. 그 후로 악은 곧 내게 선이 되었어. 난 그렇게 너무 멀리 가 버린 거야. 내 본성을 스스로 선택한 일에 맞출 수밖에 없게 된 거지. 악의에 찬 계획을 완수하기 위해 열정을 쏟아붓느라 지치는 줄도 몰랐어. 이제 그 일이 끝난 거야. 저 사람이 내 마지막 희생자지!"

처음에는 그가 자신이 겪은 불행을 말하는 것을 듣고 감격했어. 하지만 난 괴물이 뛰어난 말솜씨로 나를 설득할 것이라고 프랑켄슈타인이 말했던 것을 떠올렸고, 더 이상 숨을 쉬지 않는 내 친구도 보았지. 나는 다시 분노가 일더구나. 나는 말했어.

"이 죽일 놈! 여기까지 와서 네가 자초한 불행과 절망을 두고 징징거리다니 꼴좋구나. 마치 여러 채의 건물에 직접 불을 던져 놓고선 다 타서 잿더미가 되니 앉아서 우는 꼴이지 않느냐? 위선적인 악마! 만약 네가 슬퍼서 애도해 마지않는 저 고인이 아직 살아 있다면, 그리고 네가 여전히 그를 노리고 있다면, 그는 네 저주받은 복수의 먹잇감이 되고 말겠지. 네가 느끼는 건 동정이 아니야. 넌 단지 네 악행의 희생자가 네놈의 손아귀에서 벗어나서 안타까울 뿐인 거다."

"오, 그건 그렇지 않아. 그런 게 아니야."

그놈은 중간에 말허리를 자르며 말했어.

"내가 했던 행동만 보면, 네가 그런 인상을 받았을 수도 있지. 하지만 내 불행에 공감해 달라는 게 아니다. 그 어떤 동정도 내게서 찾기 힘들 테니까. 처음부터 나는 동정이 아니라 선에 대한 사랑과 행복과 애정의 감정들, 그런 것들이 내 삶에 넘쳐나길 바랐다. 나도 함께하고 싶었던 거지. 하지만 지금 그런 미덕은 내게 한낱 그림자가 되어 버렸고, 행복과 사랑도 쓰라림과 지긋지긋한 절망으로 바뀌어 버렸는데 어디에서 동정을 구해야 했단 말이냐? 고통은 혼자 받는 것만으로도 만족한다. 물론 내 고통은 쉬지 않고 계속되겠지만 말이야. 내가 죽을 때 갖은 증오와 거친 비난이 쏟아져도 괜찮다. 한때 나는 미덕과 명예와 즐거움에 관한 꿈을 꾸며 내 욕망을 달랬어. 그리고 나의 겉모습에 관대하고 내 뛰어난 자질을 아껴 줄 사람들을 만날 수 있으리라고 소망하며 착각에 빠져 있었어. 나는 한때 명예와 헌신이라는 높은 이상을 품고 살았지만, 이제는 악에 이끌려 가장 비천한 동물로 전락하고 말았지. 나보다 더 지독한 죄와 악행을 저지르고 더한 고통을 겪은 사람은 없어. 내가 저질렀던 끔찍한 일들을 돌이켜 보면 고귀하고 초월적인 꿈으로 가득 차 있던 예전의 나를 상상조차 할 수 없어. 하지만 사실이 그래. 타락한 천사가 더욱 악독한 악마가 되는 법. 하지만 신과 인간의 적인 그들에게도, 커다란 불행과 환멸 속에서 사는 그들에게도 친구와 동료들이 있어. 하지만 나는 혼자다.

프랑켄슈타인을 친구라고 부르는 자네는 내 죄와 그의 불행에 대해 뭔가 알고 있는 것 같군. 하지만 그가 아무리 자세하게 얘기를 들려주었더라도 내가 헛된 열정을 낭비하면서 견뎌야 했던 불행한 시간들만큼은 그가 요약해 내지 못했을 거야. 그의 희망을 파괴하면서 나는 내 자신의 욕망을 만족시키지 못했거든. 나는 그것들을 영원히 열망하고 갈구하겠지. 난 여전히 사랑과 우정을 원하고 있지만 여전히 냉대만 받고 있어. 내가 열망하는 이런 것들에는 과연 정의가 없는 것인가? 인간들은 모두 내게 죄를 저지르는데 나만 범죄자 취급을 받아야 하는가? 당신은 왜 자신의 친구를 문밖으로 굴욕적으로 밀어낸 펠릭스를 미워하지 않는가? 당신은 왜 자식을 구해 준 은인을 죽이려고 하는 농부를 비난하지 않는가? 생각해 봐, 고작 그런 것이 고귀하고 도덕적 결함이 없는 존재란 말이냐! 불행하고 버림받은 나는 냉대 받고 발로 채이고 짓밟히는 사산아와 같은 셈이지. 지금도 그런 불의를 생각하면 피가 끓어올라.

　하지만 내가 정말 몹쓸 놈이라는 건 사실이야. 사랑스럽고 방어조차 할 수 없는 자들을 죽였어. 순결한 그녀가 잠자고 있는 동안 목을 졸랐지. 내게도, 다른 생명에게도 단 한 번도 상처를 준 적이 없는 사람인데도 목을 비틀어 죽여 버렸지. 나를 빚은 창조자를 저주해서 고통받게 했어. 그는 전 인류를 통틀어도 찾기 힘든 사랑과 찬사를 받을 만한 뛰어난 표본이었지. 나는 그를 다시는 돌이킬 수 없는 폐허로 이끌었어. 저기, 창백해져서는 차갑게 식은 몸으로 누워 있는 저 사람을. 당신은 날 미워하겠지. 하지만 내가 스스로에게 느끼는 혐오감과는 비교도 안 될 것이다. 그토록 흉악한 일을 저지른 내 두 손을 보면 그 일을 처음 상상하고 품었던 그 심장이 떠오르고, 급기야 다시는 그 두 손을 보지도, 떠올리지도 못하게 되길 애타게 바라게 되는 그 혐오감을.

앞으로도 내가 악행을 저지르는 도구로 살진 않을까 하는 걱정을 하지 않아도 돼. 내 일은 거의 끝났거든. 자네나 다른 어떤 이의 죽음도 내 삶을 완성하거나 내 의무를 수행하는 데 필요하지 않아. 나 자신의 목숨이 필요할 뿐이지. 나 자신을 희생 제물로 바치는 일을 늦출 거라 생각지도 말아. 나는 당신 배에서 내린 다음에는 날 여기까지 데려다준 빙하를 타고 지구에서 가장 북쪽으로 갈 거야. 그러고는 나를 화장할 새단을 쌓고 재가 될 때까지 이 불쌍한 몸뚱이를 태울 거야. 그래서 내 육체가 어느 호기심 많고 부정한 인간의 눈에 띄지 않게 할 거고. 그런 놈은 나와 같은 자를 하나 더 만들려고 할 테니까. 나는 죽을 거야. 그러면 지금 나를 좀먹고 있는 고통도 더 이상 느껴지지 않을 테고, 다 채우지 못해서 꺼지지 않는 그 욕망들의 먹잇감도 되지 않을 테니. 나를 세상에 있게 한 자는 이미 죽었고, 나도 이 세상에서 없어진다면 우리는 금방 잊혀질 거야. 이제 태양도, 별도 보지 못하고 뺨을 스치는 바람도 느끼지 못하겠지. 빛도, 감정도, 감각도 모두 사라지겠지. 몇 년 전, 난 처음으로 세상의 풍경도 보고 따뜻한 여름의 온기도 느꼈었지. 잎사귀가 바스락거리는 소리도, 새가 쩍쩍거리는 소리도 들었어. 그때는 그런 것들이 나의 전부였어. 그때 그냥 울다 지쳐 죽어 버렸어야 했는데……. 이제 내게 위안이라곤 오로지 죽음뿐인 걸. 죄로 물들고 쓰라린 가책에 갈가리 찢긴 마당에, 죽음 말고 무엇으로 안식을 얻을 수 있겠나?

그러니 잘 있게! 이제 당신에게서 떠나겠어. 당신은 나를 마지막으로 본 유일한 인간이 되겠지. 잘 있게나, 프랑켄슈타인! 만약 당신이 살아 있고 내게 복수하겠다는 욕구를 간직하고 있다면, 내가 죽는 것보다 살아 있는 게 더 낫다고 생각할지도 몰라. 하지만 그게 아니었지. 당신은 내가 아예 없어지길 바랐어. 내가 더 큰 끔찍한 일을 저지를지도 모른다고 생각했기 때문이지. 그리고 어떤 미지의 존재 방식으로 당신이 아직까지도 생각하고 느낄 수 있다면, 나 자신의 불행 때문에라도 내 삶이 지속되길 원치 않을 거야. 자네가 아무리 비참하다고 해도 내 고통에 비할 바는 못 되지. 양심의 가책이 계속 쓰라린 상처를 낼 것이고, 죽음만이 그 상처들을 영원히 아물게 할 테니까."

그러면서 그는 슬프면서도 엄숙한 목소리로 외쳤어.

"하지만 머지않아 나는 죽을 것이고, 지금 느끼는 감정도 더 이상 느끼지 못하게 되겠지. 가슴을 시커멓게 태우고 있는 고통도 곧 사라지겠지. 나는 장작더미에 의기양양하게 올라갈 것이고, 극도로 괴로운 불길의 고통 속에서 기뻐하겠지. 활활 타오르던 불길이 잦아들면, 한 줌의 재가 되어 바람에 날려 바다에 뿌려지겠지. 나의 영혼은 평화롭게 잠들리라. 영혼이 생각으로 깨어 있다 해도 지금과 같지는 않으리라. 그럼, 잘 있게."

그는 그렇게 말하면서 선실 창문 밖으로 몸을 던져 배 옆에
붙어 있던 빙하 위로 뛰어내렸어. 그러고는 곧 파도에 떠내려
가더니, 멀리 어둠 속으로 사라지고 말았단다.

괴물, 그 속의 여성성

《프랑켄슈타인》에 대한 선입견 깨부수기

흉측한 괴물에 대한 단순한 SF 소설쯤으로 이 소설을 읽기 시작했다면 그 생각은 필히 바뀌었으리라. 소설을 읽기 전, 대개의 독자들은 영화 속에서 수없이 등장했던 괴물의 흉측한 이미지를 떠올렸을 것이다. 항상 천둥과 번개를 몰고 다니는 거대한 몸집에다 울퉁불퉁한 얼굴을 가진 위협적인 괴물. 이것이 바로 메리 셸리의 소설《프랑켄슈타인》에 등장하는 괴물에 대해 떠올리는 이미지다.《프랑켄슈타인》은 1931년에 미국 유니버설 픽쳐스에서 영화로 제작돼 더욱 유명해졌다. 오늘날 전 세계인이 떠올리는 프랑켄슈타인의 이미지는 바로 이 영화에서 괴물 역을 맡았던 보리스 칼로프의 인상이 매우 강렬했기 때문이다.

하지만 이 작품을 단순한 괴기소설로 봐서는 안 된다. 이 소설은 인조인간, 로봇과 같은 과학 기술의 발달이 결국에는 그것을 창조했던 인간을 파멸시킨다는 SF 장르의 원형인 동시에, 작품의 원제가 '프랑켄슈타인, 혹은 현대의 프로메테우스'라는 것에서도 알 수 있듯이, 신화적인 요소가 내포되어 있다. 제우스에게서 불을 훔쳐 인간 세계에 베푼 프로메테우스. 불이란 잘 사용하면 인간에게 아주 이롭지만, 인간 세계를 파괴힐 수도 있는 양면성을 지닌 도구다. 프랑켄슈타인 역시 자신이 창조한 피조물인 괴물의 양면성을 간과한 채 무책임한 태도로 괴물을 세상에 방치했다. 괴물이 어떤 일들을 벌일 지도 모른 채.

열아홉, 메리 셸리의 인생에서 탄생한 《프랑켄슈타인》

프랑켄슈타인이 그토록 연구하고 갈망하던 피조물을 창조해 냈음에도 두려움에 떨고 있었던 것은 작가 메리 셸리의 생명에 대한 정서를 드러낸다고 할 수 있다. 메리 셸리는 '우리가 태초부터 갖고 있는 미지의 무서움을 자극시켜 처절하게 전율을 느끼게 할 이야기'를 쓰고 싶어 했다. 메리 셸리는 열아홉 살이라는 어린 나이에 이 소설을 썼지만, 그동안 그녀는 어머니의 죽음에서 느꼈던 모성에 대한 갈망, 자신이 낳았던 아기의 죽음,

남편의 전처의 자살 등 죽음과 탄생의 경계를 넘나들고 있었다. 즉 어린 셸리에게는 늘 죽음이란 그림자가 도사리고 있었던 것이다.

메리 셸리가 결혼 생활을 시작할 당시, 그녀의 남편 퍼시 비시 셸리(Percy Bysshe Shelley, 1792년 8월 4일~1822년 7월 8일, 영국 낭만주의 3대 시인)는 유부남이었다. 처음으로 가졌던 아이는 사산아였고, 아버지의 제자였던 퍼시와의 결혼으로 아버지와도 의절하다시피 했으며, 어렵사리 올리려던 결혼식을 앞두고서는 남편의 전 부인이 자살했다는 소식을 듣는다. 괴물이 되지 않을 수가 없던 그녀였다. 죽음은 그녀를 삼키려 하고 있었고, 그녀는 그 속에서 생명체에 대한 죄의식과 공포를 느꼈다. 프랑켄슈타인의 화목하고 안락했던 가정이 죽음으로 물들어갔던 것처럼, 그녀는《프랑켄슈타인》을 통해 생명에 대한 공포와 혐오를 말하고 있는 것인지도 모른다.

19세기 여성들의 모습 그리고 괴물

《프랑켄슈타인》은 1970년대부터 페미니즘 비평으로 읽히곤 했다. 괴물이 등장하는 이 음산한 소설과 여성성이 대조적이라고 생각할 수도 있겠지만, '괴물=여성'이라는 공식이 성립되는 요소가 작품 곳곳에서 나타난다.

첫 번째로 이 작품이 1818년 처음 발표되었을 때, 익명으로 출판되었다는 점을 들 수 있다. 당시만 해도 여성들은 늘 남성에 비해 열등한 존재로 여겨졌다. 따라서 여성이 글을 쓴다는 것은 남성에 대한 도전이자 반항이었다. 소설 속에 등장하는 괴물에게 이름이 없었던 이유는 자신의 이름으로 책을 쓸 수 없었던 메리 셸리가 투영된 것이 아닐까? 이름이 없다는 것은 그 대상의 신분, 명예, 역사가 없다는 것과 같은 의미로 볼 수 있다. 남성에게는 신분과 명예 그리고 그가 사회에서 무엇을 이루냐에 따라 역사가 형성됐다. 하지만 여성들은 가정 내에서만 위치하는 존재였으며, 이름이 있다 하더라도 그것은 남성에 의해 부여받는 수동적인 존재였을 뿐이었다.

두 번째는 소설 속에 등장하는 여성 인물을 통해 당시 여성들의 모습을 볼 수 있다는 점이다. 저스틴 모리츠는 주인에게 복종하고 죽음을 맞이하는 순간까지도 하녀로서 주인에 대한 걱정을 하는 순종적인 여성상을 보여 준다. 또한 엘리자베스는 프랑켄슈타인의 어머니가 죽은 뒤 그녀의 역할을 맡아 오직 가정에만 충실한 것이 임무이며 책임이라고 여기던 전형적인 현모양처의 여성상을 보여 준다. 이러한 점들을 미루어 볼 때, 메리 셸리는 프랑켄슈타인에 의해 창조된 괴물이 자연적인 힘에 의해 태어난 당시 여성의 모습을 대변했다는 것을 짐작할 수 있다. 즉 여성 역시 사회가 만든 '괴물'이라는 것이다.

세 번째는 괴물의 행동을 통해 당시 여성들이 바라던 것을 짐작할 수 있다는 점이다. 드 라시 가족들과 함께 있었을 때의 괴물은 상당히 여성스러웠다. 방황하며 떠돌던 괴물은 우연히 드 라시 가족이 살고 있는 허름한 오두막을 자신의 은신처로 정한다. 이곳에서 괴물은 드 라시 가족들이 지내는 것을 엿보게 되는데, 그들이 가난 때문에 고통받으며 산다는 것을 알게 된다. 그 후로는 그들의 식량을 훔쳐 먹지도 않고, 몰래 나무를 해서 장작을 가져다주는 등 드 라시 가족들을 돕는다. 이 행동은 가족이라는 이름 아래에 형성된 유대감과 사랑을 갈망하고, 가족이라는 울타리 안에서 보호받고 싶어 하는 여성의 모습을 드러낸 것이라고 볼 수 있다. 또 괴물의 가족에 대한 갈망은 프랑켄슈타인에게 자신과 같은 피조물이지만 다른 성을 가진 '여성 괴물'을 요구하는 대사에서도 드러난다. 그는 가정을 그리고 사랑을 이루고자 하며 이것만이 자신의 불행을 막을 것이라고 확신한다. 가족을 떠나 자신의 길을 가고자 하는 남성들과는 대조적인 태도를 보이면서 괴물의 여성성은 더욱 두드러진다.

여성의 '잉태'와 프랑켄슈타인의 '창조'

괴물에 대한 해석뿐만이 아니라, '프랑켄슈타인'이라는 인물에 대해서도 '페미니즘 비평'이 가능하다. 프랑켄슈타인은 괴물이라는 생명체를 창조해 내는 인물이다. 그가 괴물을 창조해 내는 과정은 여성의 출산 과정과 연결시킬 수 있다. 아이를 잉태하고 출산하는 여성과 천신만고 끝에 괴물을 탄생시킨 프랑켄슈타인은 생명을 창조하는 능력을 지녔다는 공통점을 지니고 있다. 그리고 여성이 아이를 잉태하는 동안 태교와 같은 노력을 하는 것은, 프랑켄슈타인이 2년 동안 외로이 시신들 옆에서 그리고 해부 작업을 하면서 연구하는 것과 연결할 수 있다.

하지만 프랑켄슈타인은 여성들이 아이를 잉태하는 것처럼 '자연적'으로 생명을 창조한 것이 아니라, 시체를 이어 붙여 의도적으로 창조해 낸 '비자연적'인 생명체다. 그 결과 프랑켄슈타인은 흉측하고 악마 같은 피조물의 모습에 모성애가 아닌 무책임한 태도로 괴물을 방치해 버리고, 결국 창조자는 자신의 피조물에 의해 파멸되고 만다. 이를 통해 메리 셸리는 신성한 생명의 영역에 인간의 욕망이 침범해서는 안 된다는 것을 역설하고 있는지도 모른다.

단순한 괴물 이야기로만 치부하기에는《프랑켄슈타인》은 너무도 여성적이다. 이 괴물 이야기를 탄생시킨 저자가 여성이라는 점을 간과하고 보더라도 소설의 장치와 인물들은 여성성을 품고 있다. 괴물은 자신을 창조했던 프랑켄슈타인에게 버림받고 지속적인 요구에도 내던져지며 이름도 없이 살아가다 죽음을 맞이해야 했다. 그의 모습은 전혀 괴기스럽지 않다. 오히려 동정심을 불러일으켜 그의 행동을 더욱 슬퍼 보이게 만든다.

《프랑켄슈타인》은 페미니즘 비평 이외에도 여러 방법으로 해석되기도 하며 아직까지도 학계에서는 이 소설을 두고 다양한 해석 방법을 제시하며 논쟁을 벌이고 있다. 어떤 방식으로 해석되건 간에, 아직까지 고전으로 굳건한 자리를 지키고 있는 것은 창작되던 당시에만 국한되는 것이 아니라, 지금의 우리를 포함하는 시사점들을 지니고 있기 때문일 것이다.

메리 셸리 연보

1797년　8월 30일 런던에서 태어났다. 혼전 이름은 메리 울스턴크 래프트 고드윈이다. 아버지 윌리엄 고드윈은 무정부주의 자 정치철학자였고, 어머니 메리 울스턴크래프트는 철학 자이자 여성주의자였다. 생후 11일이 지나 모친을 여의고, 배다른 언니인 패니 임레이와 함께 부친의 손에서 자라기 시작했다.

1801년　12월 21일, 아버지 고드윈이 이웃에 사는 미망인 메리 제 인 클레어몽과 재혼하였다. 이로써 고드윈의 두 딸 메리와 패니, 클레어몽의 아들 찰스와 딸 제인이 한 가족이 되었 다. 그러나 메리는 계모로부터 핍박을 당하여 정식 교육을 받지 못해 가정교사에게서 글을 배우고, 아버지의 서재에서 독학하였다.

1812년   1월 3일, 갓 결혼한 퍼시 비시 셸리가 윌리엄 고드윈과 서신을 주고받기 시작했고, 가을부터는 고드윈의 집에 정기적으로 방문하기 시작했다. 이때쯤 메리는 스코틀랜드에 사는 윌리엄 박스터 일가와 함께 지내면서 끈끈한 가족애를 경험했다. 11월 메리가 잠시 집에 왔다가 셸리와 그의 부인을 처음 만났다.

1814년   5월, 메리가 집에 돌아오면서 셸리와 어울리기 시작했다. 때마침 셸리는 결혼 생활에 환멸을 느끼고 있었기에 메리와 금방 사랑에 빠졌고, 7월 28일 두 사람은 계모의 딸 제인 클레어몽과 함께 대륙으로 사랑의 도피를 감행했다. 이후 2년간 계속된 자금난과 유랑 생활이 이어졌다.

1815년   2월 조산한 첫딸이 11일 만에 사망했다.

1816년   1월 아들 윌리엄을 낳았다. 제인 클레어몽이 조지 고든 바이런과 사랑에 빠져 제네바로 이주하였고, 이곳에서 의사인 존 윌리엄 폴리도리, 조지 고든 바이런, 퍼시 비시 셸리,

메리 고드윈이 함께 지내면서 절친한 사이가 되었다. 메리는 이들과 함께 여름휴가를 보내면서 엄청난 자극을 받아 6월부터 《프랑켄슈타인》을 쓰기 시작했다. 1818년판 서문에 집필 동기가 자세히 언급돼 있다. 메리 일행은 9월에 영국으로 돌아갔다. 10월에는 이복 언니 패니 임레이가, 12월에는 퍼시 비시 셸리의 첫 부인 해리엇 셸리가 자살했고 며칠 후 메리와 셸리는 런던에서 정식으로 결혼한다.

1817년 9월 셋째 딸 클라라가 태어났다. 11월 유랑 생활의 경험을 바탕으로 《6주간의 여행 이야기(History of a Six Week's Tour)》를 출간했다.

1818년 3월 11일, 《프랑켄슈타인, 혹은 현대판 프로메테우스 (Frankensten, or the Modern Prometheus)》를 출간했다. 같은 날 메리 가족은 모두 이탈리아로 떠났고, 베니스에서 클라라가 사망했다.

1819년 아들 윌리엄을 잃고, 유일하게 생존한 아들 퍼시 플로렌스가 태어났다. 아버지와 딸의 근친적 사랑을 다룬 소설 《마틸다(Mathilda)》를 집필하기 시작했다. 이는 메리의 사후에 발표됐다.

1822년 다섯째 아이를 임신했으나 사산했다. 1819년 아들 윌리엄
을 잃고, 극심한 우울증에 시달리면서 퍼시와의 관계가 소
원해졌다. 메리는 퍼시와의 관계 회복에 많이 노력했지만,
7월 8일 라스페치아 근해에서 항해하던 배에 타고 있던
퍼시는 폭풍을 만나 익사했다. 이때부터 메리는 여생을 아
들의 양육과 집필에 헌신하기 시작했다.

1823년 《발페르가(Valperga)》가 출간됐다. 같은 해 8월에 영국으
로 돌아왔다.

1824년 봄부터 퍼시 비시 셸리의 초상이라 할 수 있는 《최후의 인
간(The Last Man)》을 집필하기 시작했다.

1826년 《최후의 인간》을 발표했다.

1830년 세 번째 소설 《퍼킨 워벡의 풍운(The Fortunes of Perkin
Warbeck)》을 출간했다.

1831년 《프랑켄슈타인》을 개작해서 발표했다.

1835년 《로도어(Lodore)》를 출간했다.

1836년 아버지 윌리엄 고드윈이 사망했다.

1837년 마지막 소설 《포크너(Falkner)》를 출간했다.

1838년 《프랑스의 저명한 문학자 및 과학자의 생애(Lives of the
　　　　Most Eminent Literary and Scientific Men of France)》를
　　　　집필하여 이듬해에 출간했다.

1851년 2월 1일 런던의 체스터 스퀘어에서 사망했다. 성 베드로
　　　　교회의 어머니와 아버지 묘지 사이에 안장됐다.

옮긴이 **구자언**

서강대학교에서 영문학 학사와 석사를 마치고, 연세대학교에서 박사 과정을 수료했다. 한성
대학교에서 강의했고, 19세기 영국소설과 영화에 관한 논문들을 발표했다. 현재 꾸준한 번
역 활동을 하고 있으며, 번역서로는 《악마의 덫셈》, 《존 카터: 화성의 신》, 《피터 래빗 시리즈》,
《킬리만자로의 눈》이 있다.

프랑켄슈타인
1818년 오리지널 초판본 표지디자인

초판 1쇄 펴낸 날 2023년 4월 28일
초판 3쇄 펴낸 날 2025년 4월 15일

지 은 이 메리 셸리
옮 긴 이 구자언
펴 낸 이 장영재
펴 낸 곳 (주)미르북컴퍼니
자 회 사 더스토리
전   화 02-3141-4421
팩   스 0505-333-4428
등   록 2012년 3월 16일(제313-2012-81호)
주   소 서울시 마포구 성미산로32길 12, 2층 (우 03983)
E - mail sanhonjinju@naver.com
카   페 cafe.naver.com/mirbookcompany
S N S instagram.com/mirbooks

* (주)미르북컴퍼니는 독자 여러분의 의견에 항상 귀 기울이고 있습니다.
* 파본은 책을 구입하신 서점에서 교환해 드립니다.
* 책값은 뒤표지에 있습니다.